FERDINAND ET LES ICONOCLASTES

DU MÊME AUTEUR

BIG, Nil Éditions, 1997 ; « J'ai lu », 1998.
GABRIEL, Nil Éditions, 1999 ; « J'ai lu », 2002.
OÙ JE SUIS, Grasset, 2000.

VALÉRIE TONG CUONG

FERDINAND ET LES ICONOCLASTES

roman

BERNARD GRASSET

PARIS

A Eric

« (...) il n'existe toujours pas de théorie marxiste de la révolution et de l'état révolutionnaire dans un pays développé. »

Jean-Paul Sartre.
Interview parue dans *Actuel*
en février 1973.
(Underground, l'histoire)

« Quelquefois tout le monde a tort, et on est seul à avoir raison. »

Lawrence Joseph Allison,
président d'Oracle.

ELLE SE SENT VOÛTÉE, presque vieille. Tente de s'arracher à la confusion qui l'englue, cligne les yeux pour effacer la scène, concentre son cerveau sur une liste absurde censée la ramener à terre : le grincement des portes coupe-feu, le sifflement des photocopieuses, le soupir fuyant des ascenseurs. Son corps chaud l'étouffe, ses mains moites la dégoûtent. Elle les essuie avec discrétion sur sa jupe.

Ressaisis-toi, souffle une petite voix intérieure, reprends-toi Mélissa : qui commande ici ? Qui est le chef ?

Ses gestes gauches, son regard hésitant répandent une sorte d'onde charmante dans la pièce. Cheveux châtains, iris clairs, taches de rousseur.

Elle lui semble si vivante, à l'inverse de ce monde effrayant de lenteur.

Il aimerait toucher son bras blanc, appuyer à

hauteur du biceps, mesurer la mollesse, la douceur. Expérimenter.

Mélissa se penche sur son agenda, un immense cahier couvert d'une écriture serrée.

— Nous avons terminé, fait-elle avec sérieux : je vous propose de rencontrer le président pour la prochaine étape.

L'entretien a duré une bonne heure, le temps d'examiner le parcours fascinant de Ferdinand. A moins de vingt-cinq ans, le jeune homme cumule trois diplômes prestigieux, s'exprime en cinq langues, maîtrise la plupart des outils informatiques et prend des cours de pilotage. Certes, il porte d'étranges vêtements démodés, parle peu et d'une voix quelquefois métallique, mais les candidats de ce niveau ne courent pas les rues.

De cette beauté non plus, hors canons, traits cassés et peau mate, bouleversante.

— Vous êtes fils unique ? murmure Mélissa, songeant à l'incroyable génotype, mais aussi à ce que cette accumulation de hauts faits a pu coûter à la famille.

Il confirme d'un hochement de menton tandis qu'elle se lève pour le raccompagner. Dans le hall, ils demeurent un moment face à face, sans un mot. Puis se séparent, persuadés l'un et l'autre de se revoir bientôt.

Mélissa annota le dossier de Ferdinand. Dans la case « observations personnelles », elle inscrivit : tempérament atypique. Puis elle se ravisa, remplaça « atypique » par « sympathique », glissa les feuilles dans une enveloppe et posa celle-ci dans la corbeille de courrier interne. De sa fenêtre ouverte en grand pour lutter contre la chaleur, elle aperçut en contrebas la silhouette immobile du jeune homme.

Le mois de septembre touchait à sa fin, mais un soleil acharné endormait les esprits depuis plusieurs jours. Dehors les gens se hâtaient, pressés de retrouver de l'ombre ou une zone climatisée. Planté sur le bitume brûlant, Ferdinand semblait indifférent à la lourdeur de l'air. Ainsi, songeait-il en examinant le bâtiment trapu, les vitres sales et la peinture grise, voici ce fameux temple de la beauté !

Un instant, il fut tenté de prendre ses jambes

à son cou. Mais choisissait-on une entreprise en fonction de la couleur de ses murs ? Il évalua le nombre d'années qu'il passerait ici dans le meilleur des cas, leva les yeux vers le sommet de l'immeuble, sentit son estomac se tordre, songea qu'il était temps de rentrer. Se dirigea vers l'arrêt d'autobus, où affluaient des dizaines d'employés en sueur. Le concert des embouteillages ajoutait à l'agitation collective, les conducteurs s'apostrophaient de file en file, les capots fumaient, l'épuisement gagnait. Ferdinand se boucha les oreilles et décida de poursuivre à pied les huit kilomètres qui le séparaient de la maison parentale.

Mélissa le vit qui traversait la voie rapide, puis le perdit alors qu'il s'éloignait entre deux entrepôts de la zone industrielle. Le ventilateur fixé au plafond venait de tomber en panne. Elle l'interpréta comme un signe, referma ses classeurs, rangea son agenda dans son sac à main et quitta son bureau, un joli sourire sur les lèvres.

Ferdinand trouva sa mère assise dans la cuisine, corrigeant ses copies. Couvert dressé, carafe remplie, plats préparés.

— Où est Papa ? interrogea-t-il, comme si son père, à cette heure, pouvait être ailleurs qu'installé devant la télévision.

La mère désigna le salon de la tête.

— Et ton entrevue ?

— J'ai rendez-vous avec le président.

— Ce serait bien de démarrer là-bas.

C'était un commentaire purement formel : l'embauche de son fils ne faisait aucun doute. Depuis son entrée au cours préparatoire, il avait additionné les succès et les félicitations du jury. D'autres auraient payé cher une pareille trajectoire : s'il avait été l'un de ces malheureux binoclards pâles et boutonneux, il aurait eu à souffrir de la jalousie ou de l'intérêt calculé de ses condisciples. Mais Ferdinand était beau garçon, assez costaud pour décourager les envieux et trop secret pour attirer les sympathies douteuses. Ses professeurs et ses camarades se tenaient à distance comme on le fait avec un animal inconnu. On l'aimait bien, sans plus. On débattait de l'incroyable régularité de ses résultats, on conjecturait sur ses méthodes sans oser l'interroger.

Certaines années, des lettres lui avaient été adressées, des enveloppes colorées, parfumées. Il y avait eu des coups de téléphone, des voix sucrées, des messages que sa mère avait notés avec application. Plusieurs jeunes filles avaient résolu de le tirer de sa solitude. En vain : Ferdinand déchirait les enveloppes et ignorait les messages.

Son père s'inquiétait, estimant qu'un garçon de quinze ans doit s'intéresser aux filles plus qu'à l'informatique.

— Sors, vois du monde, fais du sport, lâche un peu ton écran !

Mais Ferdinand déclinait les propositions. Il demeurait des heures entières devant son ordinateur – offert à sa demande à son entrée au collège comme cadeau pour Noël, fête et anniversaire réunis.

Les parents s'enfermaient dans la cuisine et les disputes éclataient.

— Tu l'as trop couvé, accusait le père. Tu le traites comme un prince depuis sa naissance.

— Il prépare son avenir, répliquait la mère. N'es-tu pas fier de lui ? Verrais-tu quelque chose à y redire ? Allons, vas-y, parle, toi qui en connais un rayon !

A vingt ans, Ferdinand ne dormait plus que quatre ou cinq heures par nuit. Le reste du temps, il naviguait sur Internet en quête de sujets scientifiques, recherche médicale, physique des particules, mathématiques appliquées, haute technologie. Lui qui s'exprimait peu dans sa vie quotidienne échangeait, une fois la porte de sa chambre refermée, des conversations passionnées avec des correspondants des quatre coins du monde.

— Tu finiras par porter des lunettes, s'inquiétait sa mère. Avec de si bons yeux, quel gâchis.

— Ne te fais pas de souci, répondait Ferdinand. Bientôt, on se posera des électrodes sur le crâne et on se cultivera sans même s'en rendre compte.

Parfois, lorsqu'il s'enfonçait dans le sommeil, des images de ventres souples et de seins laiteux surgissaient de l'ombre, menaçant de l'ensevelir. Alors il bondissait hors de son lit trempé, s'enroulait dans des draps propres puis écoutait à l'infini son cœur se fracasser contre l'obscurité.

FERDINAND RENCONTRA le président d'HBMB (pour *Health, Beauty, Mind and Body*) deux semaines après son entretien avec Mélissa. Ils passèrent vingt minutes ensemble : le président devait prendre un avion pour New York, où se trouvait le siège de l'entreprise. Cela lui suffit : le dossier de Ferdinand, sa connaissance des cosmétiques et la justesse de ses propos firent mouche. Il y avait bien ce je-ne-sais-quoi de bizarre, ce sentiment inhabituel chez ce garçon au regard à la fois ancré dans le vôtre et à mille lieues de là, ce col pelle à tarte, cet imperméable usé. Cependant, impossible d'en tirer aucune conclusion – et puis ce n'était pas un grand risque, juste un poste de chef de produits, pas de quoi précipiter la fin du monde.

— Je suis certain que vous vous épanouirez ici, conclut le président en lui serrant la main.

Ferdinand sentit ses tempes s'enflammer.

C'était fait : il passait du côté des travailleurs. Il téléphona chez lui pour annoncer la bonne nouvelle et prit le chemin du retour. Cette fois, il choisit l'autobus. La température avait chuté de dix degrés en quinze jours et la foule n'avait plus cet aspect compact et gluant qui l'écœurait. Il s'assit sur le siège plastifié et appuya sa tête contre la vitre. La banlieue s'étalait à perte de vue, couverte du brouillard clair de la pollution. La nationale coupait d'abord à travers une large ceinture d'HLM vétustes avant de s'enfoncer dans la partie résidentielle, en bordure d'une forêt. A ce stade, l'horizon passait brusquement du gris au vert, se clarifiait : on était chez les privilégiés, derrière les haies taillées et les massifs de fleurs. Puis les habitations se raréfiaient, des champs apparaissaient, la rumeur s'étiolait : c'était le début de la campagne – du désert.

Le bus s'était vidé : Ferdinand était le dernier passager. Depuis leur déménagement voici presque quinze ans, ses parents habitaient un hameau au-delà du terminus. Il fallait marcher quinze minutes d'un bon pas pour atteindre la petite maison couverte de lierre. D'ici, il était difficile d'imaginer que le centre de la capitale n'était qu'à trente kilomètres : on prenait sa voiture ou sa bicyclette pour acheter une baguette de pain ou un timbre-poste. On organisait un ravitaillement hebdomadaire au supermarché de la ville voisine, on ne sortait pas, on ne recevait pas : les amis rechignaient à se lancer dans l'expédition. D'ailleurs, des amis, il n'y en avait plus guère. Quelques coups de fil sporadiques, quelques cartes de vœux que l'on accrochait au mur de la cuisine et auxquelles on répondait consciencieusement, en se promettant d'improbables retrouvailles.

Le premier samedi de chaque mois, la mère emmenait Ferdinand à Paris. Ils allaient au cinéma, mangeaient un bifteck-frites et finissaient par les grands magasins, où elle contemplait les rayons, puis n'achetait rien, ou alors une paire de lacets, un collant, des fournitures scolaires pour son fils.

— Eh bien, vous en avez une mine, grommelait invariablement le père lorsqu'ils rentraient. Ce n'est pas moi qui irais courir le samedi dans l'air de Paris. Le week-end, c'est fait pour se reposer, on n'est pas des chiens !

Il fumait cigarette sur cigarette, regardait les jeux télévisés, zappait d'une chaîne à l'autre, émettant des commentaires à propos des candidats – tous des nuls, des bons à rien, des jean-foutre.

Ce soir-là, Ferdinand annonça à ses parents qu'il comptait prendre un appartement en ville.

— C'est parfait, s'empressa le père, je peux t'aider si tu veux. De toute façon, rester enterré ici, ce n'est pas sain à ton âge.

Sa mère baissa les yeux. Personne n'évoqua le fait que les locaux d'HBMB se trouvaient près de la maison et que le trajet jusqu'à Paris serait nettement plus long. Il y eut un moment de silence, chacun des trois demeurant égaré face à ses propres spectres.

Ferdinand termina son assiette, prévint qu'il emprunterait la voiture maternelle le lendemain pour rejoindre le terrain d'aviation, et souhaita bonne nuit avant de s'éclipser.

FERDINAND VOLE. C'est sa trente-deuxième heure aux commandes du Cessna. Trente-deux heures de bonheur et d'oubli, de poumons ouverts comme jamais.

Là-haut, pense Ferdinand, personne ne ment.

Personne ne souffre.

Là-haut il n'y a ni règle, ni loi, ni système.

Ni vrai, ni faux.

Ni début, ni fin.

Ni monstres, ni vampires.

Si seulement le moniteur se taisait.

Rideau.

Trente-deux heures d'absolue dilution.

L'ÉTÉ INDIEN EST BIEN FINI, songe Mélissa en tournant le thermostat du radiateur. Elle résiste à la tentation de jeter un coup d'œil vers l'entrée. Se sent ridicule, déplacée, c'est exactement ça : déplacée. Son histoire ne doit pas comporter ce genre de chapitre. Bien sûr, quelque chose au fond d'elle insiste, la contrarie, cherche à la persuader qu'elle peut rêver sans danger. Cependant Mélissa sait de quoi est faite sa réalité : de gestes simples, d'aventures à durée variable.

— Bonjour, dit Ferdinand. Vous pourriez me montrer mon bureau ?

Il a le même air sérieux, la même voix découpée, tranchante, mais aussi ce même sourire entêtant – et cet incroyable imperméable beige sorti du siècle dernier. Elle se compose un air détaché, mon Dieu, à trente ans bientôt !

C'est à l'étage supérieur. Elle emprunte l'escalier de secours situé au centre de l'immeuble, peut-être pour voler un moment intime, peut-être parce que c'est un raccourci. Ils ne se parlent pas. Ferdinand serre de ses mains crispées une sacoche noire dans laquelle il a mis un bloc-notes et des revues scientifiques en prévision de l'heure du déjeuner.

Le service marketing se trouve dans un bureau commun, un open-space. Quatre têtes dépassent des courtes cloisons de séparation. Quatre femmes. Ferdinand est décontenancé, il ne s'attendait pas à ça. Il se serait senti plus à l'aise avec des hommes, mais enfin. Mélissa fait les présentations : Bénédicte Rhin, chef de groupe, NathalieTallien-Blondel, Vilma Sare et Joséphine Jacquin, chefs de produits.

Bénédicte Rhin sourit et tend la main :

— Retiens bien nos prénoms, dit-elle, car tu ne les entendras plus beaucoup. Ici, on s'appelle par nos initiales pour gagner du temps. Et on se tutoie, sauf bien sûr pour le président et le directeur général.

Alors, le voilà le petit génie, qu'elle pense en se mordant la lèvre. La graine de star.

Elle a le visage émacié et tendu, trente-six ans – elle en fait dix de plus. On lui a transmis le curriculum vitæ de Ferdinand la semaine précédente et depuis elle ne dort pas très bien. Elle entrevoit les problèmes, tente de se raisonner : après tout il n'y a pas d'affolement, ce type est sous ses ordres et c'est son premier jour, pour le reste on verra plus tard.

Les autres se sont approchées. Dans l'immédiat, elles constatent surtout que le garçon est beau. Deux d'entre elles, Vilma et Joséphine, sont célibataires. La troisième, Nathalie, est mariée et mère de famille. Joséphine est la plus jolie de toutes. Brune, fine, des fesses larges mais une allure certaine, un petit air hautain quoique pas désagréable. Elles l'entourent comme une meute encercle sa proie.

— Je l'emmène au sixième, annonce Bénédicte en prenant Ferdinand par le coude. VS, tu prendras mes appels !

— Alors, au revoir, fait Mélissa.

Trop tard : ils sont déjà partis.

— Au sixième, explique BR dans l'ascenseur, c'est le comité de direction. Il y a le bureau du président, le directeur général, le directeur financier et le directeur du marketing et des ventes. On les appelle les triplés, parce qu'ils ont tous des prénoms doubles : Jean-Luc, Jean-Michel et Jean-Claude. Il faut absolument un prénom double pour être nommé au comité de direction, tu vois tu n'as aucun avenir ici – je plaisante, évidemment.

Ferdinand sourit pour ne pas l'embarrasser. Il aimerait se mettre au travail et savoir quel type d'ordinateur on lui a attribué. Il aimerait que cette journée passe vite, ainsi que les suivantes et toutes les autres jusqu'au jour de sa retraite. Il aimerait être déjà mort. Mais auparavant, BR tient absolument à ce qu'il connaisse les arcanes de l'entreprise. Il sera au courant de tout, qu'il le veuille ou non. Il saura que JC est un fameux coureur de jupons et que le président consulte JL sur toutes les décisions. Il saura que la cantine est dégueulasse, que les notes de frais sont mal vues et qu'on prend rarement son quota de congés – c'est officieux, le service du personnel n'aime pas jouer avec la réglementation.

— Quoi qu'il en soit, tu as de la chance d'être entré chez HBMB. Les déodorants corporels et les gels capillaires, ce sont de bons sujets. Entre nous, JJ aurait bien aimé les récupérer et te passer l'hygiène dentaire. Il paraît que c'est JC qui a refusé. Je t'épargne les détails...

— Ce qui me ferait vraiment plaisir, dit Ferdinand, c'est d'avoir mes dossiers.

BR accuse le coup, voilà ce que c'est de se montrer agréable. On lui a toujours dit : sa gentillesse la perdra. La preuve.

Eh bien tiens, les voilà tes dossiers. Ferdinand reçoit un mètre cube de documents divers non triés, un carton d'échantillons d'où s'échappent des odeurs chimiques, des feutres noirs et rouges, une boîte de cartes de visite à son nom. Il s'installe à sa place, au fond de la pièce, et commence à ranger ses affaires pendant que les filles se décrochent la tête pour mieux l'apercevoir.

Le même soir, Mélissa croit reconnaître Ferdinand dans le métro. Elle n'est pas sûre à cent pour cent, il y a beaucoup de monde dans la rame, des gens usés, des traits tirés – à cette heure-ci personne n'a jamais l'air heureux. Elle se souvient aussi d'une adresse en grande banlieue, mais Ferdinand a pu déménager récemment.

Tandis que la rame gronde, elle cherche son reflet dans la vitre, écarte une mèche de cheveux. A noter : demain, faire passer un mot pour lui rappeler que les éventuels changements de coordonnées doivent impérativement lui être signalés. Elle réfléchit à la formulation : Cher Monsieur ? Monsieur ? Cher Ferdinand ? Très cordialement ? Sincèrement ? Bien à vous ?

Dans son service, on ne se tutoie pas. On ne s'interpelle pas par les initiales, on ne se tape pas dans le dos pour un oui ou un non comme au marketing. On se respecte.

Bien à vous, conclut-elle. Elle descend du wagon, emportée par le flux humain. La silhouette aux cheveux sombres a disparu. Elle pense qu'elle aurait pu proposer de déjeuner avec lui ce midi, au prétexte de lui expliquer le fonctionnement de l'entreprise. Elle n'a pas eu cette audace, maintenant c'est fichu, qui sait s'ils se croiseront avant des mois. Elle s'en veut, ou bien elle est soulagée, elle ne le sait plus elle-même. Pour finir, elle téléphone à sa sœur Faustine et annonce qu'elle arrive avec une pizza.

FERDINAND INVITA SES PARENTS à pendre la crémaillère. Muni d'une feuille de paie rassurante, il avait trouvé sans difficulté un deux pièces banal, troisième étage avec travaux – c'était encore mieux, il pouvait reprendre entièrement les plans électriques. Il avait passé deux jours à percer, tirer des câbles, visser des prises, clouer des plinthes. Il avait apporté son matériel informatique – six caisses –, et fait livrer un lit, une petite table, deux chaises, un canapé, une plaque électrique, une machine à café et un réfrigérateur financés par ses économies. Ses fenêtres donnaient sur la rue de Rivoli. Dehors, une activité trépidante encombrait les trottoirs. Des nuées de gens allaient et venaient quelle que soit l'heure, quel que soit le temps. Souvent, Ferdinand s'asseyait sur le rebord pour écouter la rumeur. Combien parmi ceux-là appartenaient aux errants ? Il suffisait d'éliminer les mères de famille chargées de poussettes, les femmes sur le point d'accoucher, les livreurs pressés, les vieilles dames accrochées à leur sac, les enquêteurs munis de leurs questionnaires, les types à serviette en cuir, les clochards : ceux-là avaient un motif sérieux pour se trouver dans la rue. Quant aux autres, Ferdinand pouvait les désigner un par un. Une multitude effrayante de têtes baissées, d'expressions lasses, marchant moins vite, osant parfois franchir le seuil d'un magasin puis ressortant précipitamment pour échapper aux propositions des vendeuses.

On sonnait à la porte.

— Ferdinand, c'est magnifique.

— Merci, Maman.

— J'aurais pu faire ton électricité, ajouta le père. Donner un coup de pinceau, si tu me l'avais demandé.

Il avait une bouteille de champagne à la main et du bon, une grande cuvée de Veuve Cliquot. Son préféré du temps où il en débouchait en veux-tu, en voilà.

— Il ne fallait pas, dit Ferdinand.

— Penses-tu !

C'est que moi aussi, j'ai quelque chose à fêter, murmurait le père en lançant des regards entendus à la mère. Ils allaient de pièce en pièce, commentant chaque détail comme s'il se fût agi d'un palais de valeur historique.

Dans sa chambre, Ferdinand avait poussé le lit contre le mur et s'était organisé un bureau. Il y avait des machines partout, des diodes vertes, rouges, des ronflements.

— Il paraît que c'est mauvais, ce matériel à l'endroit où tu dors, fit la mère. Ça dégage des ondes, je l'ai lu dans un magazine, mais au fait, est-ce que tu dors au moins ?

— Regardez plutôt ça, dit Ferdinand en s'installant face à son écran.

Il avait réalisé un film en images virtuelles, sans histoire ni dialogue, seulement des personnages qui traversaient indéfiniment une ville et tombaient un par un, jamais de la même façon. Une pluie d'objets insolites écrasait les uns, d'autres chutaient sans raison, se bousculaient, des flaques de sang s'étalaient puis disparaissaient, mais toujours de nouveaux personnages surgissaient et remplaçaient les morts, modifiant légèrement l'aspect de la troupe sans jamais la ralentir ou l'accélérer. Le dessin était beau, la musique baroque, de quoi impressionner les spécialistes.

— Ça s'appelle « Rue de Rivoli ».

Le père haussa les épaules.

— C'est morbide. Je suppose que tu as passé des heures là-dessus, franchement tu ferais mieux de rencontrer du monde, tu n'as pas des amis chez HBMB ? Figure-toi mon garçon qu'à ton âge, j'étais déjà fiancé à ta mère.

A son âge, le père était un jeune ingénieur plein d'avenir. Il avait une moto, un blouson en cuir qu'il enfilait par-dessus son costume pour aller travailler. Des types de son genre, il n'y en avait pas tant que ça dans les grandes entreprises de l'Ouest parisien. Il était beau gosse, il avait du succès, il était de toutes les fêtes. Le week-end, il allait boire son café dans le sixième arrondissement : il avait certaines prétentions artistiques.

Ferdinand avait débouché la bouteille, tous trinquèrent au contrat.

— Tu es bien payé, j'espère. Les grosses boîtes, ça ne sait faire qu'une chose, te presser le citron. Je connais leurs discours, soi-disant qu'ils te forment, que tu ne vaux rien sans eux, qu'après ça tu vas où tu veux, qu'on t'accueillera à bras ouverts. Ben voyons.

— Fiche-lui la paix, intervint la mère. Fais-lui un peu confiance.

— Tout va bien, coupa Ferdinand. Ils ont été très corrects.

Le père se renfrogna. Avec la mère, ils parlèrent d'une vieille tante, de la démission d'un ministre, des faits divers de la semaine.

Puis ils ne surent plus quoi se dire.

— Bon, conclut Ferdinand, je ne veux pas vous mettre à la porte, mais j'ai des documents à lire, des réunions à préparer.

— Tu viendras dîner à la maison un de ces jours ? demanda la mère.

— Bien sûr !

Ils repartirent à neuf heures, après de brèves embrassades. Ferdinand se pencha à la fenêtre et les observa bras dessus, bras dessous, petits points bientôt happés parmi les autres.

On confia à Ferdinand deux lancements de produits, un déodorant extra-longue durée et un gel parfumé aux fruits rouges. En parallèle, BR lui demanda d'étudier de nombreux thèmes transversaux aux intitulés alambiqués – par exemple « le facteur hédoniste dans l'usage du produit capillaire traitant ».

Dans l'open-space traversé par les chuchotements et les rires étouffés des filles, il était le seul à travailler autant. Il ne s'en plaignait pas, bien au contraire. Qu'on lui en donne encore ! Plus la pile bigarrée de chemises cartonnées grossissait sur sa table, plus il se sentait apaisé. Il déchiffrait, calculait, anticipait, rédigeait des dizaines de notes qu'il remettait chaque semaine à BR. Parfois, celle-ci s'asseyait avec lui et l'invitait à exposer sa vision du marché, son sentiment sur les chiffres de vente ou les campagnes publicitaires d'HBMB. Il savait bien qu'ensuite elle se précipiterait sur JL ou JC et placerait ses idées, mais il n'en tirait aucune amertume : au premier jour de leur rencontre, il avait su qu'elle était condamnée. Sa démarche hésitante, le tremblement de ses lèvres fines, sa manière de chercher ses mots, de dresser le menton devant ses supérieurs ou de tancer ses chefs de produits pour des broutilles, tout indiquait qu'elle était passée du mauvais côté. On ne l'estimait plus. Elle avait rendu service en son temps mais aujourd'hui, elle avait atteint ses limites. Sinon, pourquoi, à trente-six ans passés, ne serait-elle toujours pas nommée au comité de direction ?

Ferdinand aimait bien BR, comme on aime une personne âgée. Un jour, BR remballerait ses photos de plongée à Cuba et le vase en faïence espagnole offert par son équipe pour son anniversaire. Elle irait dans une entreprise moins prestigieuse, puis quelques années plus tard, ferait encore une fois son carton pour disparaître dans le trou noir des statistiques. Un jour, Ferdinand en était persuadé, BR arpenterait la rue de Rivoli au milieu des fantômes.

LE SOIR, FERDINAND RENTRE chez lui vers vingt et une heures. Il achète des fruits au Mauricien qui les vend à la sauvette à la sortie du métro. Ça dépend des arrivages et des saisons. En octobre, il dévorait des cerises trop mûres et des mandarines pleines de pépins, en novembre il se nourrit de kiwis acides, d'avocats filandreux et de bananes marron. Les bananes c'est pratique, il peut les manger devant son ordinateur. Il arrive, enlève son manteau râpé, pisse un coup, se lave les mains pour ne pas promener sur son matériel toutes les saloperies de l'après-midi. Prend un verre d'eau et s'installe. Le soir, Ferdinand oublie les cosmétiques, les odeurs de transpiration et les coiffures impeccables. Il retrouve ses amis, d'abord les Américains et les Canadiens, puis vers deux ou trois heures du matin, les premiers Asiatiques : des dizaines de fidèles à ne s'être jamais rencontrés ailleurs que sur un écran.

En dehors de Ferdinand, ce sont tous de purs scientifiques. Chacun a son domaine de prédilection et ses troupes de *bots* (robots) en activité permanente. Ils échangent leurs trouvailles, réfléchissent à de nouvelles applications, s'envoient des banques de sons curieux et d'images saugrenues. Pour sa part, Ferdinand aime confronter aux sciences exactes sociologie et philosophie, et défend souvent ses théories jusqu'à épuisement. Il passe des nuits entières à traquer toutes les formes de progrès susceptibles de rendre le monde meilleur.

Ces derniers temps, un de ses correspondants, un type de l'Ohio, lui a transmis un rapport étonnant : un économiste américain vient de démontrer que les mondes virtuels des jeux sur Internet créent des richesses réelles et mesurables. Ainsi en est-il du célèbre jeu *Everquest*, développé par Sony, qui réunit via leurs ordinateurs quatre cent vingt mille personnes sur la planète virtuelle *Norrath* : les joueurs se vendent des personnages, des armes, des objets virtuels qu'ils ont parfois mis des semaines à obtenir et qui sont indispensables à la poursuite du jeu. Ils ont leur propre devise, échangée contre des dollars avec un cours supérieur au yen.

Cette découverte obsède Ferdinand. Il a lu qu'une rumeur circule même selon laquelle une entreprise envisagerait de distribuer des ordinateurs dans certains pays pauvres d'Asie : elle enseignerait aux gens comment jouer et gagner de l'argent pour son compte, en échange d'un salaire supérieur à la moyenne locale. Il y pense sans cesse. Transformer le jeu en activité rémunérée ? Modifier la compréhension du travail ? Pourquoi pas ? Après tout, n'est-ce pas déjà ce que font les grands sportifs ? Il a lancé le débat. Des Amériques à l'Asie en passant par l'Europe, on s'interroge sur l'étroite frontière entre réel et virtuel, sur la valeur économique du temps, sur les notions mêmes d'économie, de travail, de loisir. Les doigts pris de frénésie frappent sur les claviers et les esprits s'embrasent.

Lorsque Ferdinand s'endort, au petit matin, les ombres de la rue de Rivoli se mêlent aux figures grimaçantes d'*Everquest* dans son cerveau saoul de sommeil. Il lui semble entendre le soupir de la foule, sans qu'il distingue s'il s'agit d'espérance ou de déréliction. Un avion transparent déploie de gigantesques ailes et l'emporte au-delà de tout, tandis qu'il sombre.

Entre Vilma, Joséphine et Nathalie – c'est-à-dire VS, JJ et NTB –, les relations étaient irrégulières. Elles formaient des alliances éphémères, toujours à deux contre une, se fâchaient, se réconciliaient, s'observaient pour déterminer qui d'entre elles était la mieux placée dans la succession supposée imminente de BR. L'arrivée de Ferdinand bouscula un peu plus leur petit monde. Ensemble, elles s'accordaient pour le trouver trop ambitieux ; séparément, elles rêvaient d'accrocher son regard et redoublèrent de coquetteries, en pure perte.

Car seul son travail comptait pour Ferdinand. Dès qu'il quittait son appartement, chaque particule de son être se tendait vers ses objectifs. Il travaillait assis, debout, en marchant, dans le métro, le bus, dans les ascenseurs et les couloirs gris de l'entreprise. Lorsqu'il trouvait les filles occupées à boire un café, bavarder ou téléphoner à leurs amis, il éprouvait une angoisse terrible. Il aurait voulu les alerter, à ce train-là elles aussi vivraient un jour parmi les fantômes ! Mais les mots demeuraient coincés dans sa gorge, alors il retournait à ses sujets. Comme ses *bots* lancés sur Internet, son cerveau cherchait inlassablement des angles neufs, des concepts inédits, des solutions originales.

Sept mois après son entrée chez HBMB, il eut une idée géniale. En étudiant leurs comportements, il avait remarqué que les utilisateurs de gel capillaire éprouvaient fréquemment le besoin de se recoiffer, mais rechignaient à emporter une boîte encombrante et poisseuse. Il pensa alors à conditionner le produit en dosettes journalières. Il fit réaliser un prototype en exploitant les tubes fabriqués pour les échantillons de soins du visage, convoqua une réunion de consommateurs, estima les coûts de production et de commercialisation et réalisa des simulations de ventes. Puis il prit rendez-vous avec BR et lui exposa son projet. Il eut le tact de l'y associer, prétextant que les conversations qu'ils avaient eues ensemble avaient été déterminantes dans sa réflexion. Bien entendu, aucun n'était dupe, et cette réunion fut une véritable souffrance pour les deux. Ferdinand se faisait l'effet d'un bourreau, assénant ses chiffres comme autant de coups de hache tandis que BR s'enfonçait dans son siège, broyée par l'évidence, ses mains maigres tirant sur sa jupe prince-de-galles avec fébrilité.

Ce matin-là, tandis qu'il concluait son plan, la salle dans laquelle ils s'étaient installés prit soudain une allure de funérarium.

— Bravo, fit-elle les larmes aux yeux. Tu vas faire un tabac auprès de JL et JC.

Elle ramassa son stylo et jeta un œil sur les murs couverts de vieilles affichettes à la gloire d'HBMB. « Respirez ! » clamait la photo d'un épiderme en gros plan.

Ferdinand fixait ses genoux.

— Je suis désolé, murmura-t-il après un moment de silence.

Puis il releva la tête et découvrit la porte grande ouverte : BR avait disparu, oubliant même son agenda et son téléphone portable.

DANS LA RUE DE RIVOLI, les piétons forment un troupeau mou mené par les klaxons impatients. Calé dans l'encadrement poussiéreux de la fenêtre, Ferdinand les observe en mastiquant une poire sans goût. De temps à autre, un crissement de pneus troue le vacarme étale. Il sursaute : de son perchoir, il a déjà vu plus d'un accident. Bien entendu, ce sont toujours les mêmes qui se font renverser par les automobiles pressées.

Il observe le ciel épais, s'interroge sur l'existence de Dieu et s'en va allumer son ordinateur.

L'AFFAIRE FUT RONDEMENT MENÉE. Ferdinand présenta la dosette à JC et JL, puis au président. A l'issue de son exposé, tous se réjouirent de cet excellent recrutement. Il y avait bien longtemps que la France n'avait eu un projet aussi innovant : on allait en remontrer à nos amis outre-Atlantique ! Le reste suivit. Mélissa reçut une note qui stipulait de modifier le titre de Ferdinand, nommé chef de groupe, ainsi que son salaire (plus vingt-cinq pour cent). Puis elle en reçut une seconde qui la priait d'organiser un entretien préalable au licenciement de BR.

Le jour de sa nomination, Ferdinand vomit tout ce qu'il avait avalé depuis le matin. Il sentit sa température monter, prévint qu'il devait prendre l'air et quitta son bureau. Pendant plus de deux heures, il marcha d'un pas désespéré en cercles concentriques autour d'HBMB. Lorsqu'il regagna l'immeuble, le pot de départ de BR battait son plein. On avait déplacé quelques plantes vertes et installé deux tables couvertes de nappes en papier blanc. Il y avait du champagne, des biscuits secs, une musique de fond diffusée sur un vieux poste en plastique noir. Appuyée contre le mur, Mélissa guettait son arrivée – mais il ne la vit pas. Les discours avaient débuté : NTB, VS et JJ lurent une sorte de poème tissé de mensonges et de faux regrets, puis le président passa une tête et serra la main de BR en l'appelant Béatrice. Elle ne releva pas sa maladresse : à quoi bon ? Ferdinand la salua discrètement, lui souhaita bonne chance et disparut, invoquant des rapports à lire.

Mélissa termina son verre, s'en servit deux autres et les vida d'un trait.

La promotion de Ferdinand fit l'effet d'une bombe parmi les filles. NTB, considérant que le poste lui revenait de droit, entama une dépression nerveuse et annonça dans la foulée qu'elle attendait un troisième enfant. VS, la plus effacée, rencontra JC, parla de discrimination sexiste, rappela ses bons résultats et menaça de démissionner. La période était chargée et JC ne pouvait courir ce risque : il lui accorda une augmentation et la sortit de l'organigramme, conservant avec elle un rapport hiérarchique direct.

JJ, pour sa part, ne réclama rien. Elle félicita Ferdinand et proposa de changer de bureau pour se rapprocher du sien, puisqu'ils étaient amenés à collaborer étroitement. En quelques semaines, chacun put constater son évolution. Elle se mit à porter des talons plus hauts, des chemisiers plus sexy. Le matin, elle arrivait dans un nuage parfumé de jasmin, prenait un café au lait et s'installait à côté de Ferdinand sous prétexte de faire le point sur les dossiers en cours. Elle avait une façon bien à elle de balancer la tête et d'envoyer un flot de cheveux bruns derrière son épaule. Elle riait aux éclats, sa main aux doigts fins et aux ongles rouge vif plantée devant la bouche comme font les collégiennes. Ferdinand était mal à l'aise. A vrai dire, il aimait bien cette odeur de jasmin, mais aurait préféré que JJ sente moins bon et soit plus efficace. Ce temps perdu à plaisanter, à redire des choses déjà vues de cent manières différentes, à justifier des décisions passées, cela l'inquiétait. Il la mettait en garde : JJ, ne pas avancer, c'est reculer. Mais JJ se contentait de froncer ses jolis sourcils, affichait une moue boudeuse et regagnait sa place.

Bientôt, le gel « One-day » battit des records de vente. JL suggéra d'impliquer Ferdinand sur la plupart des marques d'HBMB. Le garçon était brillant et possédait une sacrée intuition, mais par-dessus tout, sa réussite tenait à sa colossale force de travail. Il ne s'autorisait aucune pause. Lorsqu'il disparaissait aux toilettes, il en revenait avec une idée ; au déjeuner, il mangeait en lisant, ingurgitant plus de connaissances que de protéines.

Après plusieurs mois à ce rythme, des bruits commencèrent à circuler à son sujet. Il était sûrement cocaïnomane. Il prenait des amphétamines, des vitamines inconnues. Ou il était atteint d'une maladie nerveuse. Son teint avait pâli, son visage s'était creusé : il y avait forcément une explication.

En réalité, Ferdinand manquait cruellement d'air. NTB était maintenant en arrêt maladie et JJ le secondait de son mieux, mais sans grand effet. Alors le week-end, Ferdinand emportait ses dossiers et poursuivait jusqu'au lundi matin sur son rythme infernal. Les résultats tombaient, les chiffres gonflaient et lui commençait à souffrir. Il ne pilotait plus qu'une fois par mois. La nuit, lorsqu'il éteignait son ordinateur, il rêvait de Colibris et de Baron Rouge par centaines. Les carlingues se déformaient, les cockpits s'ouvraient, les machines glissaient entre deux cumulus, le bruit des moteurs composait un concerto de basses étourdissantes.

Parfois, il se surprenait à prier Dieu de ne jamais se réveiller.

Un matin, il se leva en pleine dépressurisation, les oreilles menaçant d'exploser. Il tituba, dérapa, se rattrapa au lavabo dans la petite salle de bains au carrelage à fleurs. Lorsqu'il releva la tête, il crut voir son père dans le reflet du miroir. Sa peau était sèche, des rougeurs apparaissaient çà et là, ses articulations craquaient. Était-il déjà vieux, à vingt-cinq ans ? Au-dessus de la plaque électrique, le calendrier des pompiers déployait ses corbeilles de chatons stupides. Les jours étaient rayés un par un d'une ligne rouge soigneuse, sauf lorsqu'il s'agissait d'un jour de pilotage, noté en bleu. Ferdinand fixa la page, avala son café puis le recracha dans un hoquet. Combien de temps avant de reprendre le manche ? Combien d'années avant la fin ?

Pour la première fois, il pensa à autre chose qu'au travail en s'engouffrant dans le métro. Il avait beau se concentrer, fermer les yeux, les chiffres de vente des gels coiffants éclataient dans sa tête comme autant d'aéronefs déments.

— Belle journée, fit l'hôtesse d'accueil.

Mayday, répondit Ferdinand pour lui-même. Mayday, mayday, mayday.

Il pénétra dans le bureau de JC.

— J'ai besoin d'une personne supplémentaire. Il faut embaucher.

JC leva un sourcil. Il trouvait l'incursion désagréable et irrespectueuse. Pour qui se prenait le blanc-bec ? Le déodorant lui montait-il à la tête ?

— Il est absolument hors de question d'augmenter la masse salariale avant l'année prochaine, déclara-t-il sèchement. Les budgets ne le permettent pas.

— C'est faux, répliqua Ferdinand. J'ai fait mes calculs. Le budget, je le connais.

JC était de taille moyenne, un peu enveloppé. Jusque-là, il avait considéré l'arrivée de Ferdinand comme une bonne chose malgré l'intérêt évident que lui portait cette petite grue de JJ. Mais cette fois, le beau ténébreux dépassait les bornes. Depuis quand se mêlait-il des décisions budgétaires ? Que cherchait-il, exactement ?

Ses doigts boudinés tapotèrent sur la table.

— J'aimerais, reprit-il, et d'une, que tu t'adresses à moi sur un autre ton, et de deux, que tu évites de donner ton avis sur des sujets qui ne sont pas de ton ressort.

Ferdinand ne cilla pas. Son regard sembla simplement se bleuter. Il sortit du bureau sans un mot, passa voir JJ, lui annonça qu'il prenait dix jours de vacances et proposa de se retrouver chez lui le surlendemain pour consulter et signer les documents urgents.

Puis il appela l'aéroclub, prit rendez-vous l'après-midi et quitta HBMB.

Le ton monta ce jour-là entre JL et JC. JC jugeait le comportement de Ferdinand inadmissible, mais JL tenait à minimiser l'affaire. Il plaida que Ferdinand n'avait pris aucun congé depuis son entrée chez HBMB, et demanda à son directeur marketing de se montrer plus souple. Plus souple ! JC frémit et démarra illico un ulcère. Quant à JL, il nota sur son carnet de voir Ferdinand dès son retour.

QUI A DÉJÀ EU LA TÊTE à l'envers et la chair liquide à la vue d'une ligne de bitume ? Qui connaît cette sensation, ce corps soulevé à l'intérieur du corps, une turbine entre deux poumons ?

Ferdinand, qui court sur le tarmac.

Il s'assied sur le siège du Cessna blanc et c'est sa mémoire qui s'efface. Par plaques entières, elle libère son cerveau. Loin, la rue de Rivoli, loin les masses qui avancent en cadence et ce mur qui le pousse vers l'avant.

La pureté le saisit et l'extase le renverse.

Loin, la maison couverte de lierre ; loin, les kilomètres à user ses souliers tandis que d'autres passent criant de joie, perchés sur leurs scooters.

Le ciel lui appartient, ainsi que la vitesse. Ferdinand vole dans le meilleur des mondes.

JJ OUVRIT SON ARMOIRE en grand, réfléchit, choisit une jupe évasée qui dissimulait astucieusement son derrière un peu fort. Elle ajouta un pull décolleté, brossa ses cheveux, se démaquilla, se remaquilla – juste ce qu'il fallait pour être jolie sans sophistication. C'est le jour J, JJ, sourit-elle à son miroir doré.

Son appartement ressemblait à une bonbonnière figée : rideaux en taffetas rose, sofa blanc, bougeoirs en pagaille, lit *king size* et draps de lin. Tout était calculé, mesuré, le camaïeu des couleurs, la disposition des meubles, leur volume. Il ne manquait plus qu'une chose à JJ, mais pour celle-ci, elle avait sa petite idée.

Elle partit après un dernier coup de peigne et une pensée pour sa mère qui affirmait qu'elle était une princesse. Qui lui avait enseigné à marcher menton haut et à forcer son destin. « Ne fais pas comme moi, ma fille, n'épouse pas un perdant, la passion est brève et l'existence est longue. »

Elle n'épouserait pas un perdant, aucun risque. Elle n'achèterait pas ses culottes par correspondance ni sa voiture d'occasion. JJ aurait le mari et le standing qu'elle méritait : élevés.

Mais dans le métro, perdue dans ses projets d'avenir, voici qu'elle se trompe de couloir et tombe nez à nez avec Mélissa. Voici que cette dinde la dévisage comme si elle ne l'avait jamais vue. C'est certain : elle a remarqué le visage maquillé de frais et l'effluve de jasmin. Son regard en dit long sur les conclusions qu'elle en tire.

— J'apporte des dossiers à Ferdinand, lâche JJ dans un état de contrariété intense.

Elle s'en veut, se laisser déstabiliser pareillement, se justifier, après tout, que fait-elle de répréhensible ? N'est-il pas légitime de soigner sa présentation pour un rendez-vous de travail ? Ah, elle cache bien son jeu, Mme Ressources Humaines. La sainte-nitouche d'HBMB ! JJ les connaît, les frustrées dans son genre, les jalouses que ça étrangle de croiser des filles de sa classe. Toujours à vous mettre des bâtons dans les roues pour oublier leur propre médiocrité.

Pour couronner le tout, elle disparaît sans un au revoir, cette mijaurée, avalée par la nuée bourdonnante des voyageurs, avec son œil brillant et ses épaules dehors. Allons JJ, concentre-toi, l'essentiel n'est pas là.

A l'autre bout du couloir, Mélissa baisse la tête, pense à ses bras ronds et au cou délicat de JJ. Elle pense aux mains fines de Ferdinand, à sa peau mate, sa bouche épaisse, sa voix de métal.

Mélissa pense trop.

Cherche son image dans les carreaux de céramique, distingue un reflet, se juge banale, sans intérêt. Ne perçoit rien des regards troublés qui la suivent, du désir qu'elle génère, de la chaleur qu'elle sécrète. Ignore parfaitement, naïvement sa beauté, comme elle l'a toujours fait.

Puis bute dans l'étui d'un saxophoniste installé au détour du couloir, et se tord la cheville.

— ENTRE, SOURIT FERDINAND en ouvrant la porte.

Il est heureux, l'a-t-il déjà été à ce point ? La veille, son instructeur l'a déclaré prêt pour le passage de son PPL (*Private Pilote License*). Il a volé quatre heures, puis est revenu se pencher sur son ordinateur. Une nuit entière de lectures, de recherches, de discussions, et à l'instant, une nouvelle découverte.

— Bonsoir, dit JJ en tendant son manteau. Tu sembles en pleine forme !

— Merci, oui. Je viens de lire qu'un type a étudié la synthèse des comportements animaux individuels et collectifs par algorithmes génétiques [1]...

— Algorithmes génétiques ?

1. Renaud Dumeur. Université de Paris 8.

JJ se souvient vaguement d'avoir utilisé ce mot au lycée, peut-être en maths ou en physique. Elle en a oublié le sens et s'en fiche pas mal. Mais il y a plus important : Ferdinand lui parle d'autre chose que de stratégies commerciales.

— C'est ça, des algorithmes. Ce type a réalisé des univers simulés dans lesquels des créatures animales artificielles se développent, se déplacent, se reproduisent, apprennent à résoudre des problèmes individuellement ou collectivement. Elles sont comme des voyageurs de commerce dont le génome est composé d'une liste de villes à parcourir. Voilà : chacune des villes est un algorithme génétique qui remanie en permanence les créatures qui l'habitent... L'évolution est parfaite... JJ... Nous sommes tout proches d'une autre dimension...

Il se dirige brusquement vers la fenêtre et contemple la rue. Son expression s'est modifiée, ses traits se sont tendus, c'est un autre Ferdinand, sombre, inconnu.

— Ça semble génial, quoique je ne voie pas bien ce qu'on peut en tirer, reprend JJ en sortant des documents de son sac. Mais s'il te plaît, appelle-moi Joséphine et mettons-nous au travail. J'ai apporté les dossiers que tu attendais...

Elle s'assied dans le canapé, croise les jambes, espère qu'il s'installera à ses côtés. Mais il reste debout et lance un regard furieux.

— Tu ne comprends donc rien ? On dirait que tu n'as aucune conscience du monde. Comme la plupart de tes congénères, tu ne te soucies que de l'instant présent, de ton quotidien étroit. Demain ne te concerne pas. Tu ne vois pas la crevasse et lorsque tu sauras que tu tombes, ce sera trop tard, tu seras déjà au fond. Le problème est là : la crevasse du monde. Les gens préfèrent croire que tout est simple, que tout ira bien. Ils créent eux-mêmes les conditions de leur aveuglement. Soit !

— Je voulais seulement évoquer nos sujets... Nous étions convenus de faire le point sur le secteur hygiène dentaire avant de présenter les résultats à JL, tu te souviens ?

— Je te parle de futur et toi, tu me réponds hygiène dentaire. Le gel fixatif qui justifie ton salaire, bientôt, personne n'en achètera plus. La moitié des gens ne perdra plus ses dents, quant à l'autre, elle les perdra encore mais n'aura plus les moyens de se l'offrir. Le progrès, JJ, te rayera de la carte si tu n'évolues pas ! Bienvenue dans la crevasse, damnation, disparition, éradication !

Sa voix a enflé. Ses derniers mots, il les prononce avec brutalité, en grondant comme un fauve. JJ s'est tassée contre les coussins de velours.

— Tu as raison, je ne comprends rien, fait-elle d'une voix étranglée, car elle s'inquiète maintenant de ce discours obscur, de cette transformation. Ses cils recourbés se couvrent d'humidité, son maquillage fuit, elle renifle, quelle crevasse, quelle damnation ?

Ferdinand s'interrompt, la contemple : comment ? Une larme ? Lui, faire pleurer une fille ? Il ne voulait pas ça, ah non, il voulait simplement l'avertir, eh bien, voilà qui lui servira de leçon, désormais il gardera ses réflexions pour lui.

Il s'assied à côté d'elle, prend sa main dans la sienne. Il n'est pas très à l'aise, mais inventerait n'importe quoi pour qu'elle cesse de pleurer, qu'on oublie ce dernier quart d'heure. Il sourit à nouveau.

— Laissons les algorithmes et voyons ces chiffres, JJ. Pardonne-moi, comment se portent la pâte dentifrice et nos bains de bouche antiseptiques, a-t-on réalisé nos objectifs ?

JJ reste muette. Elle serre la main tiède de Ferdinand, tend ses lèvres souples, se colle contre lui. Elle est soudain toute prête à pardonner – et elle a ses méthodes.

Deux ou trois secondes lui suffisent pour comprendre. Cette manière de frémir, de détourner les yeux, cette langue maladroite, cette peau brûlante et glacée, c'est évident : ce garçon-là n'a jamais fait l'amour.

Le beau Ferdinand est puceau ! Il est sans doute documenté, a dû lire des revues, même regarder des films, mais pour le passage à l'acte, rien du tout ! Il reproduit des gestes, hésite, gémit bizarrement, transpire et se laisse diriger, c'est le jour J, JJ, pour transformer l'essai.

L'étreinte est longue, il y a tant à apprendre. Entre deux soupirs arrachés, son intuition souffle à Ferdinand qu'il commet une belle erreur mais son sexe se tend et dément. Il vole, oui, et sans moteur ! Troue les masses nuageuses, pénètre troposphère, stratosphère, mésosphère, s'envoie vers l'infini tandis que JJ cuisses ouvertes et peau souple se plie, se déplie, s'enroule et se déroule, suce, lèche, aspire son énergie et l'envoie se crasher dans la béatitude plus sûrement qu'en Cessna.

— JE T'AIME, SUSURRA LA charmeuse lorsque, beaucoup plus tard, ils émergèrent de leurs brumes incandescentes.

C'était vrai et faux à la fois. JJ aimait les promesses de réussite sociale et de confort pratique que semblait garantir Ferdinand. Elle aimait qu'il soit beau, que les autres l'envient, qu'on chuchote sur son passage. C'était sa conception de l'amour.

— Je vais prendre une douche, ajouta-t-elle dans un baiser.

Il la suivit du regard : elle se déplaçait avec un trottinement de gamine. Il l'entendit ouvrir le réfrigérateur et se servir un verre, puis des portes claquèrent. Bientôt, le chuintement régulier de la douche agit sur son cerveau. Il se sentait affreusement mou, caoutchouteux, bon à rien. Comment en était-il arrivé là ? Il tendit le bras pour attraper son caleçon et glissa aussitôt dans un demi-sommeil peuplé de chairs moites et d'interrogations confuses. Sa fatigue était telle qu'il aurait pu dormir un siècle, mais moins de dix minutes plus tard, des voix familières le forcèrent à soulever les paupières.

— Ferdinand ?

Ils étaient là, père et mère, au centre de la pièce, paralysés par cette scène ô combien inattendue, leur fils presque nu sur le canapé, des vêtements en chiffon çà et là et, par-dessus tout, plantée dans un peignoir trop grand, cette jeune femme brune et longue qui venait de leur ouvrir la porte.

— Je suis vraiment confuse, s'excusa JJ, je file m'habiller.

Ferdinand enfila son pantalon avec précipitation.

— Asseyez-vous, voyons.

— Nous étions dans le quartier, nous ne pensions pas te déranger, fit la mère écarlate. Il y a longtemps que nous ne sommes pas venus en ville...

Il y eut un court silence, puis JJ apparut un plateau à la main sous l'œil sidéré de Ferdinand. Elle avait natté ses cheveux et boutonné son pull, une véritable jeune fille de bonne famille.

— J'ai apporté des jus de fruits, prendrez-vous un peu de glace ?

— Ferdinand, fit le père en guise de réponse, tu ne nous as même pas présenté ton amie.

— C'est JJ, bredouilla Ferdinand.

— Joséphine, corrigea JJ.

— Je trouve ce prénom adorable, déclara la mère.

La conversation s'enchaîna avec naturel. On évoqua Paris, les transports, HBMB, la météo capricieuse, l'immeuble – une bonne copropriété et des charges raisonnables. Ferdinand écoutait sans conviction : tout ce temps perdu en élucubrations inutiles alors qu'il aurait pu travailler, lire ces fameux rapports ou au moins se connecter sur son ordinateur ! A cette heure l'Amérique était là, à portée d'écran.

— Et vous, questionna soudain JJ en se tournant vers le père, quelle est votre activité ?

Saisi par un froid violent, Ferdinand tressaillit et se mit à tousser.

— Tu es malade ? s'inquiéta sa mère. On dirait un tuberculeux. Tu ne t'es pas mis à fumer au moins ? J'en ai assez d'un qui se tue avec le tabac.

— A vrai dire, poursuivit le père sans se préoccuper de l'intermède, j'étais ingénieur, mais je viens de prendre une préretraite. Cette semaine, figurez-vous. Je voulais l'annoncer à Ferdinand et fêter ça avec un petit dîner. Vous n'avez pas encore mangé, j'espère !

Il se leva et tapa sur l'épaule de son fils.

— Allons, je vous invite tous les deux, pas question de refuser !

Le visage de JJ s'éclaira : elle n'espérait pas tant de son rendez-vous avec Ferdinand. Ce dernier demeurait figé. En théorie bien sûr, il aurait pu interrompre la mascarade, remettre les êtres et les choses à leur place, hurler même !

Mais sa mère avait pris JJ par le bras comme elle l'aurait fait avec une amie.

— J'ai repéré un bistrot italien, ajouta le père, la carte est magnifique. Mes petits enfants, je crois qu'on va se taper la cloche !

Le restaurant était à deux pas, sarments de vigne sur les tables, guitares accrochées au mur, nappes rouges et serveurs volubiles. Des haut-parleurs de mauvaise qualité diffusaient des chansons mièvres, JJ plaisantait avec la mère, passait la main dans ses cheveux, éclatait de son rire cristallin ; le père remplissait les verres.

— Typique, non ? Allons, mon fils, détends-toi, profite, reprends du chianti, c'est moi qui régale !

Corps agités, couverts entrechoqués, la belle équipe. Le regard de Ferdinand balaya la table, il avait honte, mal aussi, et le père qui embrayait, mais se souvenait-il encore de la vérité ?

— Ils ne se sont pas foutus de nous : à votre avis, Joséphine, c'est de la bonne cuisine, de la sauce fraîche, pas de la boîte, non ? Regardez un peu ce tiramisu, rien que de le voir, j'en ai l'eau à la bouche.

— La reine du tiramisu, c'est moi, je vous promets de vous inviter très vite pour vous le prouver.

La mère souriait : cette fille-là, c'était un miracle, une bénédiction. Un nez un peu fort et des fesses un peu larges, soit, mais de l'ardeur, de la vie, et pas besoin d'être médium pour deviner qu'elle y tenait, à son fiancé.

Dehors, la lune accordait à la ville une clarté étrange tandis que Ferdinand sombrait dans une insondable mélancolie.

— Je vous offre le digestif, dit le patron, surgissant de la cuisine : je suis un affectif, les familles unies, moi, ça me fait pousser les larmes.

De ce jour-là, JJ dormit chez Ferdinand. Elle était fine et ne demanda rien : elle se contenta de rentrer. Elle sonnait, il ouvrait, elle lui sautait au cou, déboutonnait sa chemise, dévorait sa peau imberbe de baisers doux. On verra après les vacances, songeait Ferdinand. Il fallait bien quelques jours de pratique pour effacer quinze années de désirs et de masturbations frénétiques. Il n'était pas amoureux mais il était fou d'elle, de ce corps élastique, de ce parfum de jasmin, de ces creux poplités. Ils dormaient peu, elle ne semblait jamais fatiguée, tout juste bâillait-elle de temps en temps avec un gracieux petit mouvement de mâchoire – chacun de ses gestes était une somme de réflexions pointues et de calculs savants.

Puis la fin de la semaine approcha. Ferdinand s'imagina que JJ s'en irait, que sa vie reprendrait comme avant. Et de fait, s'ils s'engouffrèrent ensemble dans le métro le lundi matin, durant toute la journée JJ et lui se comportèrent en simples collègues. Il n'y eut pas le moindre geste équivoque ni le moindre regard déplacé. Aucun commentaire des autres non plus : JJ avait tenu sa langue au prix d'un effort terrible. Aussi ce même soir Ferdinand quitta-t-il HBMB d'un pied léger, persuadé d'avoir refermé la parenthèse et impatient de retrouver son appartement. Mais en poussant la porte, il découvrit JJ sirotant un soda, étendue sur son canapé dans un déshabillé vaporeux digne d'une sitcom américaine.

— Bonsoir, murmura-t-elle d'une voix chaude, je t'attendais.

Il voulut réagir, annoncer que c'était terminé, et d'ailleurs il ouvrait la bouche pour le faire lorsqu'une main manucurée, bientôt suivie de lèvres incroyablement sensuelles, s'invita dans son pantalon. Il abandonna aussitôt toute velléité de rupture. Il n'éprouvait aucun sentiment amoureux pour cette fille, se sentait lâche, faible, un animal en rut, soit. Rien n'était plus dangereux ou stupide que de la laisser s'immiscer dans sa vie – mais rien n'était plus enivrant, plus délicieux ni plus volcanique.

Le lendemain, JJ apporta une valise et posa sa trousse de maquillage dans la salle de bains. Elle acheta un peignoir en éponge qu'elle accrocha à côté de celui de Ferdinand, remplit le réfrigérateur et laissa un mot discret à la femme de ménage pour lui signifier que désormais, ce serait à elle qu'il faudrait rendre compte. Pour le reste, elle se montra subtile. Elle parlait peu, et jamais du couple singulier qu'ils formaient. L'équilibre était fragile, mais patience et longueur de temps font plus que force ni que rage : Ferdinand finirait par l'aimer. Le soir, lorsqu'il s'installait devant son ordinateur, elle demeurait dans le salon et lisait des magazines féminins en s'appliquant du vernis à ongles. Elle ne l'interrompait pas, ne le questionnait pas. Quant à lui, plongé dans ses pensées, il oubliait parfois jusqu'à son existence.

Les jours passèrent et, peu à peu, ils s'habituèrent à ce mode de vie : deux bulles étanches seulement reliées par le sexe. Régulièrement, Ferdinand décidait d'interrompre leur relation, puis renonçait. Quel motif aurait-il avancé ? Le vide sentimental ? Encore eût-il fallu en connaître la définition. Le souffle court, le sexe bandant sur une simple odeur de jasmin, n'était-ce pas une forme d'amour ? Bien sûr, il y avait cette envie de solitude et de silence, ce regret de ne plus s'asseoir dans l'encadrement de la fenêtre pour avaler des fruits à même le sac de papier marron. Ces cauchemars, aussi, dans lesquels il se trouvait enfermé quelque part sous terre, le visage couvert d'une cagoule en ferraille. Cette sensation de ne plus s'appartenir, de gâcher son temps, d'oublier sa mission. Mais il y avait des contreparties et aucune véritable urgence : il n'avait rien promis à personne.

— IL PARAÎT, DÉCLARE LA COMPTABLE, qu'il s'en passe de belles au marketing. Il y a du fricotage dans l'air.

— Pardon, fait Mélissa, j'ai mal compris. Il y a quoi ?

— Ça y va là-haut, vous pouvez me croire.

Du fricotage, oui, tu ne m'apprends rien : qui n'est pas au courant qu'ils couchent ces deux-là. Elle, cette pute (n'ayons pas peur des mots), elle lui tourne autour depuis le début, on connaît ses méthodes, à la Beauharnais. Elle se voit impératrice comme son prénom l'indique.

— Mélissa ?

— Oui ?

— Vous prenez un café ?

Ils sont assis là, à deux tables. Je ne mangerai plus dans cette cantine, peut-être même que je ne mangerai plus du tout – à force de me mordre les lèvres j'ai perdu l'appétit.

— Volontiers, merci.

Je me souviens des portraits qu'on nous montrait en classe. Elle lui ressemble, à croire que c'est une réincarnation. Le nez trop long, les cheveux bruns, les grosses fesses, les petits seins et cet air méprisant. Joséphine ne parle qu'aux puissants et aux riches. Joséphine, la pute de Barras, l'infidèle, la manipulatrice – et Ferdinand qui ne voit rien.

— Bon, c'est l'heure, reprend la comptable. Vous venez, Mélissa ?

Je l'ai su dès ce jour où je l'ai croisée dans le métro. J'avais mal au ventre, comme maintenant. Des crampes terribles. Elle me regardait de haut, elle puait la cocotte et elle s'était changée, le décolleté plongeant, voyez-vous ça, en plein hiver. Je me suis tordu la cheville et j'ai dû rentrer à cloche-pied pendant que l'Impératrice faisait son numéro.

Allons-y, oui, dépêchons. Au service du personnel, il n'y a pas de pin-up, il y a du travail et des gens compétents payés pour le faire.

Odeur de friture écœurante, rires à gorge déployée, présence crucifiante, mon Dieu, Ferdinand.

JL AVAIT ORGANISÉ UN RENDEZ-VOUS en tête-à-tête.

— Parlez librement, lança-t-il d'emblée, vous êtes là depuis un an, vous avez encore l'œil frais : je veux savoir ce que vous pensez de nos affaires.

Ils s'appréciaient sans avoir jamais eu besoin de l'exprimer. JL admirait l'énergie de Ferdinand et sa détermination réservée. Il en avait vu passer, des petits cons tourneboulés par leurs diplômes, qui se prenaient pour le patron après trois mois de stage mais ignoraient comment calculer une part de marché. Certes, le garçon semblait parfois bizarre avec ses vêtements antédiluviens, ses silences brusques et son angoisse du temps perdu. Mais il avait du talent et des idées en or. Grâce à lui, la France avait le vent en poupe dans le groupe HBMB.

— Eh bien voilà, dit Ferdinand, la vérité,

c'est qu'il faut tout revoir ici. L'environnement déteint sur les esprits. Tout est gris, terne, sale, les affiches datent de plusieurs mois, l'information ne circule pas, sans parler du site Internet. HBMB se veut une entreprise moderne mais c'est une usine laide et poussiéreuse : pour des fabricants de cosmétiques, c'est un comble. Vos bureaux ressemblent à ceux des patrons des années soixante. La direction ne communique jamais avec le personnel en dehors de circulaires administratives qui ne sont même pas signées. Franchement, n'attendez pas que les gens se coupent en quatre pour améliorer un chiffre d'affaires dont ils n'entendent jamais un mot. Ils viennent le matin parce qu'il faut bien gagner sa croûte et font ce qu'on leur dit de faire en regardant leur montre. Or à ce rythme, savez-vous ce qui arrivera ? Un jour, on s'apercevra que l'entreprise n'est plus numéro deux, mais numéro trois. On aura été moins créatif, moins productif, moins compétitif ; des financiers débarqueront de New York en costume sombre, convoqueront le comité d'entreprise et annonceront un plan social. Oui, ce que je crois, c'est que le réveil sera brutal.

JL écouta jusqu'au bout. D'autres à sa place auraient interrompu la diatribe, mais il était de ces hommes ouverts qui aiment qu'on bouscule l'ordre des choses. Il remercia Ferdinand et le pria de coucher par écrit ses constats et ses propositions, ce qui fut fait dès le lendemain. Motivation, révision des méthodes et des objectifs, communication interne, lifting de l'immeuble : dans la foulée de JL, le président approuva. Le rapport circula et quelques jours plus tard, JC le trouva posé sur son bureau. Il lut : c'était brillant.

Les choses allaient mal de son côté. Son ulcère s'aggravait, provoquant des douleurs insupportables à la moindre contrariété. VS ne cessait de l'asticoter en soulignant les hypothétiques manœuvres de Ferdinand. Le soir, sa femme prenait le relais en s'inquiétant de son plan de carrière et de ses augmentations. Et pour couronner le tout, le bruit courait que Ferdinand couchait avec JJ ! Autrefois, le directeur du marketing avait pourtant tout tenté pour la séduire. Hélas, il n'était ni assez titré, ni suffisamment ambitieux pour lui plaire. Elle voyait en lui un homme fatigué et commun, quand elle devinait en Ferdinand une future comète. Elle avait envoyé paître son soupirant sans y mettre les formes. Erreur fatale d'appréciation, qui lui valait de s'occuper aujourd'hui de l'hygiène dentaire et des savons intimes, un cadeau du recalé.

JC n'avait pas le génie de Ferdinand, mais il était lucide et pragmatique. Ce rapport, il savait bien qu'il aurait été incapable de l'écrire. Il le relut encore une fois, essuya la transpiration qui perlait sur son front. Puis décrocha son téléphone.

A la fin de la journée, il avait pris contact avec les meilleurs cabinets de chasseurs de têtes pour organiser son départ.

Ferdinand vole. Il est seul aux commandes : PPL obtenu.

Ses yeux sont grands ouverts, fixés sur l'horizon. Il a laissé en bas tous ces êtres et ces faits qui se cognent dans sa vie. Technologie et performance, mécanique sexuelle et famille, solitude et destin. Il a loué le coucou pour trois heures, plan de vol : cercles et pirouettes à l'infini.

Il se penche et observe, n'entend plus aucun bruit : son esprit se suicide.

En piqué, Ferdinand !

Il ouvre la portière et se jette dans les airs, corps tourné vers le haut saluant son appareil, ivre compagnon en sursis.

A moins qu'il ne file une dernière fois sans jamais se dérouter, en attendant la panne.

Voir arriver la fin du monde.

Qui saura qu'il mourut le temps d'un battement de cils ?

— Beau temps pour s'amuser, sourit le mécanicien lorsqu'il gare le Cessna. Le ciel est bleu glacé, Ferdinand serre son col.

Il faut rentrer maintenant. Revenir dedans soi et retrouver ses peines, et toujours, avancer.

Le 1er février, soit environ dix-huit mois après son entrée chez HBMB, Ferdinand fut nommé directeur du marketing et de la communication. Pour marquer l'événement, JL l'invita dans un restaurant célèbre du huitième arrondissement, un endroit fréquenté par des patrons à gros cigares, des hommes politiques bedonnants et quelques vieilles stars du show-business. En découvrant la carte des vins, il faillit avoir une apoplexie et ne put s'empêcher de penser aux clochards qui hantaient les porches obscurs de la rue de Rivoli, piquette à la main et chanson à la bouche.

— Avant tout, mon cher, je crois que nous devrions passer au tutoiement. Entre membres du comité de direction...

— Pourquoi pas, répondit Ferdinand.

Une nuée de serveurs déposait amuse-bouches et petits pains variés sur la table couverte d'une nappe de lin beige.

— Eh bien, en toute franchise, je me demandais... Il y a beaucoup d'avantages liés à tes nouvelles fonctions. Un salaire conséquent, une voiture de société, des frais de représentation, une secrétaire à plein temps, sans compter une grande marge de manœuvre dans ton travail... Malgré cela, on dirait que tu n'es pas heureux. Je te trouve un air préoccupé que je ne m'explique pas. Tu sais dans quelle estime le président et moi-même te tenons...

— Tout va très bien, merci.

Ainsi, songeait Ferdinand, un titre, une secrétaire et une voiture devraient suffire à mon bonheur. La belle affaire ! Tous ces gens ne raisonnaient-ils jamais qu'au présent ?

— Allons, Ferdinand, à la santé du marketing !

Ce qu'il aurait voulu, c'est aller voir le sommelier en douce, poser un entonnoir sur la bouteille, remettre ce vin et le bouchon par-dessus, quitter ce restaurant où le café se facturait dix fois son prix, où la fille du vestiaire vous regardait de travers sous prétexte que votre imperméable n'était pas de première jeunesse.

Les serveurs soulevaient des cloches chromées et commentaient les plats, à croire qu'on était ici au spectacle et non au restaurant.

— Autre chose, reprit JL... Je ne souhaite pas me mêler de ta vie privée, mais j'ai entendu dire qu'avec JJ... Tu comprends... Ce n'est jamais bon de tout mélanger... Les relations hiérarchiques, ce n'est pas sain pour un couple.

— Un couple ? sursauta Ferdinand.

— Je ne veux pas te bousculer, nous pouvons en rediscuter, reprit JL, inquiet à l'idée de déstabiliser son poulain.

Mais le poulain arborait brusquement un air tout à fait détendu.

— Je suis d'accord à cent pour cent : je parlerai à JJ dès ce soir. Tu peux compter sur moi.

JE PARLERAI À JJ CE SOIR. Je lui dirai : c'est sans issue, vois-tu ce sont les règles de la maison, il faut accepter son destin, mettons un terme à notre relation.

JJ, désormais, j'ai certains devoirs.

Quittons-nous bons amis.

Concentrons-nous sur nos dossiers. Poursuivons le meilleur de notre collaboration : dentifrices blancheur et savons hypoallergéniques.

Ferdinand réfléchit : que dit-on à une fille dans un moment pareil ? Peut-être devrait-il lui offrir des fleurs ? Il prendra un bouquet, un gros, il faut être généreux lorsque le sort vous tend une aussi large perche. Un prétexte en béton.

Jusqu'au soir, il ne pense plus qu'à cela. Il est comme un enfant excité à la veille d'un anniversaire. Il va retrouver sa chambre, son lit mal fait, son bord de fenêtre, le ronronnement silencieux de ses machines. Il n'aura plus à partager, jamais ! Adieu les seins de JJ, adieu le ventre doux et les galipettes espiègles, sans regret, sans rancune !

Mais JJ l'attend dans son déshabillé. Lorsqu'il ouvre la porte et annonce, j'ai à te parler, elle met un doigt fin sur sa bouche, chut ! Moi d'abord : mille bravos, mon amour, la note a circulé pour ta nomination. Tu l'as tant mérité. Écoute ça : j'ai donné ma démission cet après-midi même. Surtout, ne dis rien, quoi de plus normal puisque je t'aime. Viens par là mon chéri, fêtons cet événement, j'ai une petite surprise. Dans une heure, tes parents seront ici, quelque chose de très simple, juste une coupe de champagne et quelques petits biscuits – ils sont tellement heureux.

Ferdinand est livide.

— Tu as démissionné ?

— Bien sûr, lui sourit-elle, dès que j'ai su la nouvelle j'ai déposé ma lettre. Tout le monde connaît la politique de JL à ce propos. J'ai anticipé, voilà tout !

— Tu as démissionné, répète-t-il, la tête entre les mains.

Un coup pareil, il ne peut pas y croire.

JJ fronce les sourcils.

— Enfin, ce n'est pas si grave ! Du travail, j'en retrouverai !

Mais il ne l'entend plus, une vanne s'est rompue, sa vie le déborde, l'emporte, l'aspire, pourquoi faut-il toujours qu'il dérape vers l'avant, pourquoi faut-il toujours qu'il s'enfonce dans le vide ?

— A propos, fait JJ, tu vas sûrement choisir ta voiture de fonction ? On pourrait prendre une décapotable, le printemps sera bientôt là.

— Oh, dit Faustine. Quelque chose ne va pas.

Elle est si menue avec un visage si particulier, taillé en pointe par on ne sait quel mystère, boucles brunes en pluie, grosses lunettes qui dévorent ses pommettes, iris noirs, cernes sombres, peau irrégulière, on pourrait douter qu'elles soient sœurs – si ce n'est le regard pétillant.

— C'est lui, c'est ce Bataille, n'est-ce pas ? Ferdinand Bataille, quel drôle de nom. Un poilu de la guerre de quatorze. Je le vois d'ici, couché dans les tranchées. Depuis des mois, tu n'as plus que ce nom à la bouche.

— Pas du tout, se défend Mélissa. Si on ne peut pas parler de son boulot... C'est ce manège qui m'insupporte, cette stupide pécore. Il y a cinq ans, elle est entrée chez HBMB grâce au directeur général de l'époque. C'était sa baby-sitter. Jolie promotion, non ? La baby-sitter fermait la porte lorsqu'ils étaient en réunion. La baby-sitter sortait ébouriffée à la fin de la journée – bien que la maison produise les meilleurs gels coiffants du marché. La baby-sitter portait des jupes microscopiques et des chemisiers transparents.

— Mélissa, ça ne te ressemble pas, passe donc à autre chose.

Le Pygmalion a disparu, nommé dans les pays nordiques. Le vent tournait : le nouveau directeur général n'était pas intéressé. La pin-up s'est mise au vert, travaillant à moitié, et puis, il y a eu Ferdinand.

— Tu n'es qu'une vieille fille, Mélissa ! Je t'aime. Reprends un peu de pizza.

Si tu savais Faustine. Elle est entrée dans mon bureau en agitant sa lettre – démission pour convenance personnelle, laisse-moi rire. Elle entre sans frapper, sans rendez-vous, elle me fait un clin d'œil cette archi-pute, me raconte son histoire, cherche de la complicité, de la sympathie, elle est comme ça, l'Impératrice, elle n'a pas froid aux yeux.

Je voudrais être une sorcière pour lui jeter un sort, prévenir ses manœuvres, alerter Ferdinand et l'envoyer au diable. Je voudrais qu'il la voie hors de ses artifices. J'ai peur qu'elle le dissolve, qu'elle l'ingère. Hélas, je ne suis que Mélissa, chargée des ressources humaines, alors je la félicite. Oui, Faustine, je la félicite.

Les mots m'écorchent mais j'y parviens, je les prononce un à un, en détachant les syllabes : bonne chance, Joséphine.

Tu penseras ce que tu veux, Faustine, je ne suis pas amoureuse : j'ai du plomb dans la tête. Si j'ai envie de pleurer, c'est que je suis fatiguée : appelle-moi un taxi, je vais aller me coucher.

Ferdinand fut le meilleur directeur marketing qu'HBMB ait jamais connu. Pour commencer, il appela Mélissa. Il se souvenait parfaitement de sa première impression lors de son entretien d'embauche : vivante, subtile, charmante – oui, surtout ça : charmante.

Depuis, ils s'étaient parfois croisés. Dans les couloirs, le métro, la cantine, sans jamais dépasser les formules de politesse : Mélissa était une discrète, tout comme lui. Ferdinand devinait qu'elle serait efficace et saurait l'épauler. Peut-être devinait-il plus encore ? Peut-être songeait-il parfois à ces taches de rousseur, à ce sentiment troublant de grande familiarité, à ce bras rond, ce teint clair, ces lèvres pâles ? Mais Ferdinand manquait de temps et de courage pour prospecter au fond de lui-même. Il avait du travail. Il enterra donc ses rêveries intempestives et pria simplement Mélissa de réfléchir à de nouveaux formulaires d'évaluation. Obsédé par ce qu'il appelait le « traitement humain », une vision plutôt paradoxale qui prétendait concilier rentabilité, respect et reconnaissance, il voulait préciser les critères, chiffrer les objectifs, multiplier les formations, entendre les points de vue.

Pour sa part, JL trouvait de plus en plus bizarre ce garçon qui observait les heures d'arrivée et de départ du personnel, préférait déjeuner à la cantine, quittait la table après le repas de manière ostensible pour encourager les autres à reprendre le travail, mais en parallèle, demandait à Mélissa de plancher avec le comité d'entreprise sur l'épanouissement des employés. Toutefois, HBMB ne s'était jamais aussi bien porté, alors, pourquoi s'en serait-il mêlé ?

Ferdinand reçut tous les cadres en entretien individuel. A l'idée d'être notée par celui qu'elle considérait comme un rival outrageusement favorisé, VS, première sur la liste, n'avait pas dormi. Ses petites médisances du temps où elle espérait encore profiter de l'influence de JC avaient circulé dans la maison, et malgré un bilan excellent, elle s'attendait à un règlement de comptes. Ce fut l'inverse : Ferdinand ne fit aucune allusion au passé, la félicita pour son bilan et lui confia de nouvelles responsabilités.

Puis il reçut NTB, de retour à son poste où elle passait le plus clair de son temps pendue au téléphone avec ses copines, affichant un désintérêt profond pour ses dossiers. Il lui parla froidement et l'informa qu'une lettre d'avertissement lui parviendrait le lendemain. NTB tapa du poing sur la table et brandit de soi-disant relations syndicales. Ferdinand la laissa s'agiter quelques semaines puis annonça qu'il la licenciait. NTB pleura, argua qu'elle était mère de famille nombreuse, mais Ferdinand demeura impassible et fit vider le jour même son bureau. Quelques autres suivirent : assistants tire-au-flanc, secrétaires désinvoltes, les incompétents recrutés par erreur firent leurs bagages – souvent d'eux-mêmes. En revanche, ceux qui travaillaient dans l'ombre furent écoutés, encouragés, parfois même augmentés. Ferdinand ne s'intéressait qu'au professionnalisme et aux résultats : que les gens lui soient ou non sympathiques était accessoire. Il divisait les troupes en deux camps : les sincères et les illusionnistes, et se montrait aussi souple avec les uns que dur avec les autres.

Cette politique lui valut l'estime générale du personnel. On trouvait bien sa vision un peu manichéenne, mais au moins avec lui chacun savait à quoi s'attendre puisque les règles étaient valables pour tous : beaux, laids, jeunes, vieux, drôles, tristes, tous étaient logés à la même enseigne.

— Audacieux et tranchant, mais efficace, commentait JL. Mon cher, tu aimes les idées neuves.

— La justice sociale n'est pas une idée neuve, répondait Ferdinand. Seulement sous-estimée. Il est grand temps d'évaluer les gens en fonction de leurs capacités et de leurs résultats.

A ses côtés, Mélissa travaillait sans relâche. Les deux premiers jours de leur collaboration avaient été une épouvantable torture. S'asseoir en face de Ferdinand, soutenir même son regard était trop difficile. Et lui qui expliquait : « Evitons l'affect, pas de considérations personnelles », tandis que son cœur se ratatinait comme une vieille pomme au fond de sa poitrine ! A aucun moment elle n'imagina qu'il posait entre eux ces barrières pour se protéger de ses propres sentiments. Pour cela, il aurait fallu qu'elle soit une de ces petites filles gâtées par la vie, sur lesquelles se penchent des mères disponibles et tendres. Une de ces petites filles que leurs pères juchent sur leurs épaules en leur jurant qu'elles sont les plus jolies merveilles du monde.

Les parents de Mélissa aimaient leurs filles, mais comment parler d'amour lorsqu'on est épuisé ? Comment parler tout court, lorsqu'on n'aspire plus qu'au silence ? Le crâne dévoré par le vacarme de l'usine, les yeux éteints à force de fixer la machine, les crampes, les odeurs, les commentaires des voisins sur la chaîne, la scoliose qui guette, le prix de la cantine qui grimpe et le salaire qui stagne. Le soir, le père demandait les carnets de notes. La mère n'embrassait pas les filles, il fallait encore faire le repassage. A l'âge de l'école primaire, Faustine la forte en maths et Mélissa la littéraire s'entraidaient dans leur chambre. A l'âge du lycée, elles s'inventaient ensemble des fiancés et des destins extraordinaires tirés des romans qu'elles lisaient par dizaines, compensant l'absence de télévision. Elles dansaient devant la glace sans savoir si elles étaient belles ou laides, habillées sans complexes avec leurs vêtements bon marché. Elles ne se plaignaient pas. Elles savaient ce que coûtait à leurs parents la volonté farouche de leur offrir une autre condition.

Le troisième jour, Mélissa reprit le contrôle. Elle s'apostropha : Que crois-tu, ma pauvre, oublies-tu que Ferdinand a sa vie, et une vie bien remplie ? Elle revoyait le sourire satisfait de l'Impératrice, ses fesses de charcutière, sa main agitant sa lettre de démission, mon Dieu, Ferdinand dans ses bras, Ferdinand dans son lit, la bouche de Ferdinand sur la bouche de JJ !

Ce qu'elle ignorait, c'était que Ferdinand prenait rarement JJ dans ses bras. Si leurs corps se croisaient la nuit dans de violentes étreintes, le jour, ils se contentaient de cohabiter en silence. Ils passaient leurs week-ends séparément : Ferdinand entre ordinateur et terrain d'aviation, JJ entre cinémas et boutiques. A plusieurs reprises, le jeune homme avait d'ailleurs tenté de se débarrasser de son encombrante compagne, mais la jeune femme avait déjoué tous les pièges et construit une toile serrée autour d'eux, nouant d'étroites relations avec la mère de Ferdinand. Elle l'invitait à déjeuner, prenait ses conseils, échangeait des recettes de cuisine. Puisque sa vie de couple était inexistante, elle brodait des anecdotes, piochant dans des comédies romantiques ou les liaisons de ses amies des détails ou des scènes gratifiantes. Joséphine était vraiment douée pour le mensonge : si perfectionniste qu'elle finissait par croire à ses propres histoires.

Bien entendu, elle s'arrangea pour que la mère prononce le mot « mariage » la première, et se paya même le luxe de répondre qu'elle n'était pas pressée.

— Mon fils a tellement de chance de vous avoir, ma chère...

— C'est à lui qu'il faut le dire !

Et en effet, dès qu'elle en avait l'occasion, la mère répétait à son fils combien elle était heureuse et fière, combien il la comblait en réussissant sur tous les fronts de sa vie. Pas un instant, elle qui aimait tant son garçon, ne pressentit sa solitude. Pas une seconde, elle ne perçut le lent glissement qui l'emportait vers une histoire dont il ne voulait pas. Comment l'aurait-elle pu ? Ferdinand s'exprimait de moins en moins. Lors des rares repas en famille, il mangeait tête baissée et repartait sitôt son café avalé, sans manquer toutefois de serrer ses parents contre lui et de les embrasser avec chaleur. Son père le raccompagnait jusqu'à sa voiture, admirait les options, la ligne, lui qui avait la même berline usée depuis dix ans.

Il réprimait une quinte de toux.

— Prends soin de toi, hein, mon garçon !

L'été approchait, et la question des vacances. JJ attendit le dernier moment pour l'évoquer, mais à présent, juillet était là avec son soleil naissant et ses peaux hâlées. Elle proposa sans illusion de partir deux semaines au bord de la mer, où une bande de ses amis avait loué une maison.

— Merci, dit Ferdinand. Je préfère rester à Paris. Mais vas-y, toi, profites-en ! Tu devras peut-être attendre longtemps avant de t'arrêter à nouveau !

Elle n'avait toujours pas de travail. Chaque jour, lorsque Ferdinand rentrait et disait : alors ? Elle secouait la tête : rien pour aujourd'hui. En fait, elle cherchait très mollement. Avec ses références, elle aurait pu trouver un emploi depuis longtemps, mais elle avait décidé de pousser l'inactivité le plus loin possible. Son instinct lui disait que c'était une bonne chose – c'était au moins un sujet de conversation.

— Je ne comprends pas, s'agaçait Ferdinand. Tu dois mal t'y prendre. Montre-moi ton CV.

Il lui écrivait des lettres de motivation convaincantes qu'elle jetait à la poubelle. Il sélectionnait des offres d'emploi qu'elle lisait à peine. Comme elle avait démissionné, elle n'avait plus aucun revenu en dehors du minimum social. Le RMI ! Ferdinand en était malade : c'était sa faute, il était la cause directe du chômage de JJ.

Comment aurait-il pu la quitter dans ces conditions ? N'était-il pas devenu responsable de son avenir ?

Elle cultivait sa culpabilité :

— Puisque tu ne pars pas, moi non plus. Je n'ai pas d'argent à dépenser.

Elle savait bien en disant cela que Ferdinand se sentirait encore plus engagé. Et lorsque la mère téléphona pour prendre des nouvelles, elle prit un malin plaisir à relater – et amplifier – ses déboires.

— Il n'est pas question de vous priver, Joséphine. Si Ferdinand préfère rester enfermé, c'est son problème. Nous partons à la campagne où nous avons une petite bicoque, rien d'extraordinaire mais de quoi s'aérer. Venez donc avec nous, enfin, si ça ne vous ennuie pas de passer quelques jours avec deux vieilles choses !

JJ s'esclaffa gentiment :

— Deux vieilles choses, comme vous y allez ! Je serai ravie de vous accompagner !

Des vacances avec eux : pouvait-on rêver meilleur catalyseur ?

Les parents passèrent prendre la jeune femme mi-juillet. Ferdinand observait la complicité du trio : le père attrapait JJ par le bras, envoyait joyeusement son sac par-dessus son épaule, bousculait gentiment son monde, allez-allez, en route mauvaise troupe !

Ils disparurent en riant. La porte se referma sur l'écho léger de leurs pas dévalant l'escalier. Ferdinand s'appuya contre la cloison : il était seul, enfin. Il longea les murs clairs, caressa la peinture du doigt. Il n'y avait plus aucun bruit, hormis une vague rumeur provenant de la rue et le ronronnement des machines.

Un peu plus loin, la cloche d'une église sonna ses douze coups. Ferdinand sourit et décrocha son téléphone pour réserver un avion.

LES VASTES BAIES VITRÉES DU bâtiment laissaient entrer le soleil de toutes parts. Dans les bureaux, les employés écrasés par la canicule devaient se contenter de stores pour seule protection. On parlait peu, on s'économisait pour ne pas ajouter à la chaleur des corps, on restait collés aux ventilateurs gris. Mélissa, en proie à la torpeur ambiante, tentait vainement de se concentrer lorsque le téléphone sonna : Faustine l'invitait en week-end.

— Dizzy débarque demain à Paris. On crève dans cette ville, tu ne l'as toujours pas rencontré et moi j'ai le teint terreux : partons ensemble en Normandie, là où il y a de l'air frais !

Dizzy s'appelait en réalité Galaktion. Géorgien d'origine, il s'était installé aux Etats-Unis vingt ans plus tôt. Au moment de sa naturalisation, ce fou de trompette et de jazz avait choisi son nouveau prénom en hommage au grand Gillespie.

— Retrouve-nous au Café de la Paix demain à dix-huit heures, d'accord ? Je promets solennellement qu'on ne prononcera pas les mots gluon, boson, fermion et quark pendant toute la durée du séjour.

Faustine et Dizzy s'étaient rencontrés pendant leurs études au MIT (*Massachusetts Institute of Technology*), où lui travaillait désormais comme chercheur. Elle était rentrée en France, appelée par le CNRS. Les deux meilleurs amis du monde, à six mille kilomètres de distance.

— Eh bien, tu rêves ? J'attends ta réponse !

— C'est bon, j'y serai.

Peut-être bien que je rêve, oui.

F.E.R. Je griffonne des lettres sur une feuille de papier à l'en-tête d'HBMB.

D.I.N. Personne ne sait, personne ne voit.

A.N.D.

And so what ?

— Désolé mon vieux, je n'ai plus rien pour toi, explique le patron de l'aéroclub. C'est que tu ne viens plus aussi souvent, je ne peux pas réserver sans savoir. Il me reste bien mon Piper mais tu n'en voudras pas.

— Non merci, répond Ferdinand. Le Piper, c'est bien joli, ça vous fait des huit paresseux à vous tourner la tête, mais il est trop bruyant. Ce que je veux, c'est un Cessna.

— Tu es trop difficile. Quand on est exigeant, faut avoir les moyens. Les Cessna, ils sont tous retenus jusqu'à la semaine prochaine.

Le patron a raccroché. Il en a marre de tous ces gars qui se prennent pour Saint-Exupéry à peine leur brevet obtenu. Ferdinand, il l'aime bien, mais depuis qu'il a une grosse BMW on ne le voit presque plus. Il faudrait se mettre à sa disposition, et puis quoi encore ?

Ferdinand a toujours le combiné dans la main. Tout se présentait bien : JJ à distance, du temps libre et un ciel dégagé, mais voilà les ennuis. Il aurait pu piloter tous les jours, eh bien non, il faudra demeurer à terre jusqu'à la semaine prochaine ou accepter le Piper. Faut avoir les moyens, a dit le type. Les moyens ? Combien précisément ? Combien, le prix de la liberté ? Les idées se bousculent.

Allons Ferdinand, c'est ridicule, un avion coûte atrocement cher. Et l'entretien, l'assurance, le garer, l'alimenter. Combien ? Ferdinand se souvient brusquement qu'il ne s'est plus autorisé de rêve depuis qu'il a cinq ans. Il s'offre ses périphériques, ses logiciels, ses revues, basta. Les restaurants, les voyages, les vêtements de marque, les belles voitures ou les appartements, c'est pour JJ et tous ses congénères. Lui, il s'en fout. La BMW, il ne l'a pas choisie, il aurait préféré plus petit.

Il n'aime pas dépenser l'argent dans le superflu. Ce qu'il croit dur comme fer, c'est qu'on devrait déjà être bien content d'avoir à manger tous les jours. Ce qu'il pense, c'est que la plupart des gens sont des inconscients qui marchent au bord d'un gouffre avec des talons hauts.

Mais cet après-midi, voici que Ferdinand découvre cette idée folle : un avion. Il se sent un peu coupable en appelant les constructeurs, mais il écoute, note. Je songe, confie-t-il à ses interlocuteurs, à acquérir un petit appareil.

En vérité, la décision est déjà prise : il aura son avion.

Il lui faut trois jours pleins pour éplucher les offres, comparer les tarifs, disséquer les modèles, décider : ce sera un F 22 de General Avia, un beau petit coucou de sept mètres quarante. Il en est déjà amoureux.

— Combien ?

— Ça vous fera dans les cent quatre-vingt mille euros, dit le vendeur. Mais attention, c'est du costaud. Il vous conduit au septième ciel.

— C'est du costaud, répète Ferdinand perdu dans ses calculs.

Il a un salaire confortable, mais pratiquement aucune épargne. Il a d'abord dû rembourser les prêts étudiants, et maintenant, c'est JJ qu'il faut nourrir. Chaque début de mois, il lui remet la moitié de son salaire au prétexte qu'elle fait tourner la maison. En réalité, il paie sa dette.

— Nous proposons des crédits, ajoute le concessionnaire. Vous pourrez payer en douze mois.

Ferdinand réfléchit. Il a peut-être une solution. Voilà des années, bien avant HBMB, il s'est intéressé à la Bourse. Pas pour l'argent, à l'époque il n'avait pas un sou vaillant : ce qui le passionnait, c'étaient les flux financiers, les mécaniques, la part de hasard. Il s'était procuré des logiciels de gestion de portefeuille, avait créé des graphiques, étudié des dizaines de milliers de mouvements, analysé les marchés financiers et les indices internationaux, imaginé ses propres outils de prévision, simulé des opérations. Il en avait fait le sujet d'un mémoire, résultat, mention très bien et une avalanche de questions de la part du jury.

Ferdinand se souvient qu'il a naguère gagné virtuellement des sommes colossales, des colonies de F 22. Aujourd'hui, un seul lui suffirait amplement.

La nuit durant, il se penche sur son écran, consulte les principales places mondiales, griffonne des kilomètres de calculs, à même la table. Au petit matin, il est satisfait. Il contacte plusieurs établissements financiers et souscrit tous les crédits possibles en dissimulant ses charges. Ce n'est pas légal, mais ce n'est pas injuste – or aux yeux de Ferdinand, la justice est le seul critère valable. Il s'est donné quatre mois pour réussir.

Quelques jours plus tard, lorsque JJ rentre de la campagne, elle le trouve penché sur son ordinateur, une machine à calculer dans chaque main. Il est pâle, épuisé.

— Tu te sens bien ? interroge-t-elle, mais il ne répond pas.

Elle n'insiste pas, range sa valise. Passe sous silence les discussions tardives avec ses parents, comme ils s'entendaient bien et comme ils l'ont gâtée. Tait les projets d'agrandissement dont ils ont parlé ensemble pour la maison – un jour, il faudra bien des chambres supplémentaires.

Elle préfère laisser s'amuser ses mains dans l'entrecuisse de Ferdinand.

— Je n'ai pas le temps, fait-il sèchement.

Au même moment, le téléphone sonne.

— Pardon de te déranger, s'excuse JL à l'autre bout de la ligne. Je sais que tu as pris quelques jours de repos, mais le C.E.O. vient à Paris vendredi et j'aimerais que tu le rencontres. Ça te convient ?

— Avec plaisir, répond Ferdinand en repoussant JJ. Je serai là vendredi.

Le Chief Executive Officer [1] d'HBMB était un homme d'affaires new-yorkais typique, c'est-à-dire pragmatique, direct et sûr de lui. Toutefois, à la différence d'une majorité d'Américains, il voyait la France autrement qu'un micro-État difficile à situer sur la carte du monde et réputé pour ses baisers, son vin, ses fromages et sa mode. Le leader mondial de l'hygiène et de la cosmétique était d'origine française, et cela, Mark Schenk ne l'oubliait pas. Il respectait les Français, à condition que ceux-ci maîtrisent parfaitement sa langue – or c'était le cas de Ferdinand.

Ils s'apprécièrent au premier coup d'œil. Ferdinand sut demeurer discret et laissa JL mener la conversation pendant leur déjeuner, se bornant à placer entre poire et fromage plusieurs remar-

1. Directeur général.

ques pertinentes à propos du marketing européen et mondial. Après quoi, il présenta les derniers chiffres ainsi qu'un aperçu de ses plans pour les deux ans à venir. Le climat ayant été particulièrement clément, les résultats pour les produits solaires, les dépilatoires, les déodorants, les produits minceur et le maquillage waterproof étaient excellents : les convives burent une coupe de champagne à la santé d'HBMB. En prenant congé, Mark Schenk écrasa la main de Ferdinand avec un large sourire, et lança :

— *See you soon in New York !*, ce que chacun décoda comme un message.

JL et le président aimaient beaucoup Ferdinand, qu'ils considéraient comme leur poulain. Ils félicitèrent le jeune homme pour sa prestation ; au siège, on leur attribuerait le mérite d'avoir réalisé un pareil recrutement et d'aussi bonnes parts de marché. Tout se présentait pour le mieux. Le mois d'août était à peine entamé, ils s'en allaient tous les deux pour des vacances en Corse où ils possédaient une maison dans le même hameau. Bientôt, ils se retrouveraient sur un court de tennis, un golf ou un terrain de pétanque. Ils boiraient un pastis en échangeant de nouvelles anecdotes sur Mark Schenk ou les autres grands noms du business installés par ici – il y aurait les virés qui mettraient en vente leurs villas et ceux qui avaient le vent en poupe, qui organiseraient des fêtes à tout casser. De temps en temps, ils passeraient un coup de fil à Ferdinand pour prendre connaissance de la revue de presse interne, puis retourneraient s'allonger au bord de la piscine, où ils liraient la biographie d'un roi de France rédigée par le nègre d'un homme politique en mal de reconnaissance. C'était la belle vie.

IL FALLUT PRÉCISÉMENT quatorze semaines à Ferdinand pour remplir son objectif. Si le mois d'août ne s'était pas glissé dans l'affaire, huit à dix auraient suffi. Mais l'été est une période creuse pour l'économie et Ferdinand dut attendre septembre pour se donner les meilleures chances de réussite. La rentrée fut conforme à ses espérances : un marché agité, avec de très fortes variations à la hausse comme à la baisse. Il connut quelques échecs, mais une fabuleuse intuition croisée à sa maîtrise technique ainsi qu'au hasard le vit réaliser des performances étonnantes. Il jouait avec les warrants [1] comme on joue aux billes à huit ans : avec un mélange efficace de foi et de détachement. A la mi-

1. Warrant : produit semblable, dans son principe, à une option, mais qui est juridiquement une valeur mobilière cotée au comptant. Il permet d'acheter ou de vendre une certaine quantité d'un support (action, obligation, indice, devise...) jusqu'à une date déterminée..

octobre, il avait doublé son capital. Il en perdit une partie la semaine suivante, puis fit la culbute dix jours après, avec un pari risqué. Bien sûr, il avait obtenu encore mieux avec ses simulations, mais cette fois, c'était bien réel, et stupéfiant : on pouvait donc s'enrichir aussi vite ? Et s'enrichir, n'était-ce pas se protéger de l'avenir ?

Il remboursa ses emprunts, signa un chèque d'acompte pour son F 22, puis continua sous prétexte d'amasser de quoi garantir l'entretien de l'appareil pour quelques mois. Chaque matin, il se levait à cinq heures pour effectuer ses placements, rectifier ses positions, prendre ses bénéfices. Le soir, à peine rentré de son bureau, il reprenait ses dossiers, décortiquait les dernières données des marchés, les dernières analyses publiées, puis envoyait ses ordres. Son compte en banque ne cessait de gonfler tandis que lui maigrissait à vue d'œil, dévoré par le manque de sommeil et excité par l'ampleur de ses gains.

Chez HBMB, certains remarquèrent son manque de tonus, tellement inhabituel. Il avait la tête ailleurs, il était moins créatif. JL s'inquiéta et le pria de se ressaisir. Il lui rappela l'intérêt montré par le siège à son égard et suggéra que d'autres jeunes pointures n'attendaient que l'occasion de se faire valoir. Il cita un Allemand et un Belge, dont Ferdinand avait effectivement vu les noms circuler dernièrement. Le même soir, coïncidence, un attentat sanglant au Proche-

Orient fit s'écrouler le cours du pétrole, qui entraîna dans sa chute l'ensemble des Bourses américaine et européennes. C'était un épiphénomène classique, mais Ferdinand l'interpréta comme un signe du ciel. Depuis 1929, l'histoire était parsemée de dégringolades tragiques et de ruines fatales. Il conclut qu'il était temps de revenir à la raison – et à l'entreprise. Il vendit l'essentiel de son portefeuille, régla le solde de son avion et se replongea dans les cosmétiques.

JJ vécut ces trois mois comme un véritable séisme : pour commencer, elle frôla le malaise en apprenant que Ferdinand comptait acheter un avion. Elle se renseigna sur le prix, mon Dieu, la valeur d'un appartement ! Toutefois son bon sens lui commanda de ne pas intervenir et elle réussit à taire tout le mal qu'elle pensait de cette acquisition. Plus tard, lorsqu'elle réalisa les sommes colossales que son compagnon s'était mis à rafler, elle connut une période euphorique et perdit le sommeil à son tour. Pendant que Ferdinand préparait ses ordres, elle spéculait sur les moyens d'investir cet argent. Rêvassait en feuilletant des magazines qui montraient des épouses oisives et richissimes assistant aux collections de haute couture, organisant des réceptions, fréquentant des joailliers célèbres et soutenant des associations charitables. Entendait des voix irréelles, des exclamations susurrées « ce Bataille, quelle chance il a d'être épaulé par une femme pareille, spirituelle, de l'allure, un art de recevoir ! », imaginait quel couple incroyable ils pourraient former, si seulement il se mettait à l'aimer.

Si seulement il avait les pieds sur terre.

Mais Ferdinand abandonna la Bourse et JJ dut remettre ses fantasmes à plus tard, tout en songeant qu'elle devrait peut-être accélérer son destin.

Mélissa revint en pleine forme : ce long week-end l'avait enchantée. Elle s'était entendue à merveille avec Dizzy, qui cachait derrière son aspect réservé un grand sens de l'humour. Le trio avait bu quelques bouteilles de blanc, dévoré des fruits de mer, fait de longues promenades, ri et parlé jazz, le jeune homme tentant d'améliorer l'éducation musicale des deux filles. Il avait apporté sa trompette et fit une démonstration sonore qui s'acheva dès le premier soir sur la plage, après l'irruption dans la chambre de l'hôtelier furieux. Il y eut un bain de minuit dans une eau glacée, durant lequel Dizzy prit froid – ou au moins, le prétexta – et demanda à Mélissa de lui frotter le dos. Il y eut une oraison étrange et poétique, lorsqu'il pointa le ciel du doigt et raconta les pluies d'étoiles et les rayons cosmiques. Il y eut un serrement de cœur quand la conversation, beaucoup plus tard, se porta sur la dictature de l'esthétique et que Faustine et Mélissa détournèrent leurs regards. Les quatre jours filèrent trop vite ; il fallait rentrer à Paris d'où Dizzy repartait pour Genève et un cycle de conférences. Au moment de se séparer, il prit Mélissa dans ses bras et lui murmura combien il était heureux de l'avoir rencontrée. Elle eut un bref mouvement de recul qu'elle regretta aussitôt. Pourtant Dizzy, habitué à sa condition de laid, ne s'en offusqua pas. Il lança une boutade pour détendre l'atmosphère, puis disparut dans un taxi en promettant de donner des nouvelles.

— A propos, questionna Faustine en déposant sa sœur, toujours pas de petit ami ? J'espère que tu ne penses plus à ton monsieur Bataille...

Mélissa l'embrassa tendrement et s'engouffra sous son porche. La pierre des immeubles était chaude à Paris. Que faisait Ferdinand à cette heure ? Les creux de ses genoux étaient-ils moites et ses doigts poisseux comme les siens ? Avait-il soif à en lécher les murs, luttait-il contre la lenteur de l'été ? Aimait-il enfoncer sa tête contre l'oreiller frais, respirer l'odeur de lessive ?

J'espère que tu ne rêves plus à ton monsieur Bataille, Mélissa. Que tu oublies ces cheveux drus qu'on voudrait attraper par poignées, ces paumes larges, cette peau lisse qui surgit par hasard entre deux plis d'une chemise froissée. N'imagine pas, présomptueuse petite fille de trente ans, que Ferdinand pourrait avoir pensé à toi une seule seconde, une seule fois. Car souviens-toi : chacun doit rester à sa place.

Le soleil normand avait fait naître sur son visage des dizaines de taches de rousseur supplémentaires – elle était adorable. Dans la rue, les garçons se retournaient sur son sourire et elle trouvait ça bon, elle avait envie qu'on ait envie d'elle. Elle téléphona au bureau et apprit que Ferdinand l'avait demandée plusieurs fois, qu'il y avait des chantiers urgents à lancer : l'automne s'annonçait bien.

QUATRE MOIS SUFFIRENT À la rénovation des locaux. Ferdinand tenait à ce que tout soit prêt pour Noël et les entreprises avaient travaillé d'arrache-pied. Une société d'études rendit d'abord un rapport interminable sur la symbolique des couleurs. Selon ses conclusions, le marketing fut teinté de bleu (pour l'action), le commercial de vert (pour la poursuite des objectifs), la production d'orange (pour le passage à l'acte) et l'étage de la direction de parme et de mauve (pour la sérénité, l'inspiration et l'élévation). Chaque bureau était personnalisé par une deuxième couleur, choisie par les intéressés eux-mêmes sur présentation d'une palette. A chaque étage et dans chacune des ailes du bâtiment, on installa un présentoir moderne destiné aux produits de la société, ainsi qu'un tableau sur lequel on épingla les articles de presse et les publicités. Le parc d'ordinateurs et d'imprimantes fut renouvelé et étendu, de sorte que chacun puisse avoir accès à un poste. Mélissa organisa la mise en place d'un Intranet [1] et informa les salariés que désormais, tous pourraient s'adresser directement par e-mail au président, au directeur général et au directeur du marketing. Ce dernier point fut le plus difficile à obtenir : JL et le président craignaient d'être assommés de requêtes. En fait, le président ne reçut qu'un seul e-mail en un mois, envoyé par un salarié qui rentrait de vacances et avait découvert dans un magazine étranger un article le concernant.

Le chantier prit fin quelques jours avant les fêtes. Mélissa incita tous les employés d'HBMB à exprimer leurs réactions et leurs suggestions pour l'avenir. Qu'il s'agisse des places de parking – un sujet brûlant qui agitait la moitié de l'entreprise –, des machines à café, de l'épaisseur des stores ou d'une demande de mutation, elle répondit avec le même soin à tous. L'impact sur la motivation générale se fit sentir aussitôt. Le climat social s'améliora, les congés maladie diminuèrent, on entendit siffloter dans les couloirs.

La veille de Noël, alors que la jeune femme terminait la rédaction d'un contrat, son ordinateur lui signala par un bip qu'elle avait du courrier. Elle ouvrit sa boîte et vit s'afficher sur son écran le sourire de Dizzy.

1. Réseau interne à l'entreprise.

« Hello Honey, murmurait le jeune homme avec son accent mi-géorgien, mi-américain, écoute un peu ce qui suit... »

L'image se fondit pour laisser place à une minuscule Mélissa flânant sur une plage normande. Puis, tandis que la silhouette commençait à battre du pied, la propre voix de la jeune femme s'éleva, chantant un air de Gillespie, *A Night in Tunisia.* Les yeux écarquillés, Mélissa contemplait cette copie conforme s'éclabousser d'eau salée, danser, tourner sur elle-même, enchaînant des notes pures avec la vélocité d'une trompette.

Elle se souvint de la caméra de Dizzy. Elle se souvint d'une soirée passée à l'écouter jouer ce vieux standard. Elle se souvint avoir plaisanté et lâché que, petite, elle voulait devenir chanteuse.

Faustine l'avait interrompue : Ah non, Mélissa, tu ne saurais même pas reprendre *Au clair de la lune*!

C'était sa voix, pourtant. Son timbre, haut perché mais magnifiquement juste, assuré, puissant.

— J'ignorais que vous aviez ce talent, fit soudain Ferdinand dans son dos : c'est très impressionnant. Oh, pardon, je vous ai fait sursauter. J'ai pourtant frappé à la porte.

— Ce n'est pas moi, se défendit aussitôt Mélissa.

— Une sœur jumelle alors?

— Une carte de vœu. Un ami très fort avec les machines, un physicien, un genre de savant fou. Il a trafiqué je ne sais quoi, et voilà : je chante. Ou plutôt, quelqu'un qui me ressemble chante au bord de cette plage.

— Et un morceau qui n'est pas facile, ajouta Ferdinand. Pourrais-je le revoir ?

Il était un peu tard, les bureaux étaient déserts, les haut-parleurs de mauvaise qualité de l'ordinateur crachaient leurs notes en grésillant.

— C'est vraiment vous, murmura-t-il encore. Incroyable.

Elle était si jolie.

Ils regardèrent ensemble le film en boucle, trois ou quatre fois. Ferdinand questionna Mélissa au sujet de Dizzy. Il lui confia qu'il était passionné de haute technologie et qu'il s'essayait à des expériences de ce genre. Il trouvait prodigieuse la similitude des voix.

— Le progrès est formidable, pourtant il me fait peur, poursuivit-il. J'ignore encore s'il nous sauvera ou causera notre perte. Cette question me ronge.

Il y eut un bref silence, brisé par la sonnerie du téléphone : Faustine rappelait Mélissa à l'ordre.

— Je dois m'en aller, déclara à regret la jeune femme en posant le combiné. Je n'ai pas vu le temps passer, il est déjà dix-neuf heures trente. Vous aussi, vous dînez en famille ?

— Oui, répondit Ferdinand sur un ton mécanique. JJ a tout organisé.

— Ah. Saluez-la de ma part!

— Merci. Je vous souhaite beaucoup de bonheur pour les fêtes.

Il s'était assombri. Il prit son manteau, surtout penser à emporter le paquet préparé par sa secrétaire – il l'avait envoyée chercher un cadeau pour JJ dans l'après-midi. Puis, comme il allait sortir du bureau, il revint sur ses pas.

— Au fait, j'étais venu pour vous remercier. Vous m'avez beaucoup aidé ces dernières semaines, vous avez fait un sacré boulot sur le réseau. Vous serez augmentée dès ce mois-ci. Alors, joyeux Noël!

L'odeur des murs fraîchement peints flottait dans l'air. Il y aurait du foie gras, du homard et une bombe glacée préparée par sa mère, qui avait cru bien faire en les invitant tous les deux. Il y aurait des canapés au saumon, du champagne millésimé, des photos, un caméscope, des couronnes de fleurs dorées sur la table. JJ aurait trouvé la surprise idéale pour ses parents, quant à lui, il déballerait un énième portefeuille, cartable, polo, stylo-plume.

— Joyeux Noël, répondit Mélissa alors qu'il tournait les talons.

JE SENTAIS SON PARFUM, cette odeur que j'adore.

Cette odeur qui m'englue, englue mes sensations, m'endort, mon bienheureux sommeil.

Il s'est assis tout près, nos vêtements se touchaient mais c'était comme si nos corps électriques se frottaient ; le coton de sa peau traîne encore dans ma tête.

Mélissa, c'est Noël, plus d'un an que ce garçon t'obsède, un an qui s'évapore, observe le miroir, que vois-tu ?

— Ferdinand.

FERDINAND TRAVERSE LA pelouse qui borde le tarmac. Ses chaussures s'enfoncent dans la terre molle, il a plu ce matin. Le ciel est gris, qu'importe ! Rien d'autre ne compte plus que cette jolie carlingue, bleue et blanche, un chiffre et ses deux initiales.

— Quelle machine, fait l'employé de l'aérodrome, admiratif. C'est à vous ?

Ferdinand n'ose plus, se pourrait-il vraiment qu'il soit le propriétaire ?

Il avance finalement, tend la main, caresse le métal froid. Grimpe à l'intérieur, s'installe, contemple le tableau de bord. Caresse encore, lui parle comme on berce un enfant, avec douceur, amour et naïveté.

Te voilà mon bébé, vierge, pur, peinture immaculée, nez propre, sans un grain de poussière, sans une éraflure, je voudrais me coucher dans ton ventre et fondre dans ton ombre.

TOUS AVAIENT PRIS DE SAGES résolutions en ce début d'année.

Mélissa trouverait un fiancé.

Ferdinand se débarrasserait de JJ.

JJ épouserait Ferdinand.

Début janvier, les parents de Ferdinand lui envoyèrent une petite carte : *Cher Ferdinand, merci de faire notre fierté. Nous te souhaitons, ainsi qu'à notre Joséphine, la meilleure des années.*

Le même jour, JJ se glissa dans le lit armée d'un pot de confiture de fraises et apprit à Ferdinand qu'il existait différentes méthodes de tartinage, dont certaines dépassaient l'entendement. Alors qu'il se trouvait encore sous le choc de ses découvertes, elle lui annonça qu'elle avait reçu une réponse positive pour un poste à occuper le mois suivant. Sur le moment, il se sentit un peu égaré. Son esprit se réjouissait de la nouvelle – il n'y aurait plus de culpabilité à se séparer de JJ –, mais son sexe, si l'on peut dire, en était consterné. Il se prit à considérer d'un œil triste le contenu des placards, miel, sucre, poudre de cacao. La nuit, un tas d'images saugrenues vinrent se mélanger dans des rêves compliqués. Son père assoupi dans un fauteuil, JJ marchant nue parmi les silhouettes grises, Mélissa au manche du F 22, les couloirs d'HBMB transformés en grand huit, Gillespie sous un arbre de Noël. Il respirait moins bien, se réveillait trempé sans savoir précisément ce qui en était la cause.

JJ et lui cohabitaient maintenant depuis plus d'un an. La jeune femme savait l'équilibre instable et s'inquiétait des décisions dangereuses que risquait d'apporter la nouvelle année, aussi se mit-elle en tête de consolider son couple par tous les moyens. Jusque-là, elle avait réussi à investir les sphères intime et privée de Ferdinand – son corps et sa famille. Il lui restait à maîtriser la sphère professionnelle, dont elle s'était exclue en quittant HBMB. Elle trouva un prétexte idéal en organisant à l'insu de son compagnon un anniversaire-surprise. L'appartement n'était pas grand mais en poussant les meubles, on pouvait y tenir à une vingtaine, ce qui suffisait amplement à son plan. Elle fit sa liste d'invités : pour commencer, tous les membres du comité de direction, y compris le président. Puis, quoique à contre-cœur, Mélissa, VS et les deux responsables du service informatique. Enfin, quelques-uns de ses propres amis pour se sentir soutenue.

Tous, chez HBMB, envoyèrent une réponse positive. Tous aimaient beaucoup Ferdinand et JJ avait la réputation de savoir s'amuser : cela augurait une bonne soirée. On fit une collecte en secret. JJ choisit un fauteuil club dans un magasin chic et s'arrangea avec la gardienne de l'immeuble pour qu'elle l'entrepose en attendant le grand jour. Elle courut les magasins pour trouver une nouvelle tenue, commanda des fleurs, engagea un traiteur. Tout se présentait pour le mieux, lorsque le président fit appeler la jeune femme : Mark Schenk, en déplacement en Belgique, avait annoncé qu'il se rendrait à Paris le soir de la fête. Il était probable que les deux hommes dînent ensemble, aussi valait-il mieux ne pas compter sur lui.

En Belgique ? JJ avait de la mémoire. Ferdinand avait mentionné voici quelque temps le parcours d'un certain Egon Van Greben, un Belge qui pourrait bien compter parmi les futurs élus de l'entreprise. Elle fit aussitôt le rapprochement et rappela l'assistante du président.

— Qu'ils viennent tous les deux, insista-t-elle. Ne serait-ce que pour boire un verre, en début ou en fin de soirée. Je ne vous demande pas de réponse, nous verrons bien !

Elle avait du flair, de la chance et du culot. On transmit sa suggestion à l'Américain, qui déclara qu'il serait heureux de se joindre à la fête.

Le rendez-vous fut fixé à vingt heures afin que tous soient réunis avant l'arrivée de Ferdinand. Le buffet était magnifique, la robe excentrique et la musique agréable. Pour ajouter au bonheur de JJ, le président la présenta à Mark Schenk en employant le terme *Ferdinand's wife*, sans doute parce qu'il n'avait rien trouvé d'autre. JJ ne démentit pas. Elle s'exprimait dans un anglais correct et engagea une conversation très parisienne sur l'art et le cinéma, régurgitant avec maîtrise le contenu des magazines qu'elle avait lus dans la semaine.

A vingt heures quarante-cinq, Ferdinand, alerté par le bruit provenant de son appartement, entrouvrit la porte avec précaution, et voilà ce qu'il vit : JJ accrochée au bras de Mark Schenk, riant aux éclats ; en arrière-plan, une quinzaine de personnes dont la moitié lui étaient étrangères, dansant, fumant et avalant des toasts dans son salon ; le président assis dans un fauteuil club qu'il n'avait jamais vu ; JL sortant de la salle de bains.

La musique s'arrêta brusquement, et tous ces gens crièrent d'une seule voix : « Happy Birthday Ferdinand ! »

Mark Schenk lui donna l'accolade, JJ l'embrassa avec une sensualité appuyée et des inconnus lui serrèrent la main en le félicitant. Il croisa le regard de Mélissa et se sentit vaguement ridicule. Il prit tout de même la coupe tendue par JJ, l'avala d'un trait et sourit à Mark Schenk.

— Eh bien, questionna ce dernier, on me dit que vous nous préparez un projet fantastique ?

Mais le gâteau arrivait : ils changèrent de sujet. L'assemblée se groupa autour de Ferdinand qui dut souffler vingt-huit bougies sous des cris déchaînés. Puis quelqu'un monta le volume de la musique et la fête retrouva son rythme initial, personne ne parla plus affaires.

Mark Schenk, le président et JL repartirent vers minuit, enchantés.

— Vous avez une épouse charmante, souffla Schenk à Ferdinand. Quelle chance, vraiment !

Puis il disparut dans l'ascenseur.

JJ fit semblant de ne pas entendre : elle avait bien travaillé.

La notice technique est épaisse, mais Ferdinand voit plus clair dans son F 22 que dans sa propre vie. Que fait-il assis sur cent quatre-vingt mille euros ? Il n'a pourtant retenu que les options raisonnables, pas de sièges en cuir, pas de peinture trois couleurs, pas de montre digitale chrono, même pas de frein copilote.

Que fait-il avec JJ ?

Pourquoi le monde entier veut-il les voir mariés ?

Pourquoi a-t-il toujours cette sensation d'être avalé par un monstre ?

Pourquoi a-t-il la nuque si raide, les épaules si douloureuses et la colonne vertébrale pliée ?

Allons Ferdinand, ne réfléchis pas et avance. N'oublie pas, ce qui compte, c'est de ne jamais s'arrêter.

Il présenta son projet au mois de mars. Depuis un bon moment, tous les industriels présents dans l'hygiène-beauté et l'alimentaire exploraient les concepts alliant la santé à la nourriture. Les yoghourts, les céréales et bien d'autres produits enrichis en vitamines et compléments nutritionnels étaient d'ores et déjà un succès mondial. On voyait fleurir chaque jour des créations stupéfiantes telles qu'un lait à l'huile de poisson pourvu d'antioxygènes qui prétendait lutter contre les problèmes cardio-vasculaires, ou une boisson vitaminée enrichie de minéraux et de gelée royale d'abeilles, destinée à stimuler la production de collagène de la peau. On estimait le marché annuel potentiel des alicaments à plus de dix milliards de dollars uniquement pour les Etats-Unis.

Malgré ces perspectives juteuses, HBMB n'avait encore aucun produit de ce type dans son offre, à l'exception d'une gamme d'oligo-éléments sous forme de gélules vendues en parapharmacie. Des tests avaient montré un manque de légitimité des marques du groupe : aux yeux des consommateurs, HBMB pouvait lancer du parfum, des anti-chute capillaires, des baumes relaxants, des sels pour le bain, mais sûrement pas un dessert qui prévienne le syndrome prémenstruel ou un jus d'orange qui solidifie les ongles.

Ferdinand avait un autre point de vue. Il lista les attributs principaux des marques et produits phares de l'entreprise, et nota ceux qui revenaient le plus fréquemment : plaisir, parfum, facile, détente, bon, bien. Puis il répertoria tous les types d'aliments à potentiel international et les confronta aux champs de compétences définis pour HBMB par les sociétés d'études. Il examina les capacités de production et de distribution de la firme, évalua la concurrence. Enfin, il entra l'ensemble de ces données dans son ordinateur et les croisa. La machine ressortit deux mots : chewing-gum.

Le chewing-gum était universel, issu d'une technologie simple. Ce n'était pas un aliment au sens strict du terme, mais plutôt une friandise. Déjà présent sous la forme « sans sucre » et « fluoré » dans les pharmacies, il correspondait à un geste plaisir, pouvait se décliner dans de nombreux parfums, était souvent consommé pour son action antistress. Il existait déjà plusieurs fabricants, mais ceux-ci restaient cantonnés sur le terrain de la confiserie pure. Enfin, le concept de chewing-gum enrichi ne véhiculait aucune notion de danger dans l'esprit des consommateurs, du fait qu'il n'était pas ingéré.

Les chefs de produits sélectionnèrent des substances parmi lesquelles le sélénium, le calcium, le magnésium, des acides linoléiques, des vitamines et autres enzymes, en fonction des bienfaits qu'elles pouvaient procurer. L'idée fut soumise à des consommateurs qui estimèrent que contribuer à prévenir l'ostéoporose, le cancer du côlon, les accidents cardiaques, les troubles circulatoires, l'obésité, le relâchement des tissus, et l'apparition de taches brunes en mâchant du chewing-gum constituait un progrès indiscutable. Bien entendu, ces fameuses substances, faiblement dosées, ne produisaient qu'un effet très relatif, voire purement psychologique. Aucun test sérieux n'aurait pu démontrer le moindre résultat tangible, mais après tout c'était le lot de la majorité des crèmes amincissantes ou anti-âge, et elles se vendaient par kilos.

Ferdinand rédigea la présentation du produit. Il écrivit : « Mâcher un chewing-gum trois minutes par jour va changer votre vie. » Il souligna la présence d'extraits naturels de fruits, ainsi que celle d'une gamme zéro calorie à l'édulcorant. Il fit réaliser des emballages qui ressemblaient à ceux des chewing-gums classiques en plus moderne et plus appétissant.

Le projet connut aussitôt un succès foudroyant. Le président d'HBMB France déclara qu'il s'agissait de la plus belle opération de marketing réalisée par l'entreprise depuis dix ans. Il transmit les éléments à Mark Schenk, qui programma une réunion extraordinaire du board [1] international. Entre-temps, une série d'études qualitatives et quantitatives fut lancée dans les vingt-trois pays concernés. Le concept fut validé partout sauf au Mexique, en Grèce et au Portugal – mais il s'agissait de marchés secondaires.

JL et Ferdinand s'envolèrent pour New York, où le jeune homme fit la rencontre d'Herbert Warren, le président d'HBMB Monde, qu'il trouva moins impressionnant, mais surtout beaucoup moins sympathique qu'il ne l'imaginait. A l'issue de sa démonstration, le board international applaudit Ferdinand et approuva « Essential Gum » à l'unanimité.

Il ne restait plus qu'à mettre en place la production.

1. Comité.

A SON RETOUR DES ETATS-UNIS, ses parents invitèrent Ferdinand à déjeuner et lui demandèrent quelles étaient ses intentions à l'égard de JJ. Ils avancèrent qu'il était injuste de ne pas concrétiser la situation. Qu'il veuille bien les pardonner, mais elle avait un an de plus que lui, allait-il entretenir cette relation floue puis la laisser tomber lorsqu'elle serait trop vieille pour recommencer une histoire ? Joséphine était gaie, aimante, et quelle allure ! Le meilleur ambassadeur qu'il ait jamais eu. Si cela ne suffisait pas, alors qu'il le dise ! Ah, la belle réussite ! Les titres, les fonctions, l'argent ! Et un avion, maintenant ! Ignorait-il que tout cela pouvait disparaître d'un coup ?

Oui mon cher, que reste-t-il quand on a tout perdu ?

L'amour et les enfants.

Qu'il leur pardonne de se mêler de ce qui ne les regardait pas.

Ferdinand écouta sans broncher.

MÉLISSA CONTEMPLE L'HOMME qui dort dans son lit. La cinquantaine, grand, maigre, le front un peu dégarni. Journaliste, a-t-il hurlé à son oreille, dans la soirée dansante où ils ont fait connaissance. Il était bavard, sûr de son charme, il a joué les héros fatigués. Mélissa l'a laissé parler.

Un journaliste, c'est bien, non ?

Elle a fait un effort et s'est menti deux heures durant. A présent, il est là, à côté d'elle, chez elle, et en plus il ronfle. Elle s'est collée contre le mur, penser qu'elle est passée sous ce grand corps stupide, non, c'est affligeant.

Elle regarde sa montre, seulement quatre heures du matin, le temps est si cruel. La bienséance commande d'attendre le petit déjeuner pour dire adieu au journaliste. Après tout, c'est elle qui l'a conduit ici.

Mélissa, désormais, dit toujours oui. Combien

sont passés dans son lit depuis la nouvelle année ? Elle ne les a pas comptés. Cinq, six ? Neuf, dix ?

Elle songe à ces dents jaunes. Détaille tout ce qui la dégoûte dans celui qui l'a pénétrée, il n'y a pas une heure. Ses poches sous les yeux, ses mollets trop longs. Ses poils, son haleine chargée. Peut-être qu'elle noircit le tableau, mais.

Le précédent était plus jeune. Il s'appelait Bertrand, il avait les cheveux et les ongles longs, un étudiant en architecture. Celui-ci elle ne connaît même pas son prénom. Elle fait des paris. Il s'appelle Michel, Patrice, Jean-Jacques. Si ça se trouve, il le lui a dit et elle l'a oublié – elle avait bu pour se donner du courage.

Maintenant il dort à côté d'elle et il n'est que quatre heures du matin. Elle ne tiendra pas jusqu'à huit heures, elle veut qu'il s'en aille, qu'il dégage.

A mesure qu'elle l'observe, les murs de sa chambre rétrécissent. Elle respire mal, son cœur se tourne. Elle lui donne un léger coup de pied.

— Hé, qu'est-ce que tu veux, marmonne le prince charmant.

— Je veux que tu partes, lâche-t-elle.

— Tu sais l'heure qu'il est ? Ça ne va pas la tête ?

Il est quatre heures et dix minutes. Jean-Jacques, Patrice ou Michel lève une paupière gonflée. Non, ça ne va pas la tête. Ça ne va pas du tout. Le journaliste se lève et prend son pantalon. Son expérience lui dit qu'il vaut mieux décamper. Les filles qui ont ce regard-là, on ne sait pas de quoi elles sont capables. Le genre pic à glace, en quelque sorte.

— Salut, fait-il en claquant la porte.

Mélissa s'est assise sur son lit. Elle a encore les jambes mouillées. Souillées, plutôt.

On ne pourra pas lui dire qu'elle n'a pas essayé

AU DÉBUT DU MOIS DE JUIN, alors qu'une première vague de chaleur et de pollution s'étendait sur la ville, Mark Schenk se rendit à Paris et convia Ferdinand à prendre un verre. Après vingt minutes d'une conversation agréable mais anecdotique, il lui proposa tout à trac d'intégrer le board international au titre de « directeur marketing Monde ».

Depuis plusieurs mois, Ferdinand s'était plongé dans le travail pour échapper aux questions. Sa nomination était récente, les chiffres étaient bons, le prochain lancement d'Essential Gum occupait ses journées : il était momentanément satisfait de son sort.

— Vous semblez surpris, rigola l'Américain.

Cela agaça un peu Ferdinand. Il n'aimait pas beaucoup cette manie de plaisanter pour un oui ou un non.

— Ecoutez, mon vieux, si vous voulez faire

carrière, c'est chez nous. Réfléchissez ! Paris est une belle ville pour mourir...

Un cortège invisible traversa le cerveau de Ferdinand. Sa vie lui parut soudain un échiquier dont chaque case noire serait un puits béant. Prends garde, murmuraient les ombres, souviens-toi d'avancer.

A la table voisine, un gros type lisait le journal.

On restructure suite à la fusion de deux géants de l'aéronautique.

On restructure suite à l'automatisation de chaînes de production d'un fabricant de composants électroniques.

On restructure suite aux pertes d'une grande marque de téléphones mobiles.

Ferdinand songea à son père, racontant fièrement à Noël ses gains de l'année aux jeux télévisés : un chèque de cinq cents euros, un abonnement à un magazine, un four micro-ondes et une télévision 16/9e, du beau matériel.

Ferdinand songea à son avion, si peu d'heures passées, encore rutilant et qu'il faudrait déjà abandonner.

Ferdinand songea à ces années, à ses diplômes, à son appartement, à la rue de Rivoli, à son ordinateur, à son vélo, au lierre sur la maison, aux morsures du froid matinal, au terminus des bus, au silence des repas en famille.

Son regard disparut au loin, inquiétant Mark Schenk qui cherchait ce qui pouvait le préoccuper à ce point. Et crut trouver.

— Bien sûr, nous proposerons en parallèle un poste à votre épouse, le groupe HBMB est vaste...

— Mais, commença Ferdinand,

— Absolument, coupa Mark Schenk. Ce n'est pas un problème, d'ailleurs, rien ne sera un problème. Elle est si agréable, si cultivée. Elle m'a parlé de son parcours à votre anniversaire : je sais qu'elle vient à peine de trouver un emploi, mais nous lui offririons bien mieux, croyez-moi.

— C'est seulement...

— Je ne veux plus rien entendre avant que vous n'ayez pris connaissance de notre offre. Les documents seront chez vous dans les vingt-quatre heures. Parlez-en donc avec votre Joséphine, je suis certain qu'elle sera de bon conseil.

Au même instant, Ferdinand crut entendre le serveur proposer « deux JJ ». Son pouls s'emballa et le bar se mit à tourner. Il se leva péniblement et pria le CEO de l'excuser un instant : il avait besoin de se rafraîchir.

— Je vous en prie, dit Mark Schenk. Cette chaleur épouvantable, alors que nous ne sommes qu'en juin...

Ferdinand s'engouffra dans les lavabos, s'assit sur les toilettes, chercha à faire le vide. Dans le bar, le pianiste terminait sa chanson.

— Alors, vous prenez quoi pour finir ? relança le serveur.

— Oui, répondit l'Américain. Deux gin-fizz. Bien glacés.

L'offre envoyée par HBMB était impressionnante. En dehors d'un salaire multiplié par deux et d'avantages en nature considérables (appartement, voiture, six billets aller-retour annuels en classe affaires), elle comportait un généreux plan de stock-options.

Elle était aussi la dernière occasion pour Ferdinand de rompre avec JJ. Il tairait la proposition de Mark Schenk et arguerait qu'on n'abandonne pas un emploi lorsqu'on a mis tant de temps à le décrocher. Il jurerait qu'il s'agissait d'une situation transitoire, qu'elle le rejoindrait plus tard. Elle écraserait une larme et tout rentrerait dans l'ordre.

Voilà, il suffisait de le dire. Tout rentrerait dans l'ordre.

Simple, non ?

Il suffisait de lui parler ce soir, et ce serait réglé.

A présent il savait pourquoi il n'avait pas affronté plus tôt la séparation. Ce n'était pas le bon moment. Le bon moment, c'était maintenant. Ce soir.

Justement JJ ouvre la porte et se pend à son cou. Bonsoir, chéri !

Dans le creux de ses cuisses, quelque chose chatouille Ferdinand. La mémoire des fesses de JJ. Son incroyable dextérité. Ses talents de masseuse, son odeur, la chair rose et moelleuse de sa langue. Sa langue qui s'enfonce dans sa bouche, bonsoir chéri !

Il recule, la contemple.

Sa langue qui s'enroule autour de son sexe. La pulpe de ses lèvres sur la peau de ses couilles.

Après une si longue virginité, combien de temps lui faudra-t-il pour retrouver une femme qui se jette à sa tête ? Qui déjeune avec ses parents, dort le dimanche matin tandis qu'il vole aux commandes de son F 22, sort avec ses amies lorsqu'il se concentre sur ordinateur, ne réclame ni mots doux, ni vacances en commun, une femme qui remplit le réfrigérateur et plaît à sa hiérarchie ?

Il y a matière à réflexion.

D'un côté, délices de la solitude et désespoir de la masturbation.

De l'autre, frénésie sexuelle et contrainte du partage.

— Bonsoir, chéri !

Ferdinand vient de changer d'avis.

UNE SEMAINE APRÈS AVOIR reçu la proposition de Mark Schenk, Ferdinand emmena Joséphine dîner. Il avait retenu une table au restaurant italien de leurs débuts et commandé une bouteille de champagne. JJ était un peu nerveuse : c'était la première fois qu'ils sortaient en tête à tête depuis qu'elle s'était installée chez lui.

— Eh bien, dit-elle en feignant la gaieté, aurais-tu quelque chose à m'annoncer ? Une demande en mariage, peut-être !

— C'est ça, répondit Ferdinand d'une voix sourde. Je crois que nous devrions nous marier.

Il n'était plus sûr de rien, mais le coup était parti. Il fallait avancer, comme toujours. JJ ingurgita avec difficulté sa bouchée de lasagnes. Surtout, ne pas bouger un cil.

— Je suis très sérieux, ajouta-t-il. Je dois partir pour les Etats-Unis. Je suis nommé au board international d'HBMB. Si tu veux m'accompagner, nous devons nous marier, ça simplifie les choses.

L'explication était prosaïque mais le résultat était là : Ferdinand poursuivait son ascension et l'emmenait avec lui. Il l'épousait !

Les conditions furent établies autour du dessert. Elle rêvait d'une grande fête, cent cinquante personnes, église, robe à traîne, calèche, valses, pièce montée, reportage photo et voyage de noces aux Bahamas. Ferdinand souhaitait la mairie, deux témoins, les parents : c'était surtout une formalité. La discussion s'anima et le jeune homme s'assombrit. Craignant qu'il change d'idée, JJ renonça à l'église et à la lune de miel – mais obtint une réception dans un joli manoir.

Elle appela ses parents et ceux de son fiancé sans attendre l'addition. Sa propre famille n'avait jamais rencontré Ferdinand, mais on pouvait faire confiance à JJ pour ne pas épouser n'importe qui : ce ne pouvait être qu'une bonne nouvelle. Quant aux parents de Ferdinand, leur joie fut indescriptible. Ils tombèrent dans les bras l'un de l'autre et s'embrassèrent en pleurant jusqu'à en faire l'amour, ce qui ne leur était pas arrivé depuis des années.

JJ et Ferdinand rentrèrent vers onze heures. Elle se coucha aussitôt et s'endormit dans une extase absolue. Ferdinand s'installa devant son ordinateur, brancha un simulateur de vol et navigua jusqu'au lever du jour dans des ciels virtuels.

Le lendemain, la jeune femme se mit au travail. Ferdinand entrant en fonction au début du mois d'octobre, la date du mariage fut fixée au 22 septembre. JJ choisit une robe de créateur, organisa la fête et lança les invitations. Elle reprit la liste établie pour l'anniversaire de Ferdinand, ajouta la famille et ses amis d'enfance. Mark Schenk, un peu surpris puisqu'il les croyait mariés depuis longtemps, promit de faire le déplacement.

Le 22 septembre, à 16 heures précises, les futurs époux prononcèrent leurs consentements sous une pluie d'applaudissements. Tandis que le maire listait les engagements de chacun dans le mariage, Ferdinand tenta d'imaginer le couple qu'il pourrait former avec JJ cinquante ans plus tard. Lorsqu'il réalisa qu'il lui était impossible de se projeter avec elle dans l'avenir, une anxiété intense le saisit, ainsi que le sentiment étourdissant de commettre une erreur irréparable. Mais il était trop tard et sa belle-mère, une grande femme brune au visage sévère, le serrait déjà dans ses bras jusqu'à l'étouffement.

Aux dires des convives, la fête fut mémorable. Joséphine virevoltait entre les tables, flattait l'un, souriait à l'autre, prodiguait son attention avec une largesse proportionnelle au statut social de ses convives. Elle s'interrompait entre deux conversations, embrassait son mari, le grondait gentiment parce qu'il continuait à l'appeler JJ puis s'en retournait tendre une joue, serrer une main ou poser pour une photo. Pendant qu'elle papillonnait, Ferdinand cherchait un moyen d'oublier qu'il venait de convoler en discutant d'Essential Gum avec JL et Mark Schenk.

Vers minuit et demi, les valses débutèrent. Quelle que soit l'illusion qui régnait dans leur couple, les jeunes mariés étaient magnifiques, éblouissants d'allure et de réussite annoncée.

— Un baiser, un baiser! réclamait l'assistance.

Dans un coin de la pièce, assise seule, Mélissa terminait son gâteau. Elle portait une robe rouge sang qui exagérait la pâleur de son teint. A vrai dire, ce soir-là, elle paraissait plus vieille, abîmée. Ferdinand vint s'asseoir à ses côtés.

— C'est un beau mariage, murmura-t-elle. Quelle réception magnifique.

— Oui, fit-il sans conviction. Vous semblez fatiguée.

Puis ils se turent, les yeux dans le vague.

— Alors, reprit Mélissa au bout d'un moment, vous nous quittez bientôt pour les Etats-Unis?

Elle parlait si bas, on l'entendait à peine.

Il en fallait, du courage.

— Vous allez nous manquer. Après toutes ces réformes, ces idées, tout allait si vite avec vous...

Elle soupira.

— Enfin. C'est bien pour HBMB. C'est bien pour Essential Gum. Cela nous profitera sans doute à tous.

Ferdinand parut plonger dans ses pensées. Mélissa regardait fixement ses pieds, comme si cela pouvait effacer le désordre de son cœur.

— Viens danser ! criait JJ.

Les gens transpiraient, glissaient sur le sol jonché de morceaux de gâteau.

— J'aimerais que vous m'accompagniez, reprit brusquement Ferdinand. J'ai besoin d'une personne de confiance. Quelqu'un comme vous, si vous le voulez bien.

Il n'entendit pas sa réponse. Un groupe surexcité des amis de JJ se précipitait sur lui pour l'entraîner vers la piste. Il aperçut seulement un sourire et songea que cette fois, il venait de prendre une bonne décision.

— A lundi !

Mélissa se leva et prit son manteau. A présent, elle pouvait rentrer.

JE REGRETTE, FAUSTINE. Je sais qu'il est un peu tard, non, très tard même, quoi, trois heures ! Tu as raison. Mais attendre demain ? Attendre pour t'annoncer ça ? Je pars ! Purement professionnel, il sait que je suis une bosseuse. Qu'il peut compter sur moi. Chargée de mission, conseillère, secrétaire générale, je m'en fous, le titre n'a aucune importance, ce qui compte c'est ce qu'on fait – et la feuille de paie.

Qui refuserait une expérience pareille ? Qui refuserait de suivre Ferdinand ?

Petits mensonges sans gravité, joues roses. Au téléphone, ça ne se voit pas.

— On sera la *dream team* de l'hygiène-beauté. On surprendra les sceptiques, on leur montrera aux Américains, ce que peuvent faire les Français. Tu peux prévenir Dizzy, j'arrive !

Ce qui compte, c'est d'être ensemble.

Le service du personnel chez HBMB US avait sélectionné plusieurs appartements. JJ s'envola pour New York deux semaines avant Ferdinand, les visita et arrêta son choix sur un loft luxueux dans le quartier de Tribeca. Elle avait lu dans les magazines que John-John Kennedy y avait jadis vécu avec Carolyn Bessette et cela l'avait convaincue.

A Paris, Ferdinand s'assit longuement sur le bord de sa fenêtre avant de prendre sa valise. Il observa les passants, se sentit coupable de les abandonner, essaya de les compter bien que cela n'ait aucun sens. Devant son porche, le klaxon du taxi lui rappela qu'il était temps de partir.

HBMB occupait un immeuble de douze étages donnant sur Central Park. Les bureaux n'y étaient guère plus modernes qu'en France. En dehors des étages de la direction, dont un décorateur avait redessiné à grands frais le mobilier, l'entreprise était terne, presque vieillotte. Six cent cinquante personnes s'y croisaient quotidiennement sans forcément se connaître ni se parler. En y pénétrant le premier jour, Ferdinand comprit qu'il ne s'ennuierait pas. Il y aurait du travail, des mentalités à changer, des méthodes à faire évoluer : Mark Schenk ne l'avait peut-être pas fait venir uniquement pour piloter Essential Gum.

Le CEO l'accueillit en personne et lui présenta ses collaborateurs. Puis il conduisit Ferdinand jusqu'à son bureau où l'attendaient un bouquet de fleurs ainsi qu'une télécopie signée de JL et du président France, lui souhaitant le meilleur pour son séjour new-yorkais. Ils avaient tous les deux applaudi la nomination de Ferdinand, qui ne gênait en rien leurs plans personnels : JL espérait être promu patron de la France, quant au président, il visait la tête de la zone Europe. L'un comme l'autre étaient par conséquent bien décidés à cultiver d'excellentes relations avec leur ex-poulain.

Au siège, les choses se présentèrent différemment : dès son arrivée, Ferdinand sentit une hostilité diffuse de la part de plusieurs managers. Les proches de Mark Schenk, dont le directeur financier et ses seconds, avaient pourtant fait de leur mieux pour contribuer à son intégration en organisant un pot de bienvenue. Mais le sommet d'HBMB abritait des conflits politiques tendus. Quatre-vingts pour cent des hommes et des femmes réunis là poursuivaient un même objectif : le pouvoir au plus haut niveau associé à l'argent. Tous se tapaient dans le dos avec cordialité, mais tous s'observaient en permanence, traquant la stratégie de l'un ou les résultats de l'autre. De janvier à décembre fleurissaient les conciliabules, les manœuvres, les chausse-trapes. Le président Herbert Warren et Mark Schenk gâchaient un temps impressionnant à écouter les doléances et les perfidies des moins bons, en demeurant cependant philosophes : ils savaient d'expérience que toute entreprise de plus d'une personne connaissait nécessairement ce genre de luttes.

Dans ces conditions, la réussite d'Essential Gum n'était pas garantie : pour se débarrasser du *Frenchy*, certains étaient prêts à saborder le projet. Ferdinand, lucide, songeait qu'il aurait grand besoin du soutien de Mélissa, lorsqu'il apprit qu'on avait attribué à la jeune femme un bureau aux antipodes du sien, soi-disant par manque d'espace libre. Ce fut l'occasion d'imprimer sa marque sans attendre : il décréta que sa collaboratrice s'installerait avec lui. Le lendemain, les employés sidérés virent deux déménageurs ôter l'immense canapé et la table basse en verre fumé qui encombraient la pièce, puis apporter deux tables de travail. C'était la première fois dans l'histoire d'HBMB qu'un dirigeant partageait son bureau. C'était aussi la première fois qu'un dirigeant tapait lui-même son courrier, composait ses numéros de téléphone et envoyait ses télécopies. Ferdinand disposait d'une panoplie complète d'outils de bureautique mise au point par ses soins. Il pouvait travailler n'importe où et à n'importe quelle heure, du moment qu'il disposait de réserves d'énergie suffisantes et d'accès aux réseaux de télécommunications. Qu'il s'agisse d'image, de son ou d'information, il pouvait transcrire, modifier, créer, transmettre à peu près tout document de manière autonome. Hormis la gestion de son agenda, il utilisait peu les fonctions de secrétariat classique.

De son côté, Mélissa n'était pas non plus du genre à diviser les tâches en catégories noble ou basse. Elle ne jugeait pas dévalorisant d'aller chercher un café, de faire une photocopie ou de prendre des rendez-vous, malgré son niveau d'études élevé. Aussi décidèrent-ils ensemble de se passer des services de la secrétaire proposée par HBMB. A eux deux, ils iraient cent fois plus vite. Mélissa donnerait corps à la pensée de Ferdinand, elle serait son *sparring-partner.*

— Comment ? s'écria JJ ce soir-là, lorsqu'elle apprit la situation. Mélissa accepte d'être ta secrétaire ? Eh bien, quelle régression ! Elle est tombée bien bas !

— Elle est mon bras droit, ma conscience, répliqua Ferdinand. Elle a son point de vue, elle réagit, fouille les sujets, trouve des solutions. Elle est exactement celle dont j'avais besoin.

— C'est tout de même elle qui répond au téléphone ! Tu parles d'une promotion !

— Tu ne comprends rien, ma pauvre JJ.

— Cesse de m'appeler JJ, gronda Joséphine. Et permets-moi de te donner un conseil – si toutefois tu ne réserves pas ce rôle à Mélissa. En refusant la secrétaire qu'on te propose, tu sors du cercle des managers, c'est une question d'image. Non mais franchement, pourquoi ne pas rendre ta voiture de fonction, tant que nous y sommes ?

— Excellente idée, répondit Ferdinand à sa femme horrifiée. La voiture est impossible à Manhattan. J'en ai plus qu'assez de conduire des heures dans les embouteillages. Il y a des taxis à tous les coins de rue dans lesquels je pourrai lire mes dossiers et passer mes coups de fil. Et le week-end, nous prendrons le métro.

JJ avait été embauchée au poste de chef de groupe sur la célèbre ligne de produits de soin pour bébés, Sweet Baby, une marque que l'on se transmettait de mère en fille depuis des décennies. Partout dans le monde, la lotion hydratante parfumée à l'huile d'amande douce et la crème anti-rougeurs trônaient dans les armoires. Périodes de crise, guerres, modes, innovations de la concurrence, rien n'avait jamais ralenti les ventes de Sweet Baby. C'était donc un joli cadeau que de la propulser à ce poste, et une preuve supplémentaire de l'intérêt que Mark Schenk portait à Ferdinand.

Celui-ci comblait tous les espoirs du CEO : le lancement d'Essential Gum s'annonçait triomphal. Ferdinand avait suivi la phase de développement et de production pas à pas. Il s'était rendu à Chicago en plein hiver, par moins quinze degrés, pour visiter l'unité de fabrication. Il était intervenu dans la mise au point du produit et avait fait retravailler le goût qu'il trouvait trop chimique, après avoir mâché des kilos de chewing-gum. Il avait supervisé les meilleures sociétés de packaging et de communication et planché sur l'emballage définitif et la publicité. Puis, lorsque tout avait été prêt, il avait réfléchi aux relations avec la presse, qu'il estimait sous-exploitées. Qui pouvait avoir plus d'impact sur l'achat que des plumes journalistiques, réputées objectives ? Le jeune homme fit rassembler les adresses électroniques des rédacteurs influents de la presse santé, forme et féminine – en l'occurrence une majorité de rédactrices, ce qui se révéla plus tard une particularité importante. A la veille du lancement, il leur expédia un message personnalisé et filmé et proposa de les rencontrer, ce que presque tous (ou plutôt toutes) acceptèrent. Il ne se limita pas au territoire des

Etats-Unis, mais étendit son action aux principaux pays visés par Essential Gum.

Son plan opéra au-delà de toute espérance. Les journalistes, peu habitués à ce qu'un dirigeant de ce niveau prenne le temps de s'intéresser à eux, tombèrent l'un après l'autre sous son charme. Sa personnalité et sa jeunesse fascinaient. Son sourire mi-énigmatique, mi-sûr de lui, ses silences, sa voix particulière aux éclats métalliques chaviraient les esprits bien plus qu'il ne l'aurait imaginé, et même souhaité. L'ère était aux businessmen, aux *tycoons*, aux dirigeants des multinationales. Que ce soit à New York, Paris ou Londres, ceux qui faisaient la une des journaux n'étaient plus les acteurs ou les hommes politiques, mais les Bill Gates ou les Warren Buffet. Ferdinand n'avait ni une telle notoriété ni un tel pouvoir – et il avait bien un petit air bizarre avec son vieil imperméable élimé –, mais chacun reconnaissait en lui une future étoile des affaires.

Bientôt, son nom et sa photo circulèrent dans les magazines. *Le Monde*, le *Financial Times*, le *Herald Tribune*, *Business Week*, *The Economist*, *Les Echos*, *La Tribune*, *Die Zeit* et *El Pais* publièrent chacun un portrait élogieux doublé d'une analyse du succès d'Essential Gum. Ses anciennes écoles le sollicitèrent pour des interventions sur la méthode, le marketing et le management. Les propositions des cabinets de chasseurs de têtes affluèrent, les ventes explosèrent. En moins de dix-huit mois, le chewing-gum aux vertus bienfaisantes avait envahi les mâchoires d'un quart de la planète. Mark Schenk jubilait :

— Félicitations, mon vieux. Voilà qui cloue le bec de ceux qui doutaient de vos capacités.

HBMB tout entier évoluait en pleine euphorie. Le Français avait été brillant. Les rancœurs et les jalousies avaient cédé la place à la fierté. On s'inclinait devant sa force de travail – depuis son arrivée à New York, il avait planché sans aucune interruption. On s'arrachait les déjeuners avec lui. On négociait pour intégrer son équipe. Herbert Warren, pourtant peu aimable habituellement, lui faisait passer des mots de félicitations. Les premières neiges tombaient, on arrivait à Noël et, enfin, tout le monde ici s'accordait sur une chose : ce Ferdinand, c'était une sacrée bonne chose pour la boîte.

Derrière les vitres du building, Ferdinand observe la rue. Un type armé d'un mégaphone prédit l'Apocalypse à tous les passants, c'est New York, les lumières clignotent, les gens rient et remplissent les boutiques, à tort ou à raison ils lui semblent plus gais de ce côté-là de l'Atlantique.

Ferdinand cherche l'armée des ombres, ses compagnons invisibles. Pense à son avion qui l'attend là-bas, caché dans son hangar. Depuis quand n'a-t-il pas piloté ? Depuis quand n'a-t-il pas respiré ?

— Je voulais vous dire, commence Mélissa, je pars en France quelques jours pour les fêtes.

Elle s'est entendue avec Faustine : moitié-moitié. Elle passera Noël à Paris, et Faustine l'accompagnera à New York pour la Saint-Sylvestre, Dizzy les a invitées à une nouba « historique ».

— Vous devriez en faire autant, reprend-elle. Vous avez besoin de changer d'air : vous n'êtes pas retourné en France depuis un an et demi ! Joséphine ne compte pas rentrer ?

Joséphine compte bien rentrer, oui. Et cette fois, avec lui. Elle a organisé à distance un déjeuner foie gras-bûche en compagnie de ses parents et de ceux de Ferdinand. Elle l'a prévenu : l'an dernier, elle est revenue seule en France, elle a ouvert les cadeaux sans lui. Soit. Mais cette année, Essential Gum est lancé et toute la famille compte sur sa présence. S'il imagine les choses autrement, il n'a qu'à en parler à sa mère qui est si triste de ne plus voir son fils.

Ce repas, Ferdinand en a la nausée d'avance. On y discutera couple, carrière, politique, cinéma. Le cours du pétrole ? La crise au Proche-Orient ? Le terrorisme ? Ground Zero ? Le dernier Schwarzenegger, les amours de Bruce Willis ?

On causera de tout et n'importe quoi, on répétera ce qui est écrit dans les journaux, on se mentira gaiement.

Il la voit d'ici, Joséphine, cette parfaite étrangère qu'il a épousée. Entre parfaite et étrangère, difficile d'ailleurs de dire quel qualificatif lui sied le mieux. Leur expérience américaine n'a fait qu'amplifier leurs différences et consolider le piège dans lequel il s'est enfermé seul. Joséphine construit, Joséphine calcule. Elle a décoré l'appartement, lancé des invitations, donné des interviews au moment où Ferdinand faisait la une des journaux. Elle est de plus en plus jolie ; il faut dire qu'elle consacre à son corps beaucoup de temps et d'argent. Elle fait venir un coach à domicile pour lutter contre ses fesses trop larges. Elle est manucurée, hydratée, baignée, massée, coiffée, maquillée chaque semaine dans un institut de beauté très sélect. Un diététicien surveille ses menus et rédige ses listes de courses.

Les relations avec Ferdinand sont pourtant demeurées les mêmes qu'à Paris : ils ne prennent pratiquement aucun repas ensemble – sauf bien sûr en cas de dîner professionnel. Il rentre tard, grignote un fruit ou un morceau de fromage devant son ordinateur. Leurs conversations sont utilitaires, sans émotion ; lorsque leurs corps s'abandonnent brutalement dans la nuit, leurs têtes sont ailleurs, c'est d'un commun accord, un pacte tacite.

Joséphine sort au cinéma, fait du shopping, du golf, s'est inscrite dans une association en faveur des enfants malades. Elle a beaucoup d'amis. Elle parle fort, elle renverse merveilleusement bien la tête lorsqu'elle éclate de rire.

Quel beau couple, murmure-t-on autour d'eux.

Quelle chance ils ont, ces deux-là.

FERDINAND SUGGÉRA À MÉLISSA de voyager ensemble, ils en profiteraient pour boucler deux ou trois dossiers. Elle prit les billets et JJ se trouva reléguée de l'autre côté du couloir, ce fut une petite victoire muette. Le vol se passa à commenter des rapports, souligner des paragraphes, échanger des chiffres, tracer des graphiques. Joséphine observait Mélissa, cela faisait bien longtemps qu'elle ne l'avait pas vue. Elle se souvenait d'une demoiselle fade, plutôt réservée et mal fagotée et voilà qu'elle retrouvait une fille charmante collée à son mari sous prétexte de travail. C'était très agaçant : elle avala un somnifère et s'endormit comme une masse.

L'avion atterrit à six heures du matin. Faustine était venue chercher sa sœur à l'aéroport, un petit bouquet à la main et les traits tirés derrière ses grosses lunettes.

— Tu n'aurais pas dû te lever si tôt, reprocha

gentiment Mélissa après l'avoir présentée à ses compagnons. J'aurais pu prendre un taxi...

— Oh, ne t'en fais pas : je ne me suis pas couchée. Il y avait une expérience en cours....

Ferdinand leva un sourcil.

— Une expérience ?

— Oui, je suis physicienne, expliqua Faustine. Je travaille pour le CNRS.

— C'est une amie de Dizzy, vous vous souvenez, le film sur la plage ?

— Évidemment, ce film incroyable ! Et sur quel type de sujet travaillez-vous, précisément ?

— Eh bien, commença Faustine.

Mais JJ attrapa brusquement Ferdinand par le bras et le poussa vers la sortie.

— Je comprends tout à fait que l'on soit passionné de physique, fit-elle d'une voix pincée. Ceci dit, il est à peine sept heures du matin et une voiture nous attend. Vous trouverez bien le moyen de reprendre cette conversation une autre fois, n'est-ce pas ?

Le jeune homme se dégagea d'un coup sec et se tourna vers les deux sœurs avec un air furieux.

— Nous en reparlerons, en effet, fit-il d'un ton glacé. A très bientôt.

Faustine et Mélissa, mal à l'aise, leur adressèrent un petit signe de la main alors que le couple grimpait dans un taxi.

— Eh bien je le vois enfin, ton Ferdinand, s'amusa Faustine. Je dois avouer qu'il n'est pas mal. Très, très marié, mais beau garçon, et il aime la physique, immense qualité !

— Je n'y pense plus, je suis passée à autre chose, fit Mélissa d'une voix écrasée qui démentait ses paroles. C'est mon patron.

Je me noie dans le travail, c'est le bain que nous partageons. Pour le reste, je suis passée à d'autres choses, ou bien devrais-je dire, dans d'autres mains. Quand j'y pense je me hais, je regarde mes cuisses comme si leurs spermes sales risquaient de s'écouler. Je suis seule à me punir. Je suis seule à vomir, c'est ainsi, la vie tourne à l'envers mais je n'en dirai rien.

Dans le taxi, Ferdinand renfrogné rêvait d'un bon café. Image persistante de Mélissa quittant l'aéroport.

— Bien. Parlons de notre programme, fit JJ en brossant ses cheveux tandis qu'ils arrivaient à destination.

Elle avait accepté en leur nom une invitation à un réveillon organisé par l'un de ses amis dans un restaurant chic sur les Champs-Élysées. Elle avait aussi programmé deux autres dîners (dont un chez JL), et réservé des places pour une pièce de théâtre dont toute la presse parlait.

— Nous sommes très attendus, fit-elle après la présentation exhaustive de leurs obligations.

— Tu dois plaisanter, rétorqua Ferdinand. Je

prends une semaine de vacances, huit jours dans toute l'année, et tu acceptes des engagements sans m'en parler ?

Ce fut leur première véritable dispute. Jusque-là, Joséphine avait su éviter les questions conflictuelles. Elle avait fait preuve de discrétion et d'adresse. Mais à présent – une loi du mariage ? – elle se sentait plus sûre d'elle. Elle reprocha à Ferdinand son attitude changeante. Ah, il était plus agréable et bavard au bureau qu'à la maison ! Chez HBMB ou dans un avion, il réussissait à tenir des conversations, à apprécier les rencontres. Il y était vivant, tandis qu'avec elle...

— C'est à croire que je suis devenue transparente. Tu ne fais pas le moindre effort. Qu'ai-je de moins que les autres ? Ne suis-je pas ton meilleur allié ? Ces invitations, crois-tu que je les accepte par plaisir ? Ma vie entière tourne autour de toi. Tu pars à New York, je pars à New York. Je reçois les gens qui comptent, j'anime les dîners – pour toi, pour ta carrière. Sans parler des heures passées seule à t'attendre. Et lorsque une fois par an, je crois pouvoir compter sur toi pour une petite semaine, c'est encore trop exiger !

Son parfum entêtant inondait la voiture – une odeur répulsive. JJ renifla, ce qui termina d'exaspérer Ferdinand. Maquillée de frais, sophistiquée, impeccable, qui aurait pu penser qu'elle sortait d'un vol long courrier ?

« C'est ma femme », songea le jeune homme

avec le ventre noué. Il baissa la vitre pour combattre la nausée qui le menaçait.

A la perpendiculaire de l'autoroute, à quelques kilomètres, son F 22 attendait qu'il arrive. Dans trois heures tout au plus, il caresserait sa carlingue bleue et blanche.

Ferdinand vole et médite sur la liberté. Il ne se sent pas libre, et pourquoi s'il vous plaît ? Il a choisi son chemin. Il a choisi sa femme. Il est riche, ou disons, très à l'aise. Riche, il le sera sans doute bientôt. Son portrait fleurit çà et là dans les journaux. Mark Schenk parle de passer aux choses sérieuses. Ses parents sont fiers, leur fils réussit sa vie. Il y a des inconvénients, il y a des regrets. Bien. Il a choisi, il n'est pas à l'usine et jusqu'ici, tout va bien puisqu'il avance.

Ferdinand vole neuf heures par jour, par tranches de trois heures. Il tourne en cercles concentriques autour du terrain d'aviation. Les cercles s'agrandissent, puis rétrécissent. Il ne parvient pas à s'en éloigner. Dépense des fortunes en carburant.

Il voudrait penser à autre chose qu'à HBMB,

Joséphine ou sa mère. Il aimerait oublier que sa vie entière s'est construite sur la peur et la raison. Qu'il a grandi sans enfance, s'est marié sans amour et survit sans plaisir.

Alors, Ferdinand vole.

IL JOUA SON RÔLE AU DÉJEUNER de Noël. La mère de JJ riait fort, tout comme sa fille. Son père était un homme sans consistance mais aux principes rigides – et c'était une manière polie de le décrire. Les parents de Ferdinand n'avaient aucun atome crochu avec ceux de leur bru, mais par affection pour la jeune femme, ils se montraient attentifs et aimables. La conversation fut d'abord creuse, conformément aux prévisions de Ferdinand, puis elle devint insupportable lorsque Joséphine parla de Sweet Baby et que son père demanda, avec un ricanement grossier, si un pareil nom de marque ne leur donnait pas des idées. JJ se paya le luxe de rougir et sa mère gloussa tandis que les parents du jeune homme observaient un silence discret. Un ange passa dans la pièce, heureusement interrompu par la sonnerie d'un compte-minutes.

Après la bûche, qui battait des records de lourdeur, il fallut boire un café, goûter les truffes apportées par la belle-famille, prendre un digestif, ouvrir et offrir des cadeaux inutiles. Il était cinq heures de l'après-midi lorsque Ferdinand put enfin s'échapper. Il déposa Joséphine à l'hôtel en se félicitant d'avoir refusé la proposition d'hébergement de ses parents et fila à l'aérodrome. Le soir, il prévint sa femme qu'il n'accepterait d'assister qu'au dîner chez JL, puis consulta son courrier électronique et trouva un message de l'équipe new-yorkaise annonçant des chiffres exceptionnels pour Essential Christmas, un joli coffret conçu pour les fêtes sur le thème « amour-santé-bonheur = Essential Gum ». Il lui parut soudain indispensable d'en informer Mélissa : que l'on soit le 25 décembre, à onze heures du soir, ne lui effleura pas l'esprit.

La jeune femme se trouvait en compagnie de sa famille au grand complet, lorsque son téléphone sonna. Qui pouvait bien appeler à cette heure tardive ? Les enfants rirent sous cape, des adultes décochèrent des clins d'œil, Faustine fronça les sourcils.

— Vous êtes une bande d'idiots, fit Mélissa en s'éloignant. Passé trente ans, une fille ne peut plus être célibataire. Un coup de téléphone, et vous tirez déjà des conclusions.

— Pardon ? interrogea Ferdinand à l'autre bout du fil.

— Rien, rien, je parlais à quelqu'un d'autre, répondit Mélissa. Eh bien, quelles sont les nouvelles ?

Lorsque vingt minutes plus tard, Faustine vint frapper sur l'épaule de sa sœur, elle la trouva accroupie dans l'entrée, prenant des notes et plaisantant.

— Attention, sourit Faustine, ton absence commence à être suspecte, je ne pourrai pas trouver éternellement des prétextes pour la justifier !

On les appelait à grands cris du salon. Dans cette maison-là, les gens se retrouvaient sans se forcer et retardaient le moment de se séparer. Le temps d'une soirée, on oubliait les complications de la vie, et même le père riait de bon cœur. La fête battait son plein, les cousins avaient apporté du champagne, les petits refusaient d'aller se coucher, les verres trinquaient, on se souhaitait joyeux Noël à tout propos, toujours avec sincérité.

— Je dois vous laisser, mais nous en reparlerons au retour, dit-elle. A propos, où réveillonnerez-vous pour la Saint-Sylvestre ?

— Je n'ai rien prévu, répondit Ferdinand. Je serai seul.

A l'autre bout du fil, Mélissa rougit tandis que son cœur menaçait de rompre dans sa poitrine.

— Pourquoi ne pas rentrer avec nous, lança-t-elle. Faustine et moi partons demain : nous rejoignons Dizzy pour une fête à Brooklyn.

Après tout, quel mal y avait-il à lui proposer une soirée amicale ? N'était-elle pas sa plus proche collaboratrice ? Oui, quel mal y avait-il à se jeter du haut d'une falaise, les yeux bandés ?

— Pourquoi pas ? répondit Ferdinand.

Cette nuit-là, pour la première fois, il parvint à repousser les avances de Joséphine. Il bandait mais son cerveau disait non, non, non. Il s'enferma dans la salle de bains et lut des articles téléchargés sur son ordinateur jusqu'à apercevoir les premières lumières du matin. Lorsque neuf heures sonnèrent, il sortit sans bruit, se rendit dans une agence de voyages, modifia son billet de retour puis revint à l'hôtel. JJ avait posé un mot sur le lit : elle était à l'institut de beauté, injoignable pour une partie de la journée. Il hésita un moment. Il aurait pu se déplacer, insister, mais finalement il se contenta de retourner la feuille et de laisser à son tour quelques lignes, souhaitant une bonne année à sa femme et l'avisant qu'il devait prendre un vol le jour même pour des raisons professionnelles.

Il estima inutile de préciser qu'il passerait le réveillon avec Mélissa et termina en promettant de téléphoner dès son arrivée. Après quoi il commanda un taxi.

Quelques heures plus tard, JJ rentra du Spa, trouva la feuille, la déchira, jeta quelques objets à travers la pièce, puis se calma et décida qu'il était plus que temps d'avoir un enfant.

La soirée avait lieu chez des amis de Dizzy, dans une ancienne usine aménagée en lofts. Mélissa, Dizzy et Faustine, dont c'étaient les premières retrouvailles depuis leur week-end normand, se donnèrent rendez-vous dans un café de Manhattan avant de prendre le métro. Il n'était que huit heures du soir, mais l'ambiance était déjà brûlante malgré la neige tombée en masse la veille. Devant les pubs, les trottoirs débordaient de peaux de toutes les couleurs et d'accents de toutes les régions. On y improvisait des pas de danse, on se lançait des déclarations d'amour – il y avait de la joie dans l'air.

Ferdinand quitta Tribeca vers vingt-deux heures. Il craignait d'arriver trop tôt et choisit d'errer un moment dans Brooklyn avant de se rendre à l'adresse fournie par Mélissa. C'était un immeuble de briques rouges, couvert de graffitis psychédéliques et traversé par d'immenses tuyaux de zinc. A l'intérieur, un long couloir obscur menait jusqu'à un escalier métallique dont les garde-corps rouillés vibraient au son des basses. Il grimpa à l'étage. Du palier, on apercevait le va-et-vient incessant des silhouettes, deux ou trois cents personnes entassées dans la pièce. Il songeait qu'il serait difficile de trouver Mélissa avec autant de monde et aussi peu de lumière, lorsqu'une main l'attrapa par l'épaule : elle se tenait devant lui, encadrée d'un côté par Faustine, de l'autre par un petit homme aux cheveux noirs et aux traits disgracieux – mais à l'allure indiscutablement sympathique.

— Bonsoir Ferdinand, je vous présente Dizzy, le meilleur joueur de trompette de l'État du Massachusetts. Et accessoirement, physicien de réputation internationale.

Dizzy sourit en lui serrant la main. Le contraste était fascinant : le chercheur était en quelque sorte une version opposée de Ferdinand. Pourtant aucun ne jugea l'autre, comme si chacun pressentait de manière intuitive l'importance capitale de cette rencontre. Les quatre jeunes gens s'assirent dans un coin un peu moins bruyant.

— A l'aéroport, dit Ferdinand s'adressant à Faustine, nous en étions restés au CNRS.

— Ah oui, répondit la jeune femme. Je travaille sur les réseaux neuronaux.

— L'inspecteur Columbo des particules, plaisanta Mélissa. Je n'ai jamais vraiment compris...

— J'ai lu beaucoup de choses à ce sujet, coupa Ferdinand. Quand j'avais plus de temps... Ce projet de nouvel accélérateur, le LHC (*Large Hadron Collider*), c'est ça ?

— Mélissa avait sous-entendu que vous n'étiez pas un patron comme les autres, intervint Dizzy. Je commence à saisir pourquoi. Un passionné de physique dans le ventre du marketing !

— Au fait, j'ai vu par hasard le film dans lequel vous la faites chanter, reprit Ferdinand. J'étais impressionné par le traitement de la voix. Vous parvenez à une telle exactitude dans la reproduction...

— Ce n'était qu'une plaisanterie. Je travaille sur les robots, j'ai trouvé amusant d'utiliser la voix de Mélissa.

— Il imagine des machines qui seront bientôt plus intelligentes que nous, dit Mélissa. Enfin, c'est ce qu'il raconte.

— Il faut t'y faire, répliqua Dizzy. Les capacités des machines surpassent déjà celles des hommes dans bien des domaines. Le processus avance vite, mais les gens sont si naïfs, tellement bourrés de certitudes. Combien croient encore qu'un robot ressemble à un personnage androïde en acier, avec des boutons clignotants et une voix de canard métallique ! R2D2 !

— Le progrès, murmura Ferdinand...

— Allons, interrompit Faustine, venez danser ! Il va être minuit !

Comme Dizzy se levait pour les suivre, Ferdinand le retint.

— J'aimerais que l'on reste en contact, si vous êtes d'accord.

— Avec plaisir, répondit Dizzy.

Puis il s'élança au milieu de la foule. Pour un type aussi laid, observa Ferdinand, il était sacrément à l'aise, bien plus que lui dont on louait la beauté. Minuit sonna, les bouchons des bouteilles de champagne explosèrent. Les danseurs se jetèrent dans les bras les uns des autres, on chanta des airs de circonstance, on s'embrassa à pleine bouche.

Tandis qu'il observait les effusions, Ferdinand sentit deux lèvres sur les siennes. Deux lèvres fraîches, douces, un peu salées par un reste de tequila. Le temps d'écarquiller les yeux, Mélissa avait disparu. Un intense sentiment d'abandon l'envahit. Il pensa à Joséphine, à cette heure-ci elle était sans nul doute en pleins préparatifs. A quoi ressemblait Paris aujourd'hui ? Que faisait-on sous le tunnel des Halles, où se réfugient les enfants perdus par grand froid au mépris des gaz d'échappement ? Levait-on sa bouteille parmi les clochards, rue des Déchargeurs ?

Happy New Year !

La foule s'était resserrée et formait de joyeuses sarabandes. Il chercha un moment ses trois compagnons, crut entrevoir les boucles de Faustine puis les perdit. Il était déjà tard, de toute façon, et ce goût de tequila...

Il décida de rentrer.

A minuit pile, heure française, Joséphine téléphona à son mari. C'était l'aube à New York. Elle hurla un « bonne et heureuse année » strident et alcoolisé, repris en chœur par dix ou quinze personnes derrière elle. Puis elle raccrocha aussitôt : elle avait fort à faire.

Elle n'en voulait plus à Ferdinand : elle possédait cette capacité rare de réévaluer en permanence ses objectifs. Or cette nuit, elle avait décidé qu'elle profiterait de la vie, et elle tint sa promesse.

Le dix-sept janvier, date de son anniversaire, Ferdinand déjeune avec Mark Schenk. Il s'imagine que le rendez-vous a été pris ce jour-là par hasard, mais il se trompe. Mark Schenk aime les symboles.

— Je voulais attendre un peu, dit le Chief Executive Officer. Mais les événements se précipitent. HBMB compte de plus en plus sur moi, et moi je compte de plus en plus sur vous.

Ferdinand lui jette un regard interrogateur.

— Je suis content que vous ayez trente ans. C'est encore un peu juste, mais enfin, c'est le minimum question crédibilité. On ne contestera pas votre nomination : les gens sont ainsi, ils s'accrochent à des repères, à des normes. Ils ont besoin de fourchettes moyennes. Si vous en sortez, ils perdent les pédales. Trente ans, c'est plus rassurant. Vous comprenez ?

— Pas vraiment, dit Ferdinand.

— Je vous propose de gérer les Etats-Unis. Devenez patron de pays, aidez-moi à contrôler ce bazar : Warren ne va plus assez vite, il faut que nous le poussions aux fesses.

Ferdinand demeure d'abord sans voix : s'il s'attendait à ça !

— Vous êtes brillant et je suis pressé, poursuit Mark Schenk. J'ai besoin d'appuis.

— Mais qui va reprendre mon poste ? Essential Gum n'en est qu'à ses débuts...

— J'ai pensé à Egon Van Greben. Il est jeune lui aussi, c'est un bon élément, il a fait un excellent travail en Belgique.

— C'est vrai, dit Ferdinand. Pour ce que j'en ai vu, c'est un type droit et il est compétent.

— Bien. Alors considérons que c'est réglé. Je vous ferai passer une nouvelle proposition de contrat qui devrait vous satisfaire, stock-options incluses, bien entendu. Entrons maintenant dans le vif du sujet.

Il y a cette expression, « le vif du sujet », que Ferdinand n'aime pas tellement. « Le vif », « trancher dans le vif », pour lui, ça évoque plutôt la boucherie, des chairs sanguinolentes, mais enfin.

— Je ne vous cache pas que le chantier ne sera pas simple. HBMB est face à une étape déterminante pour son avenir. Nous avons bien réussi jusqu'ici mais nos concurrents sont féroces, les distributeurs rognent les marges et notre deuxième rang mondial est menacé. Il faut anticiper et revoir d'urgence l'ensemble de notre politique.

Il faut améliorer la rentabilité.

Il faut moderniser les chaînes.

Il faut délocaliser la fabrication.

Il faut re-struc-tu-rer.

— Restructurer ?

Il faut fermer l'usine de Chicago et quatre autres sites sur le territoire. Il faut se séparer de deux mille quatre cent soixante-dix-huit employés précisément et discuter avec les Taïwanais. C'est pour le bien commun, la croissance. On veut rester bénéficiaires, ou on accepte d'être un jour vendus par appartements. Je vous l'accorde, mon vieux, le job est délicat, vous aurez les syndicats sur le dos. Mais je vous fais confiance, consultez les chiffres et voyez par vous-même : il faut parfois couper le bras pour sauver le reste du corps.

Il faut.

— Vous vous sentez bien ? demande Mélissa.

Ferdinand est bizarre depuis son déjeuner. Il feuillette le même dossier, ça fait déjà une heure. Il a les yeux ailleurs. Il est blanc comme un linge.

Plus tard, il téléphone brièvement à son père, annonce sa nomination comme s'il s'en excusait – c'est ainsi que Mélissa l'apprend. De l'autre côté de l'Atlantique, elle entend la voix grave lancer des félicitations, là-bas ce sera la fête ce soir.

Ferdinand quitte le bureau très tôt et oublie son manteau, alors qu'il fait si froid dehors. Pas un mot.

— A demain, fait Mélissa, mais il ne l'entend pas. Tandis qu'il disparaît, elle frissonne, clôt ses paupières et promène ses doigts sur ses lèvres, mon Dieu, revenir en arrière, retrouver Brooklyn et la nouvelle année.

VINGT FOIS PAR JOUR désormais Ferdinand se rue aux toilettes et se lave les mains. Il est dans les tranchées – un combattant enfoncé dans la merde.

Il l'a fait.

Il a fermé les usines, négocié avec les syndicats, quelques préretraites, quelques promesses de reclassement, et surtout des primes en pagaille.

Il est allé sur place et certains ont pleuré, comme des enfants.

Il y en a pour tous les goûts. Des ingénieurs en chemise bleue, des ouvriers aux mains usées, des secrétaires, des manutentionnaires, des gardiens en uniforme marine. Ils ont un point commun : ils ont travaillé dur, entre dix et trente ans dans les mêmes entrepôts grisâtres et cloturés d'acier.

Ferdinand leur a dit : c'est pour la survie de

l'entreprise, je suis au regret, ô combien, mais je le dois.

Les autres ont répondu que ça leur fait une belle jambe, HBMB peut bien conserver sa deuxième place mondiale, que deviendront-ils, eux, avec leurs vingt mille dollars de prime ? Avec leurs trois enfants, leur maison à crédit, le désespoir glacé de Chicago ?

Il faudra déménager, oublier l'université du cadet, marcher des heures le long des voies rapides, respirer les fumées de la banlieue obscure.

Ils s'en foutent de sa compassion, au tueur sentimental.

Ferdinand se dégoûte.

Il vomit ses tripes sur le trottoir tandis que les autres le conspuent, Tu peux bien dégueuler, qu'ils lui lancent, demain tu seras à New York et nous, nous serons seuls ici. Ton humanité, nous on se la fout au cul.

La promotion de Ferdinand confirma à JJ qu'elle avait fait le bon choix. L'altercation de Noël était bel et bien oubliée, mieux valait se concentrer sur l'essentiel. « Ma chérie, lui avait dit sa mère, contrairement à ce que prétend l'adage, on tient un homme par son pénis, et non par la cuisine. » Or Joséphine ne se ménageait pas. Techniquement, elle était parvenue au sommet. Elle avait lu toutes sortes de littérature sur le sujet et complété sa garde-robe par des tenues on ne peut plus originales. Régulièrement, elle tendait à son mari des guet-apens irrésistibles dont il sortait le corps rassasié quoique l'esprit insatisfait. Un enfant aurait remarqué qu'il n'était pas heureux, mais Joséphine n'entendait rien des souffrances de Ferdinand. Ce qu'elle voyait en revanche, c'était la feuille de salaire astronomique et le nouveau contrat juteux que son mari venait de signer.

— Bravo chéri, tu t'es bien débrouillé.

Ferdinand n'avait rien demandé. Lorsqu'il avait découvert sa nouvelle rémunération, il avait dû lire à plusieurs reprises les chiffres pour être sûr qu'il ne se trompait pas. C'était pourtant bien ça, il était aux Etats-Unis, patron de pays, ça payait – ici on s'exprimait en millions de dollars.

— Dans le fond, dit-il en soupirant, je gagne beaucoup trop d'argent. Je viens de licencier des milliers d'employés : j'ai honte.

— Honte ! Mais de quoi ? Tu gagnes ce que tu mérites, tu as des responsabilités. Tu licencies, soit, mais pour ce que j'en sais, HBMB continue à faire du profit, et grâce à qui ?

Elle était prête à justifier n'importe quelle somme du moment qu'elle entrait dans sa poche.

— Tu ne te ménages pas. Tu ne pilotes presque plus. Depuis que tu es à New York, tu ne te consacres qu'à ton travail, au futur d'HBMB. Vraiment chéri, si l'entreprise te paie ainsi, c'est tout simplement que tu le vaux !

Il ne répondait pas. Comment discuter de valeur avec elle ? Que pouvait-elle comprendre, elle qui avait vécu l'essentiel de sa vie dans deux arrondissements parisiens bourgeois, sans le moindre tourment majeur ?

La vérité, c'était qu'un patron mal payé ne serait jamais un patron respecté par sa propre hiérarchie. La vérité, c'était qu'il fallait coûter cher à l'entreprise pour que celle-ci, forcée de recouvrer son investissement, vous donne les moyens de mener votre politique. Gagner gros pour parler d'égal à égal avec les actionnaires et le président. Dans ces sphères-là, on ne se posait pas la question de la justice sociale.

— Offre-toi donc un avion à New York, au moins voleras-tu plus facilement !

Avec un salaire à sept chiffres, Joséphine pouvait se permettre d'être généreuse et de se soucier de l'épanouissement de son mari.

— Allons mon amour, susurrait-telle en serrant autour de sa taille ses cuisses enduites d'huiles aphrodisiaques, laisse-moi te montrer comment étouffer tes remords. Personne ne peut guérir la misère du monde, alors, profitons, profitons de notre courte vie !

Mais voilà que Ferdinand la repousse violemment.

— Laisse-moi, dit-il, laisse-moi seul.

Il s'enferme dans la chambre, sa mémoire le torture, c'est son enfance qui lui saute à la gorge. Profiter de la vie ?

Voilà qu'il a cinq ans, huit ans, douze ans, quinze ans. Se souvient du mensonge et des stratégies d'évitement. Se souvient de cet homme qui partait chaque matin à six heures avec le sourire, qu'il pleuve, vente ou neige en criant « bonne journée les amis ! » C'est son père.

C'est son père qui prend le bus, descend à l'arrêt suivant, commande un café, attend deux ou trois heures pour être sûr que son fils soit bien à l'école, encaisse les réflexions du bistrotier agacé, un café en trois heures, y en a qui se moquent du monde ! Revient dans la maison déserte, allume la télévision, s'enfonce dans le canapé en s'abrutissant de jeux et de séries stupides, regarde l'horloge vingt fois, repart vers quatre heures avant le retour de Ferdinand, erre, encore et encore, tue le temps, retourne au bistrot et enfin, pousse la porte : « C'est moi ! »

Chaque matin, il part en costume-cravate. Chaque matin la mère, complice dans le malheur, lance, « A ce soir ! »

Ils n'ont plus qu'une idée, devenue obsession : que Ferdinand ne se doute de rien – c'est tellement dégradant de ne plus rien valoir. Car c'est cela, le père ne vaut plus rien. Ses vingt-cinq années d'expérience humaine et professionnelle ont disparu, éliminées de l'histoire. La preuve, personne n'en veut. Il faut cacher ça aux amis, à la famille, à l'école. D'abord on déménage, on s'éloigne de la ville, c'est abordable et plus discret. On va cueillir les fruits et les légumes dans les fermes d'à côté, on prétend que c'est meilleur et que ça fait une balade. On achète les vêtements dans des zones industrielles, on glose sur ceux qui les paient deux fois le prix en boutique, ces idiots. On ne sort plus, on se dit qu'on est mieux tous les trois. La mère corrige ses copies et remercie le bon Dieu de l'avoir dirigée vers l'Education nationale : au moins, on ne la mettra pas dehors.

Sur ses fiches d'inscription, chaque année Ferdinand note « ingénieur » dans la case « profession du père ».

Puis un jour, il vient d'avoir douze ans, il sort tôt du collège et pour une fois, ne rentre pas chez lui. Ce qu'il veut, c'est s'acheter en douce un magazine de bandes dessinées : sa mère n'aime pas ça, qui dit toujours que c'est de l'argent fichu, des bêtises pour les illettrés. Ferdinand marche longtemps. Ne s'arrête pas au village voisin, le marchand pourrait le trahir. Pousse jusqu'au suivant – une heure à pied, car il n'a qu'un seul ticket de bus pour le chemin du retour. Marche et passe devant le bistrot, et c'est là qu'il aperçoit son père assoupi devant sa tasse de café.

Le garçon rase les murs, retient son souffle comme si on pouvait l'entendre respirer derrière les vitres enfumées. Il a les yeux brouillés, les joues écarlates et repart en courant. Il crachera ses tripes, mais court presque d'une traite.

— Tu as passé une bonne journée ? bégaie-t-il à table, le soir.

— Comme d'habitude, répond le père.

C'est le début d'une quête infernale. Ferdinand note tout ce qu'il entend, tout ce qu'il comprend sur un petit cahier. Sèche des cours et retourne au village avec une casquette vissée sur le crâne et une écharpe qui masque son visage. Le père est toujours là, parfois il somnole, lit un journal, d'autres fois il regarde dans le vide – c'est le plus terrifiant.

Tout s'éclaire avec brutalité. Ce rempart qu'ils ont construit autour d'eux. Les invitations déclinées, les économies de bouts de chandelles, les explications confuses, les conciliabules. Ferdinand aimerait hurler, dire à son père qu'il a tout découvert, ne lui a-t-on pas répété qu'il ne faut pas mentir ? Ce sentiment d'urgence qui l'a envahi à cinq ans explose aujourd'hui dans son cœur. Il sait à présent pourquoi il faut travailler, travailler et encore travailler. Il sait le poids de la sanction, de la souffrance et du secret. Jusque-là il ressentait et exécutait son devoir de manière viscérale, désormais, à douze ans, il le connaît de manière scientifique. A son tour de truquer. D'observer en silence la mère choisir la cravate du père. D'écouter lorsqu'on commente la vie de bureau au dîner. De sourire quand on décide de partir à la campagne plutôt qu'au bord de la mer – parce que c'est plus sain et qu'on n'y est pas noyé au milieu des touristes.

Tant de solitude.

Tant d'enfermement.
Tant de réflexion, tant d'interrogations.

Et aujourd'hui cette étrangère qui prétend s'en mêler.

Profitons de la vie !

Sur son lit, Ferdinand sent sa tête s'emballer. Les ombres marchent sur lui en armée effrayante, deux mille quatre cent soixante-dix-huit silhouettes brisées qui l'emportent dans le noir et l'empalent sur le pieu de ses souvenirs.

Joséphine avait le sens du sacrifice calculé. Pour connaître l'existence d'une riche bourgeoise, pour choisir des robes sur défilés privés et fréquenter les salles de gymnastique des stars, elle avait accepté un modus vivendi plus que particulier. Depuis qu'elle s'était installée avec Ferdinand, ils n'avaient pris qu'une seule fois des vacances ensemble, et l'on savait comment cela s'était terminé. Ils ne partageaient toujours ni loisirs, ni valeurs, ni croyances. Autour d'elle, on se moquait gentiment de l'absence perpétuelle de son mari. A ceux qui la questionnaient sur cet homme invisible, elle répondait qu'il avait du travail, qu'il était occupé, qu'elle avait épousé un ours. Elle serrait les dents. Bien sûr, elle aurait préféré une union plus classique mais enfin, qui pouvait sérieusement espérer trouver la fortune, le rang social, la beauté et l'amour réunis dans un seul et même corps ?

Depuis quelque temps cependant, son joli monde vacillait. Au lieu de se réjouir de son titre et de la manne substantielle qui accompagnait sa promotion, Ferdinand s'était assombri. Il avait l'esprit ailleurs. Il lui arrivait de s'asseoir dans son fauteuil et d'y rester deux heures, égaré dans ses pensées. Il avait de petites distractions, oubliait ses clés, son portefeuille, le code de la porte d'entrée.

Les premiers jours, Joséphine mit cela sur le compte de ses nouvelles responsabilités. Puis, comme cela empirait, elle commença à s'inquiéter. A quoi méditait ainsi Ferdinand ? A qui ? Les bureaux de Sweet Baby, la division d'HBMB pour laquelle travaillait Joséphine, étaient situés à deux stations de ceux de la maison mère. Que se passait-il vraiment du côté de Central Park ? Quelles rumeurs s'échangeaient, quelles influences circulaient sur les moquettes feutrées ?

Un lundi matin, alors qu'il était resté enfermé tout le week-end avec son ordinateur, elle décida qu'il était grand temps de mieux connaître l'entourage professionnel de son mari. Elle s'attaqua d'abord à Mark Schenk, dont elle se souvenait de la passion pour l'art contemporain. Avec méthode et détermination, elle s'inscrivit dans les associations liées aux plus grands musées de la Ville et guetta les avant-premières d'expositions afin de l'y convier. Bientôt, alors que Schenk était réputé impossible à voir tant son agenda était surchargé, elle parvint à nouer avec lui des liens aussi cultivés qu'amicaux. Elle consacra des heures à arpenter les galeries, assister à des performances, lire des livres, compulser des revues. Elle fit de nombreuses connaissances et apprit beaucoup sur l'art. Mais rien sur Ferdinand : Schenk détestait mélanger les sujets et ne livra aucun indice.

Elle ne se découragea pas pour si peu. Après tout, entretenir de bonnes relations avec le CEO lui serait forcément utile, et il restait encore à explorer la piste de Mélissa : cette fille partageait le bureau de Ferdinand, ses dossiers, ses interlocuteurs, son emploi du temps, et par conséquent la plus grande partie de sa vie. Elle était sans doute la personne la mieux informée de ses états d'âme. Joséphine se força donc à l'inviter dans un restaurant chic, près de la Cinquième Avenue. Ce jour-là, l'air était froid et lumineux. Mélissa se présenta dans une tenue ravissante. Elle portait une petite robe noire bien coupée, des chaussures fines à talons hauts, un foulard d'organdi blanc autour du cou. Elle s'assit face au soleil et les rayons se mirent à jouer avec ses cheveux, accentuant un charme magnétique. Joséphine se souvint brusquement de cette désagréable sensation dans l'avion, des rires étouffés, des regards complices.

Quelle prétentieuse, songea-t-elle. A voir la pimbêche, on croirait que c'est elle qui dirige HBMB.

— Merci pour l'invitation, fit Mélissa. Cela change de la cantine.

Il faisait bon dans la salle décorée d'étoffes rares, de meubles signés, de tableaux d'artistes conceptuels. Elle tremblait, pourtant. Le couvert avait été réservé au nom de Bataille, menue souffrance supplémentaire.

— J'ai dû retenir une semaine à l'avance, précisa Joséphine en dégustant un toast de caviar. Heureusement, j'ai mes entrées.

Quelle poule de luxe, pensa Mélissa. Qui donne ses rendez-vous dans des restaurants trois étoiles et s'adresse au serveur comme à un intouchable.

L'une et l'autre faisaient un effort violent pour surmonter frustrations et jalousies. L'une et l'autre s'en sortaient plutôt bien, raideur polie pour Mélissa, sourire forcé pour Joséphine. Le déjeuner, cependant, tourna court. Aux questions adroites de Joséphine, Mélissa opposait une discrétion obstinée. Elle répondait à côté, écartait les sujets, entretenait un flou savant sur tout ce qui concernait de près Ferdinand. Joséphine comprit vite qu'elle n'en tirerait rien. Elle prétexta une douleur subite à l'estomac et quitta la table avant le dessert, au grand soulagement de son invitée.

Dans le taxi qui la ramenait vers son bureau, la jeune femme décida d'abandonner sa quête.

L'entreprise semblait vaine. Puisqu'il était si compliqué de pénétrer les secrets de son mari, elle compterait sur elle-même : il y avait un autre moyen de s'assurer que Ferdinand ne disparaisse un jour, absorbé par l'objet mystérieux de ses préoccupations. N'avait-elle pas établi un certain projet au début de l'année ?

A cette même époque, son appétit sexuel prit des proportions peu communes, aussi plaisantes qu'indéchiffrables pour qui n'était pas renseigné sur les cycles féminins et les règles de la fécondation – Ferdinand, par exemple.

— As-tu déjà vu pareil culot ? Elle m'a invitée à déjeuner avec cette condescendance stupide qui la caractérise. Sans doute s'imaginait-elle que je tomberais dans le panneau, qu'on ferait amie-amie. Il fallait la voir, l'Impératrice, harnachée de la tête aux pieds. Plus de cinq mille dollars sur elle rien qu'en vêtements – sans compter la montre et les bagues. Des marques, des marques, encore des marques, les ongles faits, maquillée à outrance, un véritable pousse-au-crime. Encore quelques années et elle ressemblera à Ivana Trump.

— Humm... Eh bien, ça ne s'arrange pas mon ange.

— Et Ferdinand par-ci, et Ferdinand par-là. Elle parle, elle parle, elle fouine, elle essaie de savoir quoi ?

De toi à moi, Faustine, je me demande s'il n'y a pas de l'eau dans le gaz. C'est vrai qu'il a changé. A elle, je n'ai rien dit, elle peut toujours courir. Mais il n'est plus le même. C'est à peine perceptible, c'est surtout dans son regard – moi, je l'ai remarqué. Il a maigri aussi, déjà qu'il n'était pas bien gros. Peut-être qu'il est très fatigué ou qu'il ne dit pas tout. A son poste, il y a la pression des actionnaires, les chiffres, tout ça pèse lourd sur les épaules. On a eu une période difficile, des licenciements en pagaille, tu sais ce que c'est, économies d'échelles et autres ratios de rentabilités.

Oh, Faustine, tu me manques. Je n'ai personne à qui parler ici. J'ai un tas de relations mais pas un seul ami, excepté Ferdinand.

— Je croyais, fait la voix gentiment ironique de Faustine à six mille kilomètres, je croyais que tu avais pris de bonnes résolutions ? Que tu cherchais l'âme sœur hors du bureau de ton patron ? Je croyais que New York était truffé de beaux garçons excitants avec un accent terrible ?

C'est ça, oui. Un footballeur, un directeur financier, un chorégraphe rencontré dans un bar et même un livreur de pizzas. Je me perds, je me noie, je me hais. Mes nuits se passent à imaginer leurs étreintes, les mains de Ferdinand sur cette fille exécrée, son sexe qui s'enfonce, le mélange de leurs sueurs, sa jouissance, son sperme, ses seins, ses lèvres écrasées et brillantes.

Tandis que des corps étrangers me pénètrent et m'écorchent, Faustine, ce sont ses râles que j'entends et ses yeux révulsés que je fixe.

C'est l'orage que je sens, l'imminence de l'éclatement.

Chaque pore de ma peau devine que le danger approche.

A PEINE LA RESTRUCTURATION de Chicago achevée, Mark Schenk vint trouver Ferdinand et lui exposa les nouveaux objectifs établis pour les USA. Herbert Warren, assez content de pousser le « petit Français de Schenk » dans les cordes, s'était fait un plaisir de relever la barre le plus haut possible.

— Je suis désolé, fit le CEO. Vous êtes jeune et étranger : malgré vos derniers résultats, ou à cause d'eux, beaucoup aimeraient vous voir en orbite. Mais cette volonté de croissance se comprend : nous ne pouvons nous contenter de l'acquis.

Cette année-là, l'économie du pays était morose et l'équilibre mondial précaire. Un nouvel attentat à Londres dans le quartier de la City et un cyclone d'une violence inouïe en Amérique centrale avaient paralysé les esprits et une partie des investissements. Les taux d'intérêt étaient élevés et la consommation endormie. Pourtant, HBMB s'en tirait bien : quelles que soient l'époque et la crise, on achetait toujours du shampooing et du savon. De là à souhaiter pareil développement !

— Ces chiffres sont hors de propos, contesta Ferdinand. Nous avons fait deux bons trimestres. Nous sommes une des rares sociétés à afficher des résultats positifs. La Bourse plonge depuis des mois, tandis que le cours de notre action a progressé de trois pour cent.

— Nous pouvons faire mieux. Vous en êtes capable, à moins que je me sois trompé sur votre compte ? Mon cher, nous n'avons pas le choix. Par ailleurs, Warren s'est engagé – disons plutôt, nous a engagés – auprès des actionnaires. C'est à la division US de montrer l'exemple : le reste du monde suivra.

Accélérons la machine sans le moindre répit. Les concurrents et les prédateurs rôdent. Offrons-leur le flanc et, *guy*, ce ne seront plus deux mille quatre cent soixante-dix-huit noms sur la liste noire, mais des dizaines de milliers.

— Bien, dit Ferdinand. Nous ferons mieux.

La fermeture des sites de production avait affecté le moral des employés. Il fallait relancer le moteur et retrouver de l'énergie. Ferdinand commença par rencontrer chaque responsable de service, chaque cadre important, puis écrivit à chaque salarié un petit mot signé de sa main, expliquant les grandes lignes de ses ambitions pour la société. Après quoi il se mit en position d'observation pour quelques semaines, reprit tous les dossiers et nota les interventions des uns et des autres.

— C'est assez simple, conclut-il quelque temps plus tard auprès de Mark Schenk. On peut diviser l'entreprise en deux. Une moitié des gens travaille et l'autre freine la première. Ici, on n'est pas à la chaîne : on peut tricher. Certains avancent masqués et exploitent le travail des autres. Au fond, si chacun accomplissait seulement la tâche qui lui est confiée, nous serions déjà bien meilleurs. Il faut cesser de raisonner avec des masses et tenir compte des individus et de leur potentiel.

— Je le sais, soupira Schenk. Je connais ça par cœur. Mais que pouvons-nous faire ?

— Changer l'état d'esprit. Instaurer de nouvelles règles. Multiplier les évaluations. Identifier les sous-chefs, les enfonceurs de portes ouvertes, les tire-au-flanc. Donner de l'air aux talents, encourager les bosseurs et sanctionner les autres. Je ne veux plus apercevoir à vingt et une heures des gens qui passent des coups de fil à leurs amis pour faire croire qu'ils travaillent tard et économiser leurs frais de téléphone. Il y a de l'injustice dans nos systèmes et trop de distance entre nous et nos employés. Ils manquent de notre reconnaissance. Ils manquent d'envie. Refondons l'entreprise. Réfléchissons en faveur de ceux qui la font avec nous.

— Vous avez les mains libres, fit Schenk. A vous de jouer.

Moins de six mois furent nécessaires : avec l'aide fidèle de Mélissa, Ferdinand réorganisa l'organigramme d'HBMB US, mit en place un nouveau réseau informatique et fit redistribuer l'espace de manière rationnelle, regroupant les gens qui travaillaient sur des sujets communs. De nouvelles formations furent proposées ainsi que des plans d'intéressement individuels pour l'année suivante. Sur le front de la distribution, Ferdinand renégocia les contrats et intervint dans les achats de matières premières ainsi qu'auprès des sous-traitants, utilisant le Web et ses robots pour dépister les prix pratiqués dans le monde entier. Il visita chaque bureau au moins une fois par mois pour débattre avec tous des moyens d'accroître la qualité et la rentabilité. Lorsqu'une proposition lui semblait judicieuse, il conviait son auteur à l'exposer en comité de direction et, dans certains cas, il accordait des primes.

A la fin de l'année, les objectifs étaient atteints et même dépassés. Les médias exprimèrent un regain d'intérêt pour des méthodes aussi personnelles que convaincantes. On vit à nouveau le visage et le nom de Ferdinand faire les gros titres des journaux économiques. On l'interrogea sur sa vision du management, il répondit épanouissement, valorisation des hommes, courage, travail. Quand on le félicitait pour les résultats obtenus, il mettait en avant ses collaborateurs et citait l'appui de Mark Schenk. Bien entendu, nombre de ses détracteurs, qui le surnommaient « le bon docteur Bataille », se plaisaient à ironiser sur ses prétendues théories humanistes en rappelant les licenciements du début de l'année. Susurraient que sa bienveillance cessait lorsqu'on s'opposait à ses idées. Qu'il pouvait être généreux, compréhensif, sensible autant que dur, brutal et sans concession lorsqu'il considérait que les valeurs qu'il défendait n'étaient pas respectées. Qu'il savait récompenser mais aussi humilier publiquement ceux qu'il n'estimait pas.

Trop beau pour être honnête, écrivaient certains journalistes, déstabilisés par ce patron d'un nouveau genre.

Quoi qu'il en soit, les chiffres étaient incontestables et Schenk, définitivement conquis, songea qu'il était temps d'introniser Ferdinand auprès des membres du conseil d'administration. Tous étaient des dirigeants connus ; plusieurs d'entre eux se trouvaient à la tête d'entreprises dans lesquelles HBMB avait des intérêts. Depuis des mois déjà, le Chief Executive Officer leur vantait les mérites de son poulain, quitte à prendre des risques. Quand certains avaient suggéré de l'envoyer sur la zone asiatique pour conclure son parcours, il avait répondu : à élément exceptionnel, trajectoire exceptionnelle. Il réservait à Ferdinand une place de choix inscrite dans un plan à long terme. A ses yeux comme à ceux de nombreux actionnaires, HBMB manquait de dynamisme et d'inventivité. Herbert Warren, qui présidait le groupe depuis dix-sept ans, conduisait son entreprise d'une main ferme, mais excessivement prudente en regard de l'évolution du marché. Le moment approchait d'assurer la relève pour l'avenir.

Schenk organisa une série de déjeuners, dans la plus grande discrétion. Chacun put se rendre compte de la qualité de l'équipe qu'il formait avec Ferdinand. On parla de programmes sur dix ans, de développement dans le monde, de diversification des marques. Puis on décida en haut lieu – et en secret – de se donner encore douze à dix-huit mois pour stabiliser la division américaine, avant de passer à la vitesse supérieure.

L'année suivante se déroula sans surprise. HBMB USA connut une croissance régulière.

Le nom de Ferdinand Bataille devint familier de tous ceux qui s'intéressaient à l'économie. Son rythme de travail s'accrut encore. Il ne revint que deux fois en France et décida de vendre son F 22 : la pensée qu'il demeurait immobile dans son hangar le déprimait. Il acheta un Cessna, l'installa dans un aérodrome de New York et s'astreint à piloter une fois par mois comme d'autres s'obligent à faire du sport pour rester en forme. Hélas, ses vols n'étaient plus si libérateurs. A mille ou deux mille pieds, son cerveau restait accroché au chiffre d'affaires de sa division sans qu'il parvienne jamais à faire le vide. Il repassait en boucle les problèmes à régler, les contrats à signer, les produits à développer. Il suffisait qu'un nuage ait une certaine forme pour qu'il y voie le continent asiatique, la menace de la concurrence ou des files de chômeurs.

De son côté, Joséphine passa cette année à désespérer. Les premiers mois, elle pensa qu'il s'agissait d'un malheureux hasard. Puis elle s'inquiéta, consulta différents médecins et entama une batterie d'analyses. Elle finit par s'en ouvrir à Ferdinand : il fallait bien tester aussi sa fertilité. Ce fut leur deuxième grosse dispute. Ferdinand l'avait prévenue en l'épousant qu'il ne comptait pas être père avant un bon moment. Et voici qu'il apprenait qu'elle tentait de concevoir un enfant! Elle riposta qu'ils étaient mariés depuis assez longtemps : un bébé n'était rien d'autre que la suite logique des choses. Elle ajouta qu'à son âge, elle devait se préoccuper de donner une descendance à leur famille. Ignorait-il que la fécondité des femmes chutait brutalement après trente-cinq ans ? Comptait-il refuser à sa propre mère le plaisir de serrer des petits-enfants dans ses bras ?

Ce dernier argument se révéla le bon. Ferdinand avait beau se forcer à réfléchir, il n'avait aucune idée claire sur la question. Il était incapable d'expliquer pourquoi il était marié à cette femme. Il était incapable de dire si la vie commune avec elle pouvait durer des mois, des années ou bien des décennies. Il ignorait sincèrement si le fait de ne pas être amoureux était un motif suffisant pour refuser de faire un enfant. La paternité n'évoquait rien de précis. Il aurait aimé comprendre ce que ressent un père lorsqu'il danse avec sa fille ou joue au football avec son garçon, mais il ne parvenait pas à se projeter.

Et puis cette image, parfois. Taches de rousseur, boucles légères.

Cette trace indélébile, lèvres contre lèvres.

Mélissa glisse et l'embrasse. Mélissa passe.

Mais sa mère !

— Ta propre mère, Ferdinand. Réfléchis.

Priverait-il de cette joie celle qui avait élevé son propre enfant dans la frustration, la dissimulation et la crainte, à seule fin de le protéger ?

Le jour suivant cette conversation, Ferdinand prit rendez-vous dans un laboratoire et remit un échantillon de son sperme. Les examens se révélèrent normaux.

— De nombreux couples rencontrent ces difficultés, commenta le spécialiste. Le frein est sans doute psychologique. Il ne vous reste plus qu'à attendre.

Joséphine maigrit beaucoup, autant qu'elle s'emplit d'amertume. Elle voulait désormais ce bébé à tout prix. Elle étudia les médecines parallèles, fréquenta des marabouts, expérimenta des massages indiens et des incantations mystiques, interrogea des voyantes, avala des hormones – en vain. Alors que son ventre demeurait désespérément plat, elle se confia à une amie douée d'esprit pratique qui affirma qu'elle ne tombait pas enceinte parce qu'elle y pensait trop. Tout le monde savait ça : on obtenait des miracles lorsqu'on cessait de les espérer.

Joséphine jugea l'hypothèse plausible. Elle réfléchit, trouva la solution pour se changer les idées : elle allait acheter un appartement. Ferdinand gagnait de plus en plus d'argent. Il avait réactivé une partie de ses *bots* financiers et plaçait sous leur contrôle l'essentiel de ses revenus en Bourse . son compte en banque débordait de dollars. Dans ces conditions, pourquoi continuer à payer un loyer ? La pierre était un investissement de long terme, moins performant que les placements de Ferdinand mais aussi beaucoup plus solide. Et puis elle en avait assez de Tribeca, un quartier branché, mais éloigné de leurs bureaux, des boutiques chic et des grands restaurants ; le week-end, elle s'y ennuyait à mourir. Qui sait, peut-être l'oisillon n'attendait-il qu'un nouveau nid pour apparaître ?

La nuit suivante, elle se tourna et se retourna jusqu'à l'aube dans le lit en imaginant un appartement proche de Central Park. Dans la journée, elle flâna devant les buildings cossus, contempla les terrasses, nota les annonces d'agences immobilières, acheta la presse spécialisée. Puis elle rentra, enfila un déshabillé sexy, prépara deux verres et attendit son mari pour lui exposer son projet, devenu entre-temps idée fixe. Hélas ! Ferdinand n'avait pas la moindre intention de quitter son appartement. Il avait passé des heures à concevoir un circuit électrique et un câblage adapté à ses machines et à son utilisation du Net. Il s'était construit un bureau sur mesure, armé de planches, de clous, d'une scie et d'un marteau. Il était heureux dans ce quartier où les bars et les Délis ouverts tard dans la nuit lui servaient un petit café entre deux séances de travail nocturne. Il trouvait Central Park mortifère, lui qui ne pratiquait pas le jogging ni les cours de qi-gong pour cadres bien sous tous rapports à six heures du matin. Il ne fréquentait pas les boutiques et se moquait d'avoir des serviettes de table cent pour cent lin ou des smokings de marque. Il tenait à conserver son train de vie, sans luxe superflu mais très confortable, et considérait que l'argent pouvait travailler autrement qu'au ralenti dans l'immobilier. Si bien que lorsque Joséphine asséna, acerbe, que Wall Street avait connu plus d'un krach, il mit fin à la discussion en répliquant que Manhattan avait déjà vu des immeubles s'écrouler et l'avertit qu'il refusait d'entendre encore parler déménagement.

Après cette querelle, les tensions entre les deux époux devinrent quotidiennes. La domination sexuelle de Joséphine commença à s'affaiblir. A force de pratique intensive et d'expérimentations débridées, Ferdinand avait comblé ses lacunes et ne perdait plus ses moyens à la simple vue d'une paire de fesses. Le temps lui manquait à tel point qu'il préférait le consacrer à son avion ou son ordinateur plutôt qu'à une femme. En outre, depuis leur rencontre à Brooklyn, Ferdinand retrouvait Dizzy deux fois par semaine sur Internet, durant la nuit. A trente ans passés, c'était la première fois que Ferdinand nouait une amitié véritable. Le fait que le chercheur soit installé à Boston avait favorisé leur relation : à distance, Ferdinand se découvrait plus facilement. Dizzy était fasciné par sa personnalité énigmatique, la spirale ininterrompue de ses succès et l'admiration que lui portait

Mélissa. Pour sa part, Ferdinand était captivé par les connaissances de Dizzy et par les sujets qu'il abordait dans le secret de son laboratoire. Dernièrement, ce spécialiste des robots avait étudié leur sociabilité et leurs comportements à l'égard des humains, une partie bien plus complexe que les apprentissages de tâches. Il commentait à Ferdinand chacune de ses avancées. Avec lui, les conversations débordaient bien souvent du terrain scientifique.

— Mon vieux, avait-il confié, tu es la première personne hors du labo avec qui j'ai réussi à me lier. Qui a envie de discuter algorithmes et confinement à longueur de journée ? Chez nous, ceux qui ne finissent pas célibataires épousent d'autres scientifiques et engendrent une nouvelle génération de physiciens ou de matheux.

— Et ta famille ? avait questionné Ferdinand.

— Elle est en Géorgie. Une sœur, des cousins et mes parents. Ils me manquent. Avec eux, je sais parler d'autre chose que d'accélérateurs de particules, crois-moi. Nous avons notre histoire, nos blessures en commun, les traces d'une sale guerre. Je n'ai qu'un rêve, économiser suffisamment pour acheter une maison en Floride, faire venir mes proches demeurés là-bas et passer mes vieux jours en leur compagnie. Hélas, on a rarement vu un scientifique faire fortune, surtout lorsqu'il travaille pour un organisme fédéral ou gouvernemental.

— Pour ce qui est de l'argent, répondit Ferdinand, je peux sûrement t'aider. J'ai quelques colonies de robots sur le Net qui travaillent nuit et jour à améliorer mes placements et j'ai conçu un logiciel dont je suis assez fier : j'ai payé mon premier avion avec ce qu'il m'a rapporté. Je t'envoie tout ça. Etudie-le et investis tes économies. Je prends le pari que tu auras cette maison plus vite que tu ne l'imagines.

— Un avion... Désolé, j'ai du mal à comprendre... Mes parents vivent dans la misère... Quoi qu'il en soit, je ne veux pas accumuler les profits. Ma trompette me suffit, quant à toi considère ta vie : tu ne profites plus de rien à force de courir après ce pognon.

— Tu ne comprends pas, Dizzy. Je ne cours pas après l'argent, j'avance et je file vers le haut parce que je n'ai pas le choix! Il se trouve qu'il y a de l'argent à la clé... Que tu le veuilles ou non, c'est ainsi : avance et gagne ou bien arrête et meurs.

— En effet, je ne suis pas sûr de le comprendre, ton raisonnement, et encore moins de le partager. Mais nous reparlerons de cela une autre fois, conclut Dizzy. Il est tard et je démarre une expérience à sept heures demain.

Ferdinand vit le nom de Dizzy disparaître de son écran. Au moment où il s'apprêtait à éteindre sa machine, il fut pris d'un malaise terrible. Une bouffée d'angoisse atroce, une sensation de mort imminente. Ses membres lui semblaient lourds, froids, impossibles à bouger. Il était dans un tel désarroi qu'il se traîna jusqu'à la salle de bains et attrapa les somnifères que Joséphine utilisait abondamment pour contrer les effets énergisants de ses cocktails vitaminés. Il s'écroula sur son lit et dormit d'une traite d'un sommeil mécanique jusqu'à entendre la sonnerie de son agenda électronique : il était huit heures, la réunion de présentation des chiffres allait commencer chez HBMB. Il se leva brusquement, se passa la tête sous l'eau froide, s'habilla et saisit ses dossiers. Il était prêt pour une nouvelle journée.

Coûte que coûte, Mélissa avait suivi la cadence de Ferdinand. Jamais défaillante malgré un état d'épuisement constant, elle avait été un outil précieux dans sa réussite. Elle se trouvait là où il n'était pas, lisait les comptes rendus, rédigeait des notes à sa place, dirigeait les études, recevait certains collaborateurs, répondait à son courrier électronique, conduisait les chantiers qu'il lançait. Elle arrivait le matin à l'ouverture des portes pour éplucher la presse et quittait rarement son poste avant vingt et une heures. Entre deux, elle faisait un saut à la salle de sport – une prestation mise en place par ses soins. Elle était plutôt contente de son travail sur les services internes. Grâce à son initiative et au budget alloué par Ferdinand, HBMB proposait, en plus du gymnase et de la piscine situés au sous-sol, une crèche privée aux horaires souples, un bureau de baby-sitting capable de trouver dans la journée une jeune fille pour ramener les enfants de l'école, un bar (à l'usage réglementé), une agence de voyages à prix compétitifs, et une centrale d'achats pour les produits hi-fi, informatiques et automobiles.

Dans une enquête réalisée par un grand magazine économique, les employés d'HBMB avaient été classés au deuxième rang des salariés les plus épanouis d'Amérique, et HBMB au premier rang des entreprises soucieuses du bien-être de leur personnel. Nul n'avait eu l'idée d'objecter qu'il s'agissait aussi du degré ultime de l'enfermement. Tous acceptaient sans réfléchir d'évoluer dans cet univers clos, où seules les nouvelles recrues apportaient de la fraîcheur. Les compagnons de sport de Mélissa étaient ceux qu'elle retrouvait au restaurant d'entreprise, dans les couloirs, et même dans les aéroports si l'idée la prenait de partir en week-end. Ils avaient le sentiment d'appartenir à une élite et se sentaient privilégiés d'avoir trouvé un emploi dans une entreprise d'une telle qualité. Leurs conditions de travail, ajoutées à la politique d'intéressement, les motivaient vers toujours plus de productivité. L'entreprise se portait bien, Mélissa aussi. Ferdinand avait fini par la tutoyer et avait déclaré : je n'aurais pas fait la moitié de ce chemin sans toi.

Dans sa chambre, au-dessus de son lit, elle avait installé une photo prise au cours d'un séminaire commercial sur laquelle on les voyait côte à côte. Elle la contemplait chaque jour, et chaque jour continuait à s'interroger sur les raisons qui poussaient un type aussi incroyable à rester avec une femme qu'elle jugeait si superficielle. Y avait-il en lui de la lâcheté ? Était-elle seule à sentir ces exquises décharges électriques lorsqu'ils se frôlaient au-dessus d'un dossier ? A caresser le souvenir d'un baiser volé ? A rêver de leurs corps nus, humides, emmêlés ?

Le temps passait et les sentiments de Mélissa s'exacerbaient. Elle aimait violemment Ferdinand, autant qu'elle détestait Joséphine. Sans doute le fait de garder tout cela pour elle ajoutait-il à sa dérive. Car à Faustine et Dizzy, elle jurait chercher toujours l'âme sœur.

— Je comprends, s'amusait le scientifique. Tu ne sais pas encore que je suis l'homme de ta vie, mais crois-moi, c'est écrit quelque part. Voilà pourquoi tu erres sans trouver.

Il ne plaisantait qu'à moitié. Lui aussi étouffait bien des choses. Parfois, après une nuit difficile, il décidait de prendre l'avion pour New York et d'inviter Mélissa à dîner, de tenter le tout pour le tout, de lui avouer combien ses yeux clairs, ses épaules rondes, sa nuque lui nouaient l'estomac. Puis il apercevait son reflet dans le miroir et achevait la journée déprimé et enivré de jazz. Quoi qu'en pensent certains, songeait-il, les robots sont supérieurs à l'homme au moins sur ce plan : la notion de beauté comme la notion de souffrance ou de sexe leur sont inconnues.

Faustine était le seul membre de la petite bande à vivre une histoire sans problème. Avec sa nature maladive et ses immenses lunettes, elle semblait pourtant destinée, bien plus que Mélissa, à un éternel célibat. Mais à la surprise générale, Faustine avait rencontré l'amour fou en la personne d'un mathématicien espagnol doué pour la danse autant que pour les équations.

Il ne lui fallut qu'un an de valses gaies entre Paris et Barcelone pour annoncer ses noces. Dans un mail rayonnant, elle demanda à Dizzy et Mélissa d'être ses témoins. Le mariage eut lieu en Espagne, au mois d'avril suivant. Le soleil était chaud, le vin frais et les robes bigarrées. Alors que les jeunes mariés échangeaient leurs alliances, Dizzy se rongea le cœur, mais ne broncha pas. Quant à Mélissa, au petit matin, elle salua tous ceux qui étaient encore debout et fila en taxi : elle avait profité de l'occasion pour prendre deux semaines de congé et réserver une chambre d'hôtel au bord de la mer. Le mariage de sa sœur l'avait troublée, et cette fois, elle voulait faire un vrai point sur sa vie, peut-être même oublier sérieusement Ferdinand.

Elle y mit du cœur. Le directeur de l'hôtel était un beau garçon d'une quarantaine d'années, divorcé, volubile, éminent amateur de femmes.

Elle se jeta dans ses bras et passa avec lui quatre nuits brûlantes. Quatre nuits à lutter : derrière ses paupières fermées, c'était l'image de Ferdinand qu'elle voyait, c'était son corps qu'elle aimait. Peu à peu, l'intensité de son obsession commença à lui faire peur. Elle eut un mauvais pressentiment, fit ses bagages et quitta l'hôtel sans regret ni adieu pour son bel hidalgo. Lorsqu'elle embarqua dans l'avion pour New York, sa décision était prise : elle présenterait sa démission dès son arrivée. Après quoi, elle envisagerait un retour en France.

Elle ne vit rien du voyage, trop épuisée par sa dernière semaine. Il pleuvait sur Manhattan, un ciel plombé, une brume épaisse, sa valise était lourde, elle avait de la peine, mais tout cela lui semblait normal, presque juste. En entrant chez elle, la première chose qu'elle aperçut fut la lumière clignotante du répondeur téléphonique : Ferdinand la priait de passer le voir de toute urgence, une nouvelle capitale à lui apprendre.

FERDINAND AVAIT TRENTE-TROIS ans. Il demeurait discret sur son âge, échaudé par les réactions qu'il avait dû affronter lorsque Schenk l'avait nommé à la tête d'HBMB USA. Encore pouvait-il s'appuyer à l'époque sur Essential Gum, un concept dont personne ne lui contestait la paternité.

C'était ainsi depuis toujours : les tempes grises et les fronts ridés rassuraient, à tort ou à raison. Ferdinand méditait ces règles injustes de l'apparence lorsque Mélissa surgit dans le bureau. Drôle de coïncidence, songea-t-elle. Ils avaient tous les deux quelque chose d'important à annoncer le même jour. Se pouvait-il que Ferdinand prépare lui aussi son départ d'HBMB ? Avait-il reçu une proposition de la concurrence ? Était-il en manque de sa famille et de la France ? Bref, au moment où elle s'apprêtait à remettre sa démission, allait-il lui annoncer la sienne ?

Mais en vérité, Ferdinand était loin de vouloir quitter HBMB. Il venait d'être nommé Chief Executive Officer, c'est-à-dire numéro deux du groupe pour le monde entier.

— Herbert Warren prend sa retraite avec une légère anticipation, apprit-il à Mélissa stupéfaite. Mark Schenk est notre nouveau président, et il m'a demandé de reprendre son poste.

— Chief Executive Officer, répéta Mélissa avec lenteur, comme s'il s'agissait d'une formule magique. A moins de trente-cinq ans !

— Je m'en doutais : même toi, tu as cette réaction. Ce qui laisse imaginer celles des autres. Voilà pourquoi je te demande, dorénavant, de ne plus évoquer mon âge. Ce sera un pieux mensonge. Voilà aussi pourquoi j'ai besoin de ton aide plus que jamais. Le défi est énorme et crois-moi, je ne pensais pas devoir le relever si vite. Il me faudra être prudent et surtout, réussir. Cette fois, c'est quitte ou double. Mélissa, je n'y arriverai pas sans toi.

C'était un peu exagéré, et la jeune femme le savait. Mais tellement bon à entendre. Le meilleur, c'était peut-être cette façon de se dévoiler, de montrer son angoisse, lui qui était si fort pour masquer ses fragilités.

— J'en profite pour te dire que compte tenu de tes résultats, de ton ancienneté dans la maison et de tes nouvelles fonctions – chargée de mission auprès du CEO –, des stock-options te seront attribuées. Tu n'ignores pas qu'elles sont en principe réservées aux managers de l'entreprise. Mais j'ai estimé que ta contribution te met à leur niveau, et Mark ne s'y est pas opposé.

Il y eut un blanc, puis Mélissa félicita Ferdinand et Ferdinand remercia Mélissa. Ils se serrèrent l'un contre l'autre, les paupières closes. Cela dura des siècles.

La main de Mélissa enfoncée dans le dos de Ferdinand.

Leurs parfums confondus.

Puis ils se séparèrent.

— A présent, mettons-nous au travail, fit Ferdinand. Il n'y a pas une seconde à perdre.

Mélissa plongea la main dans son sac et chiffonna sa lettre de démission.

La presse, comme on pouvait s'y attendre, fit grand cas de la nomination de Ferdinand. Partout dans le monde, les articles fleurirent sur le « *French Genius* ». Il était entré dans le cercle des stars des affaires. Les analystes observaient ses mouvements, ses prises de position. Déjà bien rempli, son agenda se couvrit de déjeuners et, nouveauté, de dîners avec des pontes de l'économie, des sénateurs, des secrétaires d'État. Joséphine retrouva brusquement toute son utilité, et par corrélation, une excellente humeur. Elle choisissait les vêtements de Ferdinand, prenait la parole lors des dîners lorsqu'il se montrait trop laconique, rendait les invitations, écrivait les mots de remerciements, envoyait les fleurs. Elle avait oublié leurs désaccords et commençait même à accepter l'idée qu'ils n'auraient pas d'enfant. Ses occupations mondaines lui interdisaient de poursuivre ses traitements contre la stérilité. Ne jouait-elle pas le rôle de sa vie? Aurait-elle pu vivre cette existence passionnante avec un bébé sur les bras? Sans enfant, elle était libre de briller, de s'amuser.

Ferdinand n'avait nul besoin d'une mère gâtifiant imbattable en biberons et en couches-culottes. Il lui fallait une épouse qui le soutienne, comprenne ses préoccupations et se mette à sa disposition. Les parents seraient déçus, mais ils comprendraient. Et qui sait, plus tard, il serait toujours temps d'envisager l'adoption!

A Boston, Dizzy avait ouvert une demi-bouteille de champagne en apprenant la nouvelle. Il comptait la boire devant sa webcam et trinquer virtuellement avec son ami. Mais lorsqu'il établit la connexion, Ferdinand ne donna pas signe de vie. L'écran demeura désespérément vide.

— Il ne lève pas le pied une seconde, expliqua Mélissa, auprès de qui le scientifique était venu aux nouvelles. Il est CEO d'HBMB! Rends-toi compte! CEO!

— Depuis que tu nous as présentés l'un à l'autre, il n'a jamais manqué aucun de nos rendez-vous. Je me réjouis pour lui de ce nouveau titre, mais ce n'est pas une raison pour oublier de vivre.

— Tu réagis comme une vieille fille jalouse. Tu n'es jamais qu'un fonctionnaire qui avance comme bon lui semble. Ferdinand a des responsabilités. Des comptes à rendre. Une entreprise à faire vivre.

Elle avait un ton tellement agressif, celui d'une femme amoureuse.

— Eh bien, tu te mets à parler comme lui : avancer, avancer. Tu as sans doute raison, fit Dizzy soudain accablé de tristesse. Je me donne trop d'importance. Qui suis-je au fond ? Un petit chercheur de laboratoire qui place l'amitié dans des sphères déraisonnables. Enfin, ajouta-t-il pour lui-même, je crois tout de même savoir comment lui faire sortir de la tête ses chewing-gums et ses dépilatoires.

Il raccrocha le combiné et rédigea aussitôt ce message : cher grand patron, si un vieil ami et les algorithmes génétiques trouvent encore grâce à tes yeux, et si tu aimes toujours investir en Bourse, c'est mon tour d'avoir un cadeau pour toi.

Piqué par la curiosité, il s'était penché sur les logiciels envoyés par Ferdinand. Il avait analysé le fonctionnement des marchés et réfléchi à partir de ses propres travaux. Assisté de l'un de ses collègues du MIT, il avait mis au point un matériel bien plus performant, capable d'optimiser en temps réel un portefeuille boursier : ce que des équipes entières d'informaticiens recherchaient au sein de tous les groupes bancaires.

Le matin suivant l'envoi du message, Ferdinand rappela Dizzy.

— Désolé pour le champagne, j'ai trop de travail. Mais qu'as-tu inventé ?

— Inventé, rien. Seulement mis en place. Ce sont des algorithmes évolutionnaires, pas très éloignés de ceux que nous avions évoqués à propos de cette étude sur les comportements, tu te souviens ? Le genre d'algorithmes qui ont permis d'optimiser le profil des ailes d'avions et la courbe des skis. C'est simple – si j'ose dire : j'ai appliqué le même principe à la Bourse. Tu connais le raisonnement : face à un problème complexe, on prend un ensemble de solutions, on les teste, on garde les meilleures, on les croise entre elles, on fabrique leurs descendants et ainsi de suite. J'ai croisé plusieurs générations de solutions, je tiens la bonne. J'ai réalisé plus de mille simulations et j'ai sous la main des chiffres qui vont te rendre fou. Mon vieux, c'est Darwin à Wall Street !

— Nom de Dieu, fit Ferdinand. Toi qui ne t'intéresses pas à l'argent, ta fortune est faite.

Dizzy était fier de sa découverte et plus encore, de susciter l'admiration de son ami ; mais son esprit purement scientifique n'avait pas évalué les bénéfices astronomiques qu'il pouvait en tirer. Ferdinand lui conseilla de la protéger aussi vite que possible et l'orienta vers un avocat spécialisé qui contacta les principaux groupes bancaires. En quelques semaines, Dizzy vit s'abattre un ouragan de propositions faramineuses couvertes de chiffres à sept zéros. Il eut à peine le temps de réaliser ce qui arrivait, signa la meilleure d'entre elles et proposa à Ferdinand – en pure perte – une partie de ses gains au titre d'intermédiaire.

Il ne lui restait plus qu'à décider du cours de sa vie. Il pouvait s'arrêter et prendre par anticipation une retraite dorée, parcourir le monde, s'installer sur une île paradisiaque. Mais Dizzy n'avait jamais rêvé de tout cela. Incapable d'imaginer une existence sans ses robots, il préféra poursuivre sa collaboration avec le MIT. Il acheta une maison en Floride, une villa sans extravagance qui regardait la mer, envoya en Géorgie de quoi faire vivre sa famille pendant une trentaine d'années et finança une école de musique, avant de placer ce qui restait – une somme énorme.

Enfin, pour fêter l'événement, il organisa une soirée à Boston en compagnie de ses collègues. Cette fois, Ferdinand fit en sorte de se libérer. On y but un peu et l'on y parla beaucoup robots, logiciels croisés, algorithmes et réseaux neuronaux. Joséphine, qui avait insisté pour accompagner son mari, s'ennuya dans un coin et tenta de faire la conversation à Mélissa, histoire de tuer le temps. Mais celle-ci passa la nuit à l'éviter. Au petit matin, les invités se séparèrent. Ferdinand et Dizzy se serrèrent la main. L'un comme l'autre étaient trop pudiques pour exprimer ce qu'ils ressentaient : une amitié fraternelle, indicible, cimentée par le lien d'une souffrance partagée.

Puis Ferdinand s'éloigna avec Joséphine. Ils marchaient à distance, raides et silencieux.

— L'union d'une carpe et d'un lapin, murmura Dizzy en les observant.

Derrière lui, Mélissa soupira en enfilant son manteau.

Comme si les choses n'allaient pas assez vite, les mois suivants virent les événements se précipiter et filer comme une comète détraquée. Joséphine s'était lancée dans de nouveaux projets : elle avait convaincu Mark Schenk d'engager HBMB dans une politique de mécénat d'art contemporain. Une fondation était sur le point de voir le jour, dont il était question de lui confier la direction. Une autre part de son rêve allait donc se réaliser. On la verrait bientôt dans les pages des magazines people, organisant des dîners de bienfaisance, des vernissages, des cocktails. Elle serait admirée, reconnue, invitée pour sa propre gloire et non en tant qu'épouse. Elle était déjà VIP parmi les couturiers, à présent elle pouvait viser la jet-set. La Fondation allait lui offrir la pièce qui manquait à son puzzle : encore un peu de travail et elle passerait l'hiver à Gstaad dans le chalet d'un acteur, d'un mannequin ou d'une princesse européenne.

Du moins était-ce ce qu'elle espérait. Car alors qu'elle se perdait en rêves étourdissants, Mélissa eut connaissance de son plan par une indiscrétion. L'Impératrice propulsée à la tête d'une fondation d'HBMB ! L'arriviste patentée, la pute aux ongles faits ne se contentait plus d'un mari superstar des affaires et d'un compte en banque indécent. Il lui fallait un titre, une carte de visite à rallonge, un visa artistique !

C'était plus que la jeune femme n'en pouvait supporter. Elle intervint aussitôt auprès de Ferdinand : son image et sa réputation, affirma-t-elle, étaient menacées. Les mauvaises langues trouveraient suspect que la propre épouse du CEO d'HBMB dirige la Fondation. Déjà, on avait jasé avec abondance lorsque Joséphine s'était vu confier Sweet Baby. Tout le monde savait qu'elle avait eu ce poste au seul mérite de s'appeler Mme Bataille. Personne n'ignorait que ses compétences et plus encore, son assiduité au bureau étaient disons, plafonnées – pardon Ferdinand, mais c'est seulement la réalité : on ne peut pas être au four, au moulin et à l'institut de beauté. Qu'on nomme Joséphine et on ne tarderait pas à entendre çà et là les termes d'abus de bien social, d'abus de pouvoir, de rémunérations détournées. Elle les voyait d'ici, les jaloux et les détracteurs, surnommer Ferdinand et JJ « les Ceaucescu de la Cosmétique ». Pour un caprice, une vanité, quelles conséquences !

D'abord, Ferdinand objecta que la situation semblait convenir à Mark Schenk, puisque ce dernier en avait pris l'initiative. Mélissa rétorqua que Schenk était aveuglé par sa passion de l'art et, n'ayons pas peur des mots, par son ego. Avec la Fondation, lui aussi concrétisait son rêve. Il pourrait entretenir avec des artistes renommés des relations privilégiées. Il deviendrait l'interlocuteur des marchands, des galeristes, des critiques. On solliciterait son avis sur les futurs talents, on tenterait d'influer sur ses choix. Plus inquiétant, le collectionneur invétéré qu'il était pourrait se laisser tenter, un jour ou l'autre, par un échange de bons procédés, œuvres à prix d'ami contre soutien de la Fondation. Mark Schenk n'était pas propriétaire d'HBMB. Tout président qu'il soit, il n'en était qu'un salarié susceptible de cultiver de manière illégale des intérêts personnels.

Oui, ce projet de mécénat, et plus encore l'idée d'en proposer la tête à Joséphine, était une piste affreusement savonneuse. Des rumeurs circuleraient, quoi qu'on fasse pour les arrêter. Quand bien même il s'agirait d'odieux mensonges, elles éclabousseraient Ferdinand, Schenk et l'entreprise. Avait-on parcouru tout ce chemin pour chuter sur un pareil obstacle ?

Ferdinand était assez sensible, intuitif et lucide pour avoir compris depuis fort longtemps l'inimitié qui liait Mélissa à sa femme. Cependant, les arguments étaient justes. Il s'en ouvrit à Schenk, qui dut à son tour admettre l'évidence : la nomination de Joséphine n'était pas une si bonne idée. Quant à la Fondation, peut-être valait-il mieux y réfléchir un peu plus avant.

Ce soir-là, Ferdinand avisa Joséphine de la situation. Elle s'étrangla, le ton monta, elle pleura et multiplia les questions. A force d'inquisition, elle conclut à la responsabilité de Mélissa. Elle en conçut à son égard une haine féroce autant que logique et exigea de son mari qu'il s'en sépare sur-le-champ. Mais Ferdinand rappela avec flegme que la décision de suspendre la Fondation venait de lui et non de Mélissa. Qu'il comprenait la déception de sa femme, mais qu'il ne se passerait en aucun cas de son collaborateur le plus précieux, une fille qui travaillait dur et alignait les idées.

Joséphine quitta la pièce en claquant la porte.

Le lendemain, elle téléphona à Mélissa et l'agonit d'injures, la traitant entre autres noms d'oiseaux, d'intrigante et de vieille fille frustrée. Puis elle raccrocha rageusement, tandis que Mélissa fermait les yeux avec un certain plaisir.

La même année, HBMB connut sa première crise grave. Une allergie massive se déclara chez une femme qui utilisait pour la première fois une crème de soin anti-âge. La victime fut hospitalisée, subit une trachéotomie et fut sauvée d'extrême justesse, conservant une peau irrémédiablement abîmée. En l'espace d'une semaine, les ventes d'HBMB chutèrent de dix pour cent et le cours de la Bourse en perdit dix-huit. Les journaux publièrent dans tous les formats la photo de la femme défigurée. Des articles titraient : « Les soins très spéciaux du numéro 2 de la cosmétique » ou « Le vrai visage d'HBMB ». Des avocats conseillèrent à la victime d'attaquer l'entreprise et réclamèrent en son nom plusieurs dizaines de millions de dollars de dommages et intérêts.

La crème existait depuis plus de trois ans, sans que le moindre problème ait jamais été signalé. Elle avait, comme tous les produits HBMB, essuyé avec succès une batterie de tests d'hypoallergénie. Mais il fallait d'autres arguments pour rassurer les consommateurs. Ferdinand cessa de dormir et suivit minute après minute les progrès de l'enquête scientifique. La possibilité d'un acte de malveillance fut rapidement éliminée, puis le produit lui-même fut qualifié d'inoffensif par les experts. Quelque temps plus tard, on apprit que la victime souffrait d'une anomalie génétique expliquant la réaction allergique. Mais dans l'esprit du public, le doute et la crainte subsistaient, paralysant les ventes. Ferdinand décida alors de faire une mise au point par voie de presse. Dans les magazines, de pleines pages expliquèrent en quoi HBMB ne pouvait porter la responsabilité de l'accident et annoncèrent qu'en geste de solidarité, l'entreprise soutiendrait financièrement la recherche génétique et verserait une rente à la victime pour la soulager des nouvelles contraintes qu'elle devait affronter.

Les avocats de cette dernière, qui n'espéraient plus un tel résultat, lui conseillèrent une attitude coopérative dans les médias. En compagnie de Ferdinand, elle accorda plusieurs interviews sur le thème des anomalies génétiques, et ils lancèrent ensemble un appel à la générosité des donateurs. Des milliers d'Américaines fondirent devant la voix calme, le sourire ouvert et le charisme bouleversant de Ferdinand. La plupart versèrent une larme lorsqu'il embrassa la victime et la serra contre son épaule comme s'il s'était agi de la plus jolie fille du monde.

Le mois suivant, les ventes d'HBMB effacèrent leur retard et Ferdinand, qui avait tremblé en songeant aux répercussions d'un mauvais chiffre d'affaires, vit sa cote grimper encore un peu plus haut. Il était donc dans la meilleure position possible, lorsque le pire survint.

Le 13 décembre précisément, alors qu'il quittait une soirée plus fatigué qu'à l'ordinaire, Mark Schenk perdit le contrôle de sa voiture et s'encastra sous un camion qui arrivait dans le sens opposé. Il fut tué sur le coup, littéralement écrasé : on l'identifia grâce à ses cheveux et ses empreintes dentaires. Ferdinand apprit la nouvelle alors qu'il participait à un débat à la télévision. Il rentra chez lui, apporta une chaise dans la salle de bains et demeura prostré devant la glace plus de vingt-quatre heures, dans un mutisme total, sans rien avaler. Lorsqu'il sortit enfin, il avait le visage déformé de douleur, le dos cassé, les mains tremblantes. Les gens supposèrent que c'était du chagrin : Mark Schenk était une sorte de deuxième père pour Ferdinand, celui qui l'avait révélé et accéléré. La vérité pourtant, c'est qu'il souffrait surtout de culpabilité. A force de prier pour toujours avancer, Dieu l'avait écouté : il avait tué le seul homme en qui Ferdinand ait jamais eu confiance. Oui, la voie était libre à présent. Car au fond, qui pouvait mieux remplacer Schenk que Ferdinand ?

Le 19 décembre, le conseil d'administration le nomma au poste de président *worldwide.* Ferdinand avait trente-cinq ans mais on convint qu'il en afficherait trente-huit en pariant que les journalistes ne prêteraient pas attention à ce détail de sa biographie. Dix ans de carrière avaient suffi à lui faire grimper les échelons de l'entreprise jusqu'au plus élevé. Son nom circula sur toutes les lèvres, accompagné de commentaires admiratifs. En France, il devint un objet de fierté : jamais personne avant lui n'avait occupé une fonction de cette envergure sans avoir hérité d'une entreprise familiale. Il prouvait à tous que l'on pouvait réussir et s'enrichir avec pour seul capital son talent, sa volonté et son travail. Aux Etats-Unis, où l'on aime fabriquer des héros, il devint un référent moderne. Trois sites Internet lui furent consacrés en l'espace d'une semaine, dont l'un ressemblait à un véritable fan-club. Des photos de classe et de compétitions sportives (Ferdinand vainqueur du tournoi de tennis des universités, Ferdinand vainqueur du championnat de natation inter-collèges, Ferdinand au dernier rang, les yeux dans le vague, avec sa classe de cours élémentaire) naviguaient sur le Web sans qu'on sache qui les avait fournies.

Au siège, HBMB faisait face à un afflux de courrier destiné au nouveau jeune président. Une lettre sur dix était une déclaration d'amour ou une demande en mariage – elles furent transmises à Mélissa qui s'attacha à répondre avec tact. Des photographes renommés proposèrent leurs services, mais Ferdinand déclina, au grand dam de Joséphine que ce nouveau triomphe consolait de ses propres malheurs. Enfin, deux livres furent publiés avant l'été suivant, l'un à la gloire du jeune prodige, l'autre tentant de démontrer qu'il devait son ascension à un art développé de la manipulation.

Dans la frénésie ambiante, personne, pas même Mélissa, ne décela la mélancolie qui frappait Ferdinand. Du sommet de sa pyramide, il se sentait plus seul et vulnérable que jamais. Il n'avait que trente-cinq ans ! Son rythme de travail avait augmenté, au-delà de l'imaginable. Les sollicitations se multipliaient. Si Wall Street était bousculée, si les échanges à l'exportation étaient discutés, si les équilibres monétaires vacillaient, si la configuration géopolitique évoluait, la presse interrogeait Ferdinand. De prestigieuses revues économiques lui demandaient sa contribution. Il avait intégré plusieurs conseils d'administration d'entreprises alliées : c'était la loi du système, des intérêts croisés indispensables pour conserver monopoles et marchés.

Sur le front d'HBMB, les conflits internes s'étaient réveillés, générant la création de deux clans – les « anti » et les « pro » Ferdinand. La promotion d'Egon Van Greben, que Ferdinand avait nommé CEO à sa place, accrut la pression. On vit les managers de second rang réviser leurs plans de carrière, reconstruire leur tactique, oubliant qu'ils étaient payés pour faire fonctionner HBMB et non pour fomenter des complots envers leurs collègues de bureau. Il fallait être partout, à l'intérieur, à l'extérieur, répondre aux revendications, se défier de son ombre.

La nuit, Ferdinand rêvait qu'il sautait d'un Cessna en vol. Qu'il faisait la queue à Paris, devant la soupe populaire de Saint-Eustache. Lorsque les statistiques de la consommation étaient mauvaises et que l'économie faiblissait, il cessait tout à fait de dormir. Quelle serait la sanction ? Que pouvait-il faire de plus ? Comment avancer encore puisqu'il était arrivé au sommet ? Pouvait-il faire mieux, où se trouvaient les pièges, les illusions ? Où se trouvait son devoir ? Saurait-il protéger l'édifice ?

Il modifia la gestion de son agenda, restreignit à quinze minutes les entretiens accordés à ses collaborateurs, allongea ses journées, enchaînant parfois plus de vingt rendez-vous de sept heures du matin à minuit.

Une fois de plus, il avait délaissé ordinateur, lectures et pilotage. Lorsqu'il faisait l'amour à Joséphine, il pensait aux fusions, aux acquisitions, aux distributeurs qui le rendaient fou à force de tirer sur les marges, aux projets de modernisation des chaînes de production, aux coûts salariaux. Son corps combinait orgasme et chiffre d'affaires, comme s'il était divisé en deux dimensions autonomes. Quant à ses rares incursions aériennes, elles étaient tout aussi désolantes. Il volait sans conviction. Il lui arrivait de s'enfoncer dans le profond siège crème de son appareil et d'y rester une heure, l'esprit plongé dans les résultats de l'entreprise, avant de s'apercevoir qu'il était trop tard pour décoller.

Peu à peu, il se laissait gangrener par le stress. Son caractère se modifia. Il demeura agréable pour les étrangers et les journalistes, mais devint odieux avec ses proches. Le temps perdu l'obsédait. Dès qu'une conversation téléphonique ou une réunion commençait, il ôtait sa montre et la posait sur la table, les yeux rivés au cadran. Se lançait dans d'interminables diatribes à propos de l'exigence, du travail et de la responsabilité. Déchirait des dossiers mal préparés. Le manque de ponctualité, l'insuffisance d'anticipation, les discussions qui tournaient à vide, les notes de quatre-vingts pages qu'on aurait pu résumer en quelques lignes lui étaient devenus intolérables. Il ressentait comme des attaques personnelles les embouteillages, les grèves, les queues dans les magasins, l'attente dans les aéroports.

Après un an et demi de ce régime, il commença à présenter des troubles du comportement alarmants. Il parcourait les étages à la recherche d'hypothétiques tire-au-flanc. Lorsqu'il repérait deux ou trois salariés plaisantant dans le couloir, il s'approchait sans bruit puis attendait que l'un d'entre eux l'aperçoive et sursaute. Il les fixait alors longuement, sans un mot, les mains dans le dos, tel un maître d'école du XIXe siècle, ou pire, les injuriait, les traitant d'inconscients, d'irresponsables, de dangereux égoïstes, de kamikazes du marketing.

Cette fois, Mélissa observait tout du glissement, de l'angoisse qui avait saisi Ferdinand. En souffrait : avec elle aussi, il était devenu irascible, ironique, parfois même méchant. Il la vouvoyait à nouveau, guettait la moindre insuffisance, le moindre ralenti dans son travail, pointait le plus petit oubli.

— On dirait qu'il a peur, racontait Mélissa à Faustine.

— De quoi ?!

— De l'avenir, de ne pas être à la hauteur, de ne pas pouvoir compter sur les autres. Il voit la gestion d'HBMB comme une tâche titanesque et dangereuse, il est convaincu d'être le seul à travailler comme un fou. Ce qui est faux ! Je crois qu'il est surmené. Il n'a pas accepté la mort de Mark Schenk.

Il est malheureux et je le vois bien. Peut-être même malade. Paranoïaque. Il se met en vrille, pourquoi maintenant ? Je l'ignore. Il me répète que des centaines de milliers de personnes dépendent de lui dans le monde, il me demande comment faire, il affirme que le futur est sombre, que forcément, nous entrerons ensemble dans l'armée des ombres, il accuse la concentration, la concurrence, la main-d'œuvre asiatique. Il mélange tout, il m'engueule et moi je ne le comprends plus.

— Tu as un poste en or, Mélissa. Ferdinand est devenu l'un des patrons les plus puissants du monde, il dirige le numéro deux mondial de l'hygiène-beauté. C'est la pression, rien d'autre ! Tu n'espérais pas, tout de même, qu'il resterait le jeune type charmant à l'imper élimé que tu as connu voici dix ans ! Dix ans ! Et toi, qu'as-tu fait de ta vie en dix ans ? Allons, redescends sur terre, ma chérie !

Désolée. Je ne redescendrai pas. Je demeurerai avec lui, où qu'il se trouve. Dix ans à ses côtés. Dix ans à l'admirer, dix ans à détester cette pute aux fesses plates qui l'a mis dans son lit. Un amour sans limites, une haine sans objet, voilà de quoi je me nourris. J'ai honte, puis je m'en fous, c'est ainsi, quoi que tu en penses et quoi qu'en pense Dizzy.

Et pour ta gouverne, Faustine, sache que Ferdinand porte toujours son imperméable élimé.

ENVIRON DEUX ANS APRÈS sa nomination, alors qu'il rentrait chez lui vers une heure du matin, Ferdinand trouva dans l'entrée de son appartement un minuscule paquet aux couleurs pâles. D'instinct, il sut qu'il s'agissait d'une mauvaise nouvelle. Il défit lentement le ruban, déchira plusieurs couches de papier de soie et en extirpa une boîte de plastique transparent, à l'intérieur de laquelle se trouvaient deux petits chaussons blancs de bébé garnis d'une dentelle précieuse. Son cœur se serra, sa bouche se dessécha et il eut bien du mal à avaler sa salive.

Joséphine apparut au bout du couloir dans un de ses déshabillés sexy, un immense sourire sur les lèvres.

— C'est gagné, mon chéri, minauda-t-elle. Nous n'y croyions plus, eh bien vois-tu, le bon Dieu nous l'a envoyé.

Ferdinand fut incapable d'émettre le moindre son.

— Je suis enceinte de cinq semaines, commenta Joséphine. Nous ne dirons rien à personne, mais je sais déjà que tout se passera bien. Je parie que ce sera un garçon : il te ressemblera.

Elle embrassa Ferdinand immobile. Elle aurait préféré le voir manifester un peu plus d'émotion, mais au diable les conventions ! Le principal était là, niché au creux de son utérus.

— Tu es content, n'est-ce pas ?

Ferdinand inspira avec force et pensa à sa mère.

— Oui. C'est très bien, fit-il d'un ton tragique. Une sacrée surprise.

Puis il courut vers la salle de bains et vomit son dîner.

La fameuse grossesse du père, songea Joséphine au comble du bonheur.

Elle partit se coucher et s'endormit aussitôt. Ferdinand demeura agenouillé devant le bidet. Bientôt, des scintillements apparurent tandis que des crampes tétanisaient ses jambes. Toutes les ouvertures de son corps semblaient s'être bouchées. Il ferma ses paupières et sentit qu'il s'élevait, corps rigide comme un cerf-volant poussé par le vent, voici qu'il était aux commandes du Cessna, ailes penchées, looping et compagnie, colonies de fourmis volantes, colonies de bébés trémoussant en cadence leurs fesses langées, mécanique céleste emballée, gorge rétrécie, nausées, expulsion, naufrage. Enfoncement.

Il se réveilla à quatre heures du matin, étendu sur le carrelage frais. Dans sa serviette de cuir, deux parapheurs débordaient de contrats à signer. Il avait rendez-vous à sept heures trente pour un petit déjeuner en compagnie de Wes Bronson, troisième fortune des Etats-Unis, un type qui avait débuté en commercialisant des kits de bricolage en Europe après la Seconde Guerre mondiale.

Il n'était plus temps de se recoucher. Tant pis.

Ferdinand prit une douche glacée, et se mit au travail.

Ferdinand avait croisé Wes Bronson à plusieurs reprises, mais jamais en privé. Ils se connaissaient surtout de réputation. L'homme était un *business angel* de la première heure, au flair légendaire et aux investissements toujours profitables. Assisté d'une équipe de véritables rabatteurs, il quadrillait le terrain économique en quête d'inventeurs géniaux, de créateurs sans le sou ou d'esprits brillants. Il apportait les moyens financiers quand d'autres apportaient les idées. Toujours en position d'actionnaire majoritaire, il supportait parfois des pertes mais engrangeait le plus souvent d'énormes bénéfices. Personne ne songeait à critiquer son enrichissement : sans lui, de nombreuses entreprises n'auraient jamais vu le jour. Il était admiré, respecté et même aimé – une figure paternaliste typiquement américaine, physique à l'avenant, cheveux gris, visage élégamment ridé, dentition parfaite, large chapeau texan avec, brodées, deux petites ailes symbolisant sa vocation.

L'homme était plongé dans la presse lorsque Ferdinand arriva. Ils se saluèrent avec chaleur, Hello Wes, Hello Ferdinand, c'était une convention : entre personnages importants, on utilisait les prénoms, y compris lorsqu'on se connaissait à peine. On signifiait ainsi son appartenance à la petite bande des maîtres du monde.

Wes posa quelques questions à propos de HBMB puis enchaîna sur les raisons qui l'avaient poussé à organiser cette rencontre.

— J'ai confiance en vous. Vous avez fait de grandes choses chez HBMB, à un âge peu commun (inutile de tricher, mon garçon, je connais votre date de naissance). Votre parcours est formidable, mais...

— Mais ?

— Vous n'êtes pas votre propre patron. Vous êtes au service des autres. Vous travaillez comme un damné mais demeurez à la merci de ceux qui vous nomment et peuvent vous révoquer quand bon leur semblera. Le fruit de vos efforts ne vous profite pas. Désolant, non ? Vous avez des comptes à rendre et même si l'on vous laisse une grande marge sur vos stratégies, on peut s'y opposer. Je serais curieux de savoir si vous vous sentez libre. Ah, Ferdinand, la liberté, mon bien le plus précieux...

Au moment où Wes prononçait le mot liberté, Ferdinand ressentit une douleur aiguë à la poitrine.

— Où voulez-vous en venir ?

— Soyez certain d'une chose, reprit Bronson : tout change lorsqu'on travaille pour soi. Je veux que vous sachiez que je suis prêt à investir à vos côtés le cas échéant.

Il désigna du doigt le crâne de Ferdinand.

— Je sais qu'il se passe là-dedans un drôle de bouillonnement. Lorsque vous serez prêt, dans un mois, dans un an, dans cinq ans, appelez-moi. Nous pourrions réaliser de grands projets ensemble.

— Je vous remercie, répondit Ferdinand. Tout cela est très intéressant, mais j'avoue que je ne m'étais jamais posé ce genre de question. J'ai encore tant à régler.....

— Rappelez-vous ceci, ajouta Wes en caressant du doigt les ailes sur son chapeau. Diriger une entreprise qui n'est pas la vôtre, c'est comme élever l'enfant du voisin. Vous le nourrissez, vous l'éduquez, vous l'aidez à progresser jusqu'à être le meilleur. Il fait votre fierté mais un beau matin, sa famille décide de se passer de vos services, vous fait un gros chèque et en embauche un autre. Ou bien décide qu'il a fait son temps et le fait disparaître. Vous avez gagné de l'argent et perdu une de vos raisons de vivre. Allons, Ferdinand, à combien se monte votre *golden para-*

chute chez HBMB ? Dix, vingt millions de dollars ? Réfléchissez... Nous ferions une belle association... Votre nom sur la porte...

Ferdinand quitta Wes Bronson dans un mélange d'excitation et d'anxiété. Les mots enfant, bébé, HBMB, Joséphine et liberté clignotaient dans son cerveau comme les immenses néons de Vegas.

Il regagna son bureau où l'attendait Mélissa.

— Vous n'avez pas l'air dans votre assiette, murmura-t-elle.

— Joséphine est enceinte, répondit Ferdinand sans autre commentaire.

La jeune femme posa son stylo et quitta la pièce précipitamment. Elle marcha jusqu'au bout du couloir, prit l'ascenseur, appuya sur un bouton, puis un autre, descendit et remonta les étages durant dix minutes. Joséphine était enceinte, et Ferdinand n'avait même pas l'air malheureux.

« La terre s'écroule, mais ce n'est pas si grave », murmura Mélissa.

Puis elle courut aux toilettes et sanglota pendant un long moment.

Les premiers jours, Joséphine parla sans cesse du bébé. Si Ferdinand demandait : veux-tu manger ? Elle répondait : évidemment, il faut bien le nourrir, ce petit. Si Ferdinand disait : As-tu des projets aujourd'hui ? Elle répondait : je dois me ménager, il faut faire attention au bébé. Le matin, elle commentait ses haut-le-cœur, son mal de dos, sa crainte des vergetures. Le soir elle calculait à voix haute le développement de l'embryon. Lorsqu'elle croisait Ferdinand dans l'appartement, elle attrapait sa main et la posait sur son ventre : Dis bonjour à ton fils !

A la fin de la semaine, Ferdinand annonça qu'il ne voulait plus entendre un mot à propos du bébé. Pour le moment, ce n'était qu'une sorte de haricot bourgeonnant : il n'avait pas l'intention de perdre son temps à parler légumes. Qu'elle l'avertisse lorsqu'il s'agirait d'un être à figure humaine, si toutefois on en arrivait à ce point !

Joséphine en eut le souffle coupé : comment pouvait-on être aussi abominable ? Elle exigea des explications, mais Ferdinand haussa les épaules et partit s'installer à sa table de travail. Il ouvrit son ordinateur, lança sur Internet une recherche pour récupérer tout ce qui avait été écrit ou dit par Wes Bronson ou à son sujet, et imprima quelques minutes plus tard des kilomètres de documents qu'il lut avec attention.

Mélissa s'assied sur le lit. Recolle les morceaux de la photo, la déchire à nouveau, jette, ramasse, griffonne. On ne distingue plus le visage de Ferdinand. Elle aimerait pleurer mais se l'interdit. De quel droit ? Qui d'autre qu'elle-même a construit ce malheur ?

Dix ans qu'elle se ment.

Qu'elle raconte une histoire.

Au début, d'accord, on peut trouver des explications.

Mais là....

Tente de haïr.

Odieux personnage, Ferdinand.

Quel espoir a-t-il laissé ?

Aucun.

LE MOIS SUIVANT SA rencontre avec Wes, Ferdinand observa HBMB et ses employés d'un œil différent. Lorsqu'il traversait les couloirs et captait des bribes de conversations, lorsqu'il assistait à des présentations de nouveaux concepts, il se demandait si le fait d'être propriétaire de l'entreprise aurait pu modifier son analyse ou ses choix. Il repensa à Chicago, et conclut qu'il n'aurait pu éviter la fermeture des usines. Mais il se souvint qu'il avait renoncé à certains projets prometteurs parce que le conseil d'administration l'avait exigé. Il n'était qu'un valet, et comme Wes l'avait souligné, révocable du jour au lendemain.

Wes Bronson était un homme d'avenir. Il avait été parmi les premiers à croire à la technologie et au développement des télécommunications. Il investissait aujourd'hui plusieurs centaines de millions de dollars dans GRID, ce réseau parallèle à Internet qui réaliserait bientôt l'union universelle des ordinateurs et pourrait résoudre les « super-tâches » informatiques. A plus de soixante-dix ans, il avait les deux pieds plantés dans le futur et n'était pas du genre à laisser une crise de défiance passagère remettre des choix fondamentaux en cause.

Cette semaine-là, Ferdinand éprouva le besoin subit de comptabiliser sa fortune. Il releva tous ses placements, ses soldes bancaires, évalua la valeur de ses stock-options. Il arriva au chiffre de soixante-sept millions de dollars, un montant forcément provisoire puisque l'activité de ses *bots* boursiers lui garantissait un rapport d'environ douze pour cent chaque année. Cela lui parut d'abord énorme, puis ridicule. Joséphine et lui dépensaient environ trente mille dollars chaque mois : le reste de sa fortune était donc occupé à se reproduire indéfiniment. Sa vie lui sembla soudain un marécage glauque et bouillonnant.

Une multitude de sensations l'envahit. Le nez du Cessna perçant la mer de nuages, la gaieté de Dizzy, la présence subtile de Mélissa, son intelligence, la douceur de ses lèvres. Ce sentiment de différence et de malheur, ce poids affreux écrasant ses épaules, sa nuque raide, son dos brisé, ces erreurs accumulées.

Il traversa plusieurs semaines dans cet état troublant. Puis un soir, en rentrant, il trouva Joséphine assise dans le vestibule, une peluche dans les bras et les yeux rougis. Prise de douleurs, elle avait subi une échographie l'après-midi même : il n'y avait plus de grossesse.

Dans un effort louable, il composa un visage consterné tandis qu'elle fondait en larmes. Il l'embrassa et à sa façon, il était sincère : il n'aimait pas la voir souffrir, même s'il s'agissait d'une sacrée bonne nouvelle.

Le lendemain matin, il prenait le premier avion pour Boston.

DIZZY ENFILAIT SON MANTEAU lorsqu'il entendit sonner. Ferdinand était à la porte, mal rasé, l'œil brillant.

— Toi, à Boston, à cette heure-ci ?

— J'ai besoin de te parler. Faire le vide, réfléchir, comprendre. Pose ton manteau, tu veux bien ?

Dizzy téléphona d'abord au MIT pour prévenir qu'on ne l'attende pas. Puis il conduisit son ami jusqu'à la cuisine et prépara un café fort. Ils le burent en silence : Ferdinand ne savait plus par quoi commencer.

— Voilà, murmura-t-il. J'ignore ce qui a produit ça dans ma tête. La fausse couche, Wes Bronson, la mort de Mark, les fantômes. Chicago. Ce ravin de l'autre côté de la montagne. J'ai mal au crâne. J'ai mal au dos. J'ai mal au ventre. Je ne dors plus, je ne respire plus. Observe mes yeux écarquillés, je ne sais plus faire qu'une chose : contempler le futur et compter les cadavres que je laisserai bientôt derrière moi. Dizzy, je suis président *worldwide* d'HBMB, un beau titre, n'est-ce pas ? Sais-tu comment j'en suis arrivé là ? Vingt-cinq ans de peur. On ne court jamais si vite que lorsqu'on a un revolver pointé sur soi. Peur de vieillir comme mon père, dans le mensonge et la honte. Peur d'être exterminé par le système qui régit nos vies. L'économie qui nous étrangle. Tu connais les règles ? Marche ou crève. Avancer, progresser. Toujours faire plus et faire mieux.

— Le progrès, Ferdinand, est pourtant une jolie notion...

— Un crime autorisé ! On remplace les hommes par des machines, et quand c'est impossible, on les remplace par d'autres hommes dans des pays où les lois oublient de punir l'exploitation, où les syndicats sont interdits. L'entreprise, et plus largement l'économie progressent au détriment de l'être humain. Mondialisation. Modernisation. Misère. On fait des économies d'échelle. On invente des nouveaux modes de gestion. On licencie et les profits explosent. On s'allie entre puissants, on organise les monopoles, on se vend, on s'achète, on se déplace, on sacrifie. De plus en plus gros, de plus en plus forts d'un côté, de plus en plus pauvres, petits, faibles, morts de l'autre. C'est la fuite en avant. Près de la moitié de l'humanité vit avec moins de deux dollars par jour, attendant le jour où elle se lèvera pour marcher sur ceux qui l'ignorent. Dans les pays riches, les rangs des chômeurs grossissent inexorablement, la vie s'allonge, la population vieillit et les esprits vacillent, forgeant le creuset de prochaines catastrophes. Sur quels mensonges se construit notre société ! Le mouvement s'est emballé. Aucune conscience politique n'est assez forte ni généreuse pour l'enrayer. Le fleuve nous entraîne et nous tentons seulement de surnager, tête hors de l'eau, sans espoir de nous diriger. Nous ne demandons même plus d'être heureux, seulement de ne pas se noyer ; j'en ai la nausée...

— Ferdinand...

— Quant à moi, quel désastre : je ne pilote presque plus. Tu es devenu mon seul ami : ceux que je fréquentais sur Internet ont oublié mon nom. J'ai épousé une femme que je n'aime pas et je suis odieux avec celle que j'aurais pu aimer. Mon compte en banque est multimillionnaire mais j'ignore comment dépenser mon argent, puisque je n'ai pas même le temps d'y songer. Mon nom est célèbre, je suis admiré, envié, et tu sais quoi ? Mon existence est un non-sens. Non seulement je suis l'instrument complaisant de ce que j'exècre, mais ma vie intérieure est végétative. Je ne suis qu'une mécanique rentable, je pourrais être un de tes robots, à peu de chose près.

— Tu ne crois pas si bien dire...

— Ne te moque pas de moi, Dizzy, je ne suis pas d'humeur...

Ferdinand s'était affalé sur sa chaise, brisé par ses propres conclusions.

— Ce n'était pas une plaisanterie, reprit Dizzy. Nous avons mis au point de nouvelles applications. Nous sommes loin des machines-outils, mon vieux. Le robot sur lequel je planche depuis plusieurs mois effectuera des tâches intelligentes, soutiendra des conversations et pourra prendre des décisions. Mais je ferais mieux de ne pas te raconter ça, ce n'est pas le moment je suppose... Enfin, ajouta-t-il en posant sur la table un épais volume à couverture cartonnée, j'ai là un rapport complet sur le sujet. Si ça peut te changer les idées...

Dehors, le ronronnement d'un bus scolaire parasitait le silence. Dizzy servit deux autres tasses de café.

— J'aimerais t'aider, ajouta le chercheur tandis que Ferdinand fixait obstinément le sol. Mais où veux-tu en venir ?

— Je l'ignore. J'essaie de le comprendre avec toi. Il y a ce que je ferai demain et il y a l'équilibre des hommes, l'équilibre du monde. Notre avenir commun. Or je pressens que tout ceci est lié. Je ne me supporte plus parce que je ne supporte plus ce système stupide, et réciproquement. Ma conscience est une tumeur ouverte.

— Songerais-tu à sortir du giron d'HBMB ?

— Peut-être bien. Après tout, Wes Bronson a raison : j'élève l'enfant d'un autre. Si j'étais le propriétaire de ce groupe, je changerais tout de l'intérieur. Mais je ne suis qu'un salarié. J'applique des options auxquelles je ne crois pas toujours et malgré l'énergie que je fournis et les résultats que j'obtiens, on peut me remercier demain sans préavis.

— Tu monterais ta propre affaire ?

— Pourquoi pas. Tout se mélange dans mon crâne. Cette envie de tout effacer, de changer ma vie et peut-être pas seulement la mienne. Je me sens brusquement responsable d'un monde qui me dépasse, je dois réfléchir.

Il se leva brusquement.

— J'ai besoin de dormir, de rêver, de penser. Je peux rester chez toi ?

— Le temps qu'il te plaira, bien entendu. Mais pour ton planning, tes rendez-vous ?

— Mélissa s'en chargera. C'est la plus précieuse des femmes...

— Tu veux dire, la plus précieuse des collaboratrices, interrompit Dizzy avec un sourire crispé.

— Je me suis mal comporté avec elle, ces derniers temps. C'est ce vieux truc, tu sais : on est toujours plus dur avec ceux qu'on aime. On leur fait confiance, on sait qu'ils endureront beaucoup pour nous. Une injustice supplémentaire...

Ferdinand avait pris des affaires pour deux jours. Il attrapa le document laissé sur la table par Dizzy et disparut dans la chambre d'amis. Là-haut il brancha son ordinateur, passa deux coups de téléphone puis s'allongea sur le lit en fixant le plafond. La pièce était grande, trois fenêtres immenses accueillaient la lumière pure du matin.

Il était fatigué, mais il ouvrit le rapport et commença à lire.

FERDINAND A LES YEUX grands ouverts, c'est en lui qu'il regarde. Dans le silence épais de la pièce, il entend les battements sourds de son cœur, bam-bam, bam-bam, bam-bam.

Quelle belle mécanique que l'être humain, songe-t-il. Chaque organe à sa place, chaque rouage, chaque fonction.

Il ouvre la bouche :

— Je sais, dit-il à haute voix. Maintenant, je sais.

CE SOIR-LÀ, EN RENTRANT du laboratoire, Dizzy trouve Ferdinand dans la salle à manger. Il a le regard vif, affûté, il est comme réveillé d'un cauchemar.

— Je t'attendais, dit-il, allons, fais vite je t'en prie car désormais je sais, Dizzy, pourquoi tout ce chemin, pourquoi notre rencontre, je sais notre devoir commun. Je ne te demande qu'une chose. Laisse-moi t'expliquer. Ne m'interromps pas. Ne me juge pas avant de m'avoir écouté. Ne crie pas au fou, car j'ai bien réfléchi, et crois-moi, je sais.

— Bien, obtempère Dizzy en s'asseyant à ses côtés. Je t'écoute.

— Tu as toi-même posé les bases. Tu l'as dit, le progrès est une jolie notion. Si jolie que tu y as consacré ta vie. Tu as bien fait, Dizzy. Grâce à toi nous tenons notre chance. Tout peut changer. Nous allons bâtir les fondations d'une autre ère. Nous allons organiser la fin du travail.

— La fin du travail? Rien que ça?

— C'est écrit dans ce rapport. L'immense majorité des tâches peut désormais être effectuée par des machines. Plus seulement les tâches dites mécaniques, plus seulement les chaînes basiques comme c'est déjà le cas dans la plupart des usines. Je parle des tâches intelligentes, qui comportent des analyses de situations, des choix, des décisions. Tu travailles là-dessus, n'est-ce pas? Si je suis caricatural, ce ne sont que quelques données à programmer... ou bien dis-moi que je me trompe?

— Tu ne te trompes pas, convint Dizzy. Mais ce n'est pas aussi simple que cela.

— Sur un plan technique, tu affirmes que nous y sommes – ce que j'ignorais jusqu'ici. Tu l'as écrit là, dans ce volume!

— Et alors?

— Alors voici la solution. On a commencé par remplacer les ouvriers, puis certains cadres par des machines, mais sans jamais revoir les fondamentaux de notre système. On a utilisé le progrès à des fins purement mercantiles. Erreur! Vois où cela nous a menés. Maintenant, imagine un monde dans lequel les robots, c'est-à-dire les ordinateurs, se développent au point de gérer la plupart des tâches. Du bas jusqu'en haut de la pyramide. Imagine une société dans laquelle l'homme, libéré de ses contraintes, se préoccupe principalement d'éducation, de culture, de loisirs. Oui, imagine l'avènement de l'ère des loisirs.

— Attends, Ferdinand, de quoi parles-tu : mettre au chômage des dizaines de millions de gens au lieu de dizaines de milliers aujourd'hui, en les remplaçant par des ordinateurs ? Oublies-tu que l'emploi est nécessaire à l'équilibre socio-économique ? Qui achètera les produits que tes machines concevront ? Avec quel argent ? De quoi vivront ces gens ? Qui paiera pour leur santé, leur éducation, leurs loisirs ? Hier, tu accusais le progrès de mettre les gens à la rue, aujourd'hui tu veux précipiter le mouvement ?

— Comprends-moi, mon objectif n'est pas d'accroître la profitabilité des entreprises et la richesse de ceux qui les possèdent aux dépens des petits et des non-qualifiés. C'est la société entière qu'il faut réformer. La conscience sociale qu'il faut animer. Nous devons repenser entièrement les équilibres et confier l'essentiel du labeur aux machines dans le seul but de profiter de nos vies. Les utiliser pour produire, mais aussi pour réguler les flux. Redistribuer la richesse autrement. Si le MIT peut fabriquer des robots capables d'intelligence, c'est que tout cela est possible.

— Titanesque, utopique, fou, conclut Dizzy. La fin du travail...

— Ne joue pas sur les mots. Bien entendu, une partie des hommes continuera à travailler. Ne serait-ce que pour concevoir, améliorer, entretenir et maîtriser les machines. Je parle de la fin d'un modèle dominant. Le travail ne doit plus régir nos vies et les écraser à ce point. Nous naissons pour travailler. Nous méprisons ceux qui n'ont pas de travail ou bien nous les fuyons comme des pestiférés. Nous épuisons notre existence dans le travail, au mépris de notre épanouissement, de notre créativité, de nos affects. Mon Dieu, Dizzy, des gens se suicident, se séparent, se haïssent à cause du travail. Parce qu'ils n'en ont pas, parce qu'ils en ont trop, parce qu'il ne leur convient pas, parce qu'ils en sont les esclaves. Tout cela peut changer, puisque la technologie est prête à prendre le relais. Même des postes de dirigeants tels que le mien peuvent être remplacés par des robots. A moins que tout ce qui est inscrit ici soit faux ?

— Non. La vérité, c'est que nos robots sont devenus réellement intelligents. Tu as vu ce que l'on peut faire avec des algorithmes évolutionnaires. Tu as vu ces progrès en matière de gestion des données. J'en ai parfois la tête qui tourne. Nous ne sommes qu'une poignée à le savoir, mais oui, nous avons quasiment touché au but. Cependant, Ferdinand, tu surgis, tu déclames, en quelques phrases voici que tu réformes la société entière, la planète, le monde !

As-tu songé que si les machines ont évolué, les esprits en sont loin ! Tu le constates tous les jours : la plupart des hommes ont besoin de travailler pour exister socialement et s'aimer eux-mêmes. Le travail nous structure et nous guide depuis des siècles. Que fais-tu du poids de l'histoire, de la culture, que fais-tu des charpentes de notre société ? Quant aux robots ! Quatre-vingt-dix-neuf personnes sur cent sous ou surestiment les capacités actuelles des machines, cent pour cent les redoutent. Introduire ce genre d'idées, c'est semer la panique.

— C'est une question d'ignorance, l'ignorance dans laquelle ceux qui détiennent l'information laissent végéter les populations... Celui qui n'est ni physicien, ni mathématicien, ni informaticien a peu de chance de comprendre et d'imaginer, je te l'accorde. On lui parle d'éclatement de la bulle technologique. On le trompe, on l'endort, tandis que d'autres mieux éclairés utilisent le progrès à des fins égoïstes, condamnant le monde à petit feu. Mais il y a une autre possibilité : une technologie dominante qui régule et équilibre les besoins à dimension planétaire. C'est justement pourquoi nous avons toi et moi une mission. La mise en œuvre ne se fera pas en un jour, mais il faut bien poser la première pierre.

Ferdinand s'approcha du chercheur et le prit par les épaules.

— Nous allons faire la démonstration que c'est possible. Techniquement possible. Nous allons accélérer le temps. Une expérience à l'échelle de la réalité, à l'échelle de l'entreprise. Nous serons des précurseurs.

— Nous ?

— Souviens-toi de nos conversations sur l'intelligence artificielle. Tu vas concevoir mon clone virtuel. Une machine qui saura prendre ma place. Moi, le président, le grand patron, réputé unique. Nous inventerons ensemble un double fait de microprocesseurs, de plastique, d'acier et de lignes de code : un clone virtuel. Il remplira mes fonctions, travaillera à ma place et prouvera que le monde peut vivre autrement Vivre !

Sous le choc du discours, Dizzy se taisait en secouant la tête. Son éducation, sa raison lui soufflaient que Ferdinand était fou, tandis que son instinct de chercheur percevait un génie visionnaire.

— Réfléchis bien, reprit Ferdinand. Tu es un scientifique aux capacités hors du commun. Tu as réussi à maîtriser et appliquer les algorithmes génétiques à un environnement aussi complexe et fluctuant que la finance mondiale. Alors je vais te poser la question autrement : est-il possible de créer un programme qui puisse comprendre, répondre, réagir, décider à ma place, pour l'ensemble des sujets et des tâches me concernant, c'est-à-dire le marché, les produits, le management des hommes, les choix stratégiques pour l'entreprise ? Un robot auquel je transférerais mon savoir ?

— C'est sans doute possible, répondit Dizzy avec gravité. Oui, c'est une opération longue et compliquée, mais en effet, techniquement réaliste et dans la lignée de mes projets actuels. Cependant, en imaginant que ce robot voie le jour, comment comptes-tu faire en sorte que tes salariés, tes administrateurs, tes actionnaires acceptent de lui confier les commandes de HBMB ? C'est du suicide, tu t'égares.

— Ils ne le sauront pas. Je vais trouver quelque chose. Une raison indiscutable de travailler à distance, une maladie de peau terrible, une allergie à la lumière qui me condamne à l'enfermement. Ils m'entendront, mais ne me verront plus. Ils croiront s'adresser à moi, mais ils s'adresseront à mon avatar.

— Impossible. Tu n'as aucune chance d'imposer un tel fonctionnement.

— Pourtant si. D'abord parce qu'ils seront incapables d'imaginer la vérité, ensuite parce que je vais me rendre incontournable. N'oublie pas qu'au dernier classement des personnalités du monde économique, j'occupais le quatrième rang. Je croule sous les propositions, cette année trois des plus belles entreprises américaines m'ont fait des appels du pied. HBMB a besoin de moi et le conseil est capable de se montrer très compréhensif pour me garder. Surtout avec le semestre qui s'annonce...

— Que veux-tu dire ?

— Je m'apprête à diriger le lancement d'une OPA sur Cosmetic Garden. Le numéro trois du secteur. En réussissant cette fusion, l'ensemble deviendra leader mondial du secteur. Je serai définitivement intouchable.

La voix de Ferdinand tremblait, comme s'il était pris de fièvre.

— Eh bien, me suis-tu, oui ou non ? Veux-tu participer à l'un des défis majeurs de ce siècle ?

— Ce que tu me proposes, répondit lentement Dizzy, est non seulement délirant, mais illégal. Tu l'as dit toi-même ; tu n'es pas propriétaire de HBMB. Tu es employé par des actionnaires auxquels tu dois des comptes. Or, jouer à l'apprenti sorcier comporte des risques. Ni toi ni moi ne pouvons affirmer avant de l'expérimenter que ce clone serait infaillible et sans danger pour l'entreprise. Nous croyons être prêts, mais peut-être ne le sommes-nous pas. Pardessus tout, tu t'apprêtes à mentir, à tromper ceux qui t'ont nommé. Imaginons, bien que ce soit pure folie, que tu mettes en place cette machine, voire qu'elle fonctionne. Qu'arrivera-t-il lorsqu'ils découvriront la supercherie ? Ils se sentiront trahis, ridiculisés, humiliés. Ils crieront à l'abus de pouvoir, à la manipulation. On parlera de science-fiction, on ressortira les vieux monstres des placards. Crois-moi, cela te vaudra les pires ennuis, sans doute même un long séjour à l'ombre. En tout cas, un résultat à l'inverse de ce que tu escomptais. Non, Ferdinand, ce sera sans moi, car je compte occuper ma retraite autrement.

— Je serai donc seul à être clairvoyant, soupira Ferdinand dévasté. Léonard de Vinci, Galilée, combien d'autres le furent en vain avant moi ? Les machines feront basculer le monde, que ce soit vers sa fin ou vers sa survie. Nous aurions pu élever notre voix, plaider pour que le progrès serve l'avenir de la communauté humaine. Si seulement j'avais tes connaissances... Je ne suis pas en dépression nerveuse. Je ne suis pas fou. Je sais exactement comment fonctionnent une entreprise, un marché, une économie. Je sais aussi qu'un ordinateur pourrait analyser et décider à ma place. Je sais que l'on peut espérer un monde meilleur. Je sais que le seul futur envisageable du monde, c'est cette mutation profonde, la fin du libéralisme, la fin du travail. Car, Dizzy, si rien ne se produit de tel, les fossés sociaux continueront de se creuser, le déséquilibre de la planète aussi. Toi et moi, nous n'avons pas d'enfants. Mais devons-nous pour autant nier nos responsabilités ?

— Écoute, Ferdinand, coupa soudain Dizzy. Tu as raison sur le fond. Je suis convaincu comme toi que la société n'a besoin que d'un pourcentage réduit d'actifs. Les machines peuvent se substituer à la plupart des emplois, et pas seulement aux ouvriers, mais aussi aux cadres et sans doute aux patrons.

— Surtout aux patrons. Elles élimineront leur capacité stupéfiante à préférer leur intérêt propre à celui de l'entreprise. Elles apporteront de l'objectivité là où il y en a le moins. Elles n'auront pas d'ego.

— Ne m'interromps pas, s'il te plaît. Ce que j'essaie de te dire, c'est que je vais construire ce clone.

Ferdinand frissonna.

— Tu vas le faire ?

— Tu m'as bien entendu. Je vais concevoir ton clone virtuel : c'est le projet le plus fantastique que l'on m'ait jamais proposé. C'est l'occasion de mettre en pratique, en situation réelle, ce sur quoi j'use mes yeux et me ronge les sangs depuis si longtemps. Si je refusais, j'en aurais des regrets durant ce qui me reste de vie. Mais attention : il n'est pas question de l'installer chez HBMB. Il faudra trouver autre chose et être indépendants. C'est ma condition.

— Parfait, répliqua Ferdinand. Ne pense plus à HBMB, j'ai déjà ma petite idée. Mais je te veux à cent pour cent. Il peut y avoir certaines implications te concernant... le MIT... Si tu le souhaites, penses-y encore et donne-moi une réponse plus tard.

— Sûrement pas, fit Dizzy. Ma décision est prise et il faut aller vite. La vérité, c'est qu'une équipe russo-suédoise dont je suis les travaux étudie un projet de ce type.

Il n'était plus question de folie ou d'utopie. Il n'était plus question d'argumenter. Il était question d'agir.

Les deux amis se turent. Echangèrent un regard, un sourire.

Chacun voulait imprimer cet instant dans sa mémoire.

— Tu auras tous les moyens nécessaires, conclut Ferdinand. Et nous serons les premiers.

FERDINAND RENTRA À New York par le dernier vol de la nuit. Il était convenu avec Dizzy de revenir à Boston dès le surlendemain et d'y demeurer une semaine, pour lancer le chantier du clone. Durant cette parenthèse de deux jours, il prit la mesure de son indifférence pour Joséphine. Alors qu'elle se noyait dans l'amertume et le chagrin, il ne pensait qu'à son projet. Elle parlait de perte insurmontable, il ne voyait qu'un incident physiologique banal – somme toute préférable. Il aurait voulu lui dire à quel point cette affaire d'embryon était microscopique, comparée à l'avancée historique qui se préparait. Mais il fallait se taire, protéger le secret ; Joséphine était beaucoup trop superficielle pour comprendre un concept de cette importance.

Lorsqu'il lui annonça qu'il repartait plusieurs jours, elle ne réagit pas, trop préoccupée par son sort. Une de ses amies lui avait suggéré un stage de remise en forme conduit par un professeur de yoga hindou. Le stage coûtait trois mille dollars, mais pour ce prix-là, on était sûre d'y croiser quelques acteurs parmi les plus sexy. Joséphine décida qu'elle devait se concentrer sur son corps et accepta l'offre, tandis que Ferdinand bouclait ses valises.

A Boston, malgré l'air froid, le printemps se montrait. Les arbres bourgeonnaient, les passants étaient gais, il n'était pas rare d'entendre siffloter. Avant de se mettre au travail, Ferdinand et Dizzy firent une longue promenade, comme pour s'enfler d'oxygène avant ce qui serait peut-être leur ultime plongeon. Ils en profitèrent pour chercher un nom de code au clone, et sur proposition de Dizzy, retinrent « Gillespie ». Ensuite, ils définirent l'équipe : pour que Gillespie voie le jour avant la fin de l'année, deux chercheurs supplémentaires seraient nécessaires. Dizzy promit de trouver des talents parmi ses connaissances – les bonnes volontés ne manqueraient pas pour rejoindre un projet si motivant. On évoqua aussi le planning : Ferdinand devrait dégager du temps à intervalles réguliers pour se rendre à Boston. Puis le nom de Mélissa fut prononcé. Par qui ? Peu importe. Il brûlait les lèvres de Ferdinand autant que celles de Dizzy. Chacun débordait d'arguments pour se convaincre de son utilité : elle serait l'indispensable et loyale complice, un lien lorsque Ferdinand serait injoignable. Elle constituerait des alibis et servirait d'interface pour tester Gillespie en conditions réelles. Elle serait la part de féminité du robot, elle lui inculquerait tout ce qu'un homme courtois et galant doit savoir du sexe opposé.

Elle serait le sourire, la gaieté, la vie.

Le ciel parut se couvrir de jolies taches de rousseur.

— Elle est curieuse, ouverte, c'est une idéaliste, fit Dizzy. Elle sera emballée. Et puis, elle nous aime un petit peu, non ?

Ferdinand s'assombrit. Il s'était bien mal comporté au cours des derniers mois. Sous ses sarcasmes, ses impatiences, son épuisement, Mélissa avait souvent pleuré, beaucoup pâli et perdu son entrain. Ils se parlaient plutôt froidement, ces derniers jours : rien n'était gagné et cela, il fallait bien l'avouer à Dizzy.

— Tu n'es qu'un magnifique et stupide égoïste, conclut le chercheur après que Ferdinand lui eut résumé la situation. Crois-moi, Gillespie n'aura jamais ce comportement exécrable et injuste.

— C'est pour cela que nous nous apprêtons à le créer. Il sera bien plus fort que moi.

Ils avaient regagné la maison. A peine entrés, Dizzy attrapa le téléphone et le tendit à son ami.

— Il est temps d'appeler Mélissa. Et de faire ton mea culpa.

A la première phrase de Ferdinand, la jeune femme comprit que les choses avaient changé : il la tutoyait de nouveau. De surcroît, il réclamait une entrevue dès son retour, le lundi suivant. Il demeurait mystérieux, évoquait une conversation importante. Le plus étonnant fut sa manière de s'excuser en bafouillant pour sa conduite passée, avec des silences de gamin et des phrases empotées – Dieu que c'était troublant. Elle raccrocha les yeux dans le vague, furieuse, émue, inquiète. Elle s'en voulait d'être si faible, si prompte à croire au conte de fées, mais voilà, elle était ainsi, obstinée dans ses secrets de petite fille – à son âge!

Tout au long de la semaine, elle se montra distraite, accumulant les oublis et les gaffes. On chuchota dans les couloirs : Mélissa est amoureuse. Dans les bureaux, les collègues entamèrent des paris sur l'heureux élu.

Bien entendu, le nom de Ferdinand ne fut jamais cité : il appartenait à une sphère inaccessible.

IL FALLUT CHERCHER UN lieu où installer le laboratoire : l'appartement de Boston était trop petit, et la villa de Floride trop éloignée. On trouva une grande baraque lumineuse, entourée d'un jardin chaotique et protégée des regards par d'immenses murs blancs. Ferdinand convoqua un maçon et fit déplacer des cloisons tandis que Dizzy se chargeait de perfectionner le câblage et de concevoir l'espace de travail. Ils installèrent un générateur électrique, un système de climatisation et confièrent l'essentiel des travaux à un petit entrepreneur payé à prix d'or qui acheva la mission en un temps record. Lorsque tout fut prêt, on fit la liste du matériel informatique : Dizzy aurait besoin de plusieurs ordinateurs de très grande puissance – GRID était hélas encore loin d'être opérationnel –, et surtout, de logiciels sophistiqués de simulation qu'il faudrait pour la plupart aller pêcher au MIT, au CERN (*Centre européen de recherche nucléaire*) ou au CEA (*Commissariat à l'énergie atomique*), via des amis physiciens. On en achèterait certains – chacun coûtait plusieurs dizaines de milliers de dollars – et on piraterait les autres : à la guerre comme à la guerre. Pour finir, on ajouterait des logiciels de son et, bien entendu, un environnement bureautique haut de gamme.

Il fallait voir l'énergie qui régnait ici. Chaque seconde était utilisée à réfléchir au projet. On oubliait le temps, on n'avait plus faim, soif, ni sommeil – il y avait plus important, on fabriquait le prochain tournant de l'histoire.

Au début de la semaine, Dizzy contacta deux de ses collaborateurs favoris. Le premier, Rob Stevenson, un blond maigre d'une quarantaine d'années au visage dévoré d'eczéma, avait participé à ses expériences sur les algorithmes génétiques et frôlé le prix Nobel. Le second, Doug Driansky, un Russe naturalisé américain, barbu, cheveux gris et ventre proéminent, était un pur théoricien et comptait parmi les dix plus illustres mathématiciens du monde. Pour des scientifiques de leur niveau, un tel terrain d'expérimentation était une occasion unique. Leur propos était moins de réformer la société, que de mettre au point le robot le plus avancé du monde et tester des hypothèses mûries depuis des années. Ils jurèrent le secret et préparèrent leurs bagages. Il était convenu que Ferdinand les paierait au triple de leur précédent salaire et assumerait tous les frais liés à leur démission subite.

Le dimanche suivant, les quatre hommes se retrouvèrent pour boire une coupe de champagne à la santé du clone. Doug et Rob, habituellement peu prolixes, développèrent leurs théories, s'échangèrent des documents et dessinèrent des schémas complexes dans la plus grande excitation, tandis que Ferdinand et Dizzy fixaient les prochaines étapes. De temps en temps, ce dernier saisissait sa trompette et poussait un petit air joyeux, manière de marquer les dernières heures de fête : ensuite l'ambiance serait studieuse.

En fin de soirée, la petite troupe visita la maison, dans laquelle chacun disposait d'une chambre à coucher et d'une salle de bains privée, et décida de lui trouver un nom. Rob proposa « la Maison Blanche » à cause des murs clairs : les autres approuvèrent et l'on porta de nouveaux toasts. Les conversations reprirent jusqu'au départ de Ferdinand, au petit matin. Ils se séparèrent à regret.

— La prochaine fois, sourit Dizzy, ramène-nous Mélissa !

— Le cinquième doigt de la main, répondit Ferdinand. Tu peux compter sur moi.

Il demanda qu'on ne les dérange pas. Aucun coup de téléphone, aucune interruption d'aucune sorte, précisa-t-il. Depuis son départ de Boston, il réfléchissait aux mots à employer pour convaincre Mélissa. Que deviendrait le projet si elle refusait d'y collaborer ? Saurait-il se passer d'elle ? Pourrait-elle conserver le secret ?

La jeune femme fixait la fenêtre, trop tendue pour soutenir le regard de Ferdinand.

— Eh bien, dit-elle en serrant les poings. De quoi s'agit-il ?

— Avant tout, répondit Ferdinand, je tiens à te présenter mes excuses. Je me suis montré odieux, ingrat et ridicule. Je me suis laissé emporter par la pression, j'ai été faible. Je t'ai manqué de respect, à toi qui m'as toujours soutenu.

Mélissa leva les yeux. Ainsi, Ferdinand était redevenu lui-même ? Capable d'humilité, d'écoute de remise en question ? Était-ce une illusion ou la réalité ?

— Il s'est produit des événements, reprit-il. J'ai expérimenté, fait des rencontres. J'étais dans la confusion et voici que tout s'éclaircit : ma vie, cette perpétuelle fuite en avant, prend enfin un sens. Nos efforts cesseront d'être vains, nos réussites d'être stériles. Notre avenir existera.

— Nos efforts ? De qui parles-tu ? intervint Mélissa.

— De toi, moi et quelques autres. De Dizzy. D'une poignée d'iconoclastes de bonne volonté.

— Dizzy ?

— Laisse-moi t'expliquer. Ne m'interromps pas, même lorsque les phrases que je prononce te sembleront incohérentes. Laisse-moi aller jusqu'au bout de ma démonstration, et parlons-en ensuite.

Ferdinand entama alors un long monologue sur le dérapage socio-économique mondial, la nécessaire révolution des esprits, la fin du travail, le progrès technologique et, pour finir, la création de Gillespie. Mélissa fronçait les sourcils, se taisait, encaissait. Enfin, il s'arrêta.

— Voilà l'essentiel du projet, conclut-il. A présent, à toi de réagir.

— Si je comprends bien, dit Mélissa, tu prétends que nous pourrions vivre dans une société où le temps consacré au travail serait équivalent à celui consacré aujourd'hui aux loisirs, et inversement. Où la technologie se développerait à tous les niveaux, tous les stades de l'entreprise de la production à la distribution, mais aussi dans les domaines publics. Tu parles d'une redistribution des rôles... et des profits. Tu parles de globalisation des ressources.

— Tu as bien compris. Ce que je propose, c'est d'anticiper un mouvement. Cultiver, accélérer le règne de la machine, mais en rééquilibrant les profits. En France, les gens travaillent trente-cinq heures ? Ils devraient en travailler huit. Ou un an sur quatre, comme tu voudras. Le système économique peut et doit être repensé si l'on veut sauver ce monde.

— Et tu crois réellement que Gillespie... ?

— Gillespie sera la première pierre d'une théorie que je développerai ensuite. Il prouvera que nous sommes tous remplaçables à moyenne échéance. Il prouvera que nous avons la solution entre nos mains, à condition d'en décider ainsi. Il portera le sujet sur la place publique, tandis qu'aujourd'hui, la science demeure confinée dans des laboratoires. Il contraindra les politiques à prendre leurs responsabilités. La prise de conscience sera universelle, il restera à généraliser les avancées technologiques.

— Humm, ce sont de belles idées, qui ressemblent fort à une utopie. Crois-tu vraiment qu'un Gillespie puisse entraîner une révolution ? Car enfin, en admettant au préalable tes hypothèses scientifiques, ceux qui dirigent et possèdent le monde aujourd'hui n'auront guère envie de la voir se produire...

— La démonstration scientifique sera un fer de lance plus efficace que tous les discours politiques jamais prononcés. Qu'entend-on aujourd'hui ? « Il faut mettre chacun en situation de travailler, revenir au plein emploi », eh bien, c'est cela l'utopie ! Il suffit d'observer la marche inexorable de nos sociétés industrielles. On propose de petites mesures çà et là, pour ralentir la glissade, mais ce qu'il nous faut, c'est briser un système et reconstruire nos repères.

— Bien. Tu dis que la technologie et plus généralement la science, peuvent créer un équilibre nouveau. Que le démontrer permettra de convaincre. Imaginons que tu aies raison. Penses-tu réellement que l'on peut concevoir un clone apte à diriger une entreprise et prendre des décisions rationnelles ? Si j'ignorais que Dizzy y croit aussi, je supposerais que tu fais une grave dépression nerveuse ! Comment et qui veux-tu tromper avec une illusion ?

— Tout ce qui nous entoure est illusion. Prends la couleur, par exemple. Tu crois qu'elle existe, mais c'est une illusion créée par ton cerveau. Il n'y a pas de couleur dans le monde extérieur, il n'y a que des objets qui réfléchissent la lumière et des longueurs d'onde. La couleur que nous percevons est le résultat d'un calcul réalisé par le cortex visuel. Cela devrait t'aider à relativiser ta notion de l'illusion, non ?... Les magiciens le savent, il suffit de bien préparer son terrain. Ensuite...

— Mais le facteur humain ? Comment ton clone pourra-t-il évaluer des hommes ? Comment pourra-t-il communiquer avec eux ?

— Le programme comportera une dimension psychologique importante. C'est sans doute la partie la plus difficile à traiter, mais de nombreux chercheurs ont déjà travaillé sur ce thème en collaboration avec des psychologues. Nous exploiterons cette matière et nous l'enrichirons.

— Il faudra entrer des milliers de données dans tes ordinateurs...

— Plus que ça, mais nous y parviendrons. Ne crois pas que ce soit impossible, cela prendra moins d'un an. Comme la plupart des gens, tu ignores ce que la technologie actuelle autorise. Dès maintenant, avec un simple ordinateur de bureau, un algorithme peut simuler dix puissance dix réactions par jour, soit par exemple cent minutes de la vie d'un système biologique où cent réactions ont lieu environ vingt mille fois par seconde. Je te laisse imaginer ce qu'on peut faire avec des machines telles que celles du MIT, et plus tard, la puissance d'un réseau tel que GRID ! Nous réussirons, avec ton aide. Si tu le veux bien.

— J'ai besoin de réfléchir, dit Mélissa. Je ne m'attendais pas à une proposition pareille. Cela nous engage loin. Ce n'est pas une simple collaboration que tu me proposes. Il y aura aussi des risques, n'est-ce pas ?

— Oui, fit simplement Ferdinand.

Ils se turent quelques instants. Puis une ombre enveloppa Mélissa.

— Qu'en dit Joséphine ? reprit-elle en détournant les yeux.

— Elle n'est pas au courant, rétorqua Ferdinand qui trouvait la question absurde.

— Ah. Je vois, tu veux sans doute éviter de la perturber. Dans son état...

— Mais c'est vrai, sourit Ferdinand : tu ne le sais pas encore. Pardonne-moi, c'est déjà de l'histoire ancienne. Il n'y a plus de bébé : Joséphine a fait une fausse couche. Je suis d'autant plus libre : pas de responsabilité, toutes les expériences sont possibles.

Plus de bébé ! Mélissa sentit son ventre se contracter, la fin du travail, la révolution, l'avenir du monde ou la création de Gillespie, formidable, oui, mais plus de bébé !

— Je suis partante, dit la jeune femme en tendant la main. Quand commençons-nous ?

Je suis d'autant plus libre : voici ce qu'il a dit. Ses mots, à cent pour cent. Est-ce un message ? Mon Dieu, dix ans après, rien n'a changé pour moi. Je l'aperçois et mon esprit bascule. Ce n'est pas sa beauté – quoique dix ans plus tard, il est encore plus beau. Ce n'est pas son regard, intense et bouleversant. Ce n'est pas sa peau que je devine si douce, ses mains que j'observe si longues, ces expressions, ces attitudes qui me fondent, m'écrasent, me roulent dans une enivrante volupté.

C'est une dépendance.

Il n'est pas entré dans le rang. Il est arrivé non loin des plus hauts sommets, et voilà qu'il n'a plus en tête que l'avenir du monde. Dix ans plus tard, je sais d'où vient cette étrangeté : du cœur, tout simplement. De ses souffrances, car il peut toujours déguiser, à moi il ne mentira pas. J'ai vu ses traits tirés. J'ai vu son ventre se creuser.

J'ai parfois senti les larmes s'approcher, mais celui-là fait partie des garçons qui s'interdisent de pleurer.

Je suis d'autant plus libre, a-t-il dit. Et moi, peut-être misérable et peut-être naïve, je crois avoir ma part d'existence dans cette phrase. J'attends.

La secrétaire de Wes Bronson le prévint que Ferdinand souhaitait le voir d'urgence ; il se libéra dès le lendemain. L'offre publique d'achat d'HBMB sur Cosmetic Garden venait d'être lancée.

— Il y a deux hypothèses, exposa Ferdinand. Ou bien HBMB parvient à ses fins et devient numéro un mondial, ou bien un autre intervenant fait une surenchère et prend la place avant nous. Cosmetic Garden est une entreprise nerveuse, créative, elle est la plus jeune mais bien dirigée, elle peut aller loin. Et elle est endettée. Croyez-moi, c'est une proie à ne pas laisser filer.

Wes Bronson n'était pas né de la dernière pluie. Il tripotait un petit ange sculpté dans l'acier, offert par un de ses partenaires heureux.

— Vous êtes président d'HBMB, Ferdinand. Je ne vois donc qu'une seule raison qui justifie votre discours.

— Je pense que vous m'avez compris, répondit le jeune homme.

— Ne dois-je pas y voir une sorte de trahison de votre part à l'égard d'HBMB ?

— C'est un mal nécessaire. Il me faut à terme ma propre entreprise. Je ne peux pas me l'offrir seul. Mais si vous êtes derrière...

Ferdinand remit à Wes un dossier constitué de ses propres analyses sur le sujet. Wes était sans doute le seul investisseur au monde à qui il pouvait envisager de parler de Gillespie. Mais il était trop tôt : il fallait d'abord le convaincre qu'il pouvait réaliser un coup juteux. Ils décidèrent de se revoir dans les trois jours.

Deux semaines plus tard, Ferdinand signa un accord secret avec Wes et remit sa démission au conseil d'administration d'HBMB. Il coupa court aux discussions en ajoutant que sa décision était irrévocable, et quitta l'entreprise le jour même, accompagné de Mélissa. Dans la foulée, Wes Bronson officialisa une contre-offre sur Cosmetic Garden. Il se murmurait déjà que Ferdinand reprendrait la tête de l'entreprise en cas de succès. Tandis que le public prenait connaissance des conditions de son offre – largement plus intéressantes que celles proposées par HBMB –, Wes rencontra les principaux actionnaires de l'entreprise, soit une grande banque et les managers. Tous tombèrent d'accord pour appuyer la solution de Wes. Ils se savaient condamnés à être rachetés. Avec HBMB ils risquaient, à court ou moyen terme, la disparition pure et simple, la dilution progressive. Avec Wes et Ferdinand, réputés tous deux pour transformer tout ce qu'ils touchaient en or, ils pouvaient espérer une autre destinée. En outre, le départ de Ferdinand avait considérablement fragilisé HBMB. Le cours de l'action avait chuté de vingt pour cent en quarante-huit heures, et avec lui, la confiance de l'interne, des investisseurs, du milieu économique en général.

Tout était de leur côté : quatre mois après le début des hostilités, Wes Bronson devenait sans grande difficulté propriétaire de Cosmetic Garden.

— Voici donc où tu veux amener Gillespie, soupira Dizzy, en apprenant la nouvelle. Tu as construit cette opération de toutes pièces pour offrir un cocon à ton clone...

— Oui, répondit Ferdinand. J'en parlerai à Wes en temps utile. Pour l'instant, concentrons-nous sur Gillespie, nous avons fort à faire.

A la Maison Blanche, le travail s'organisait. Dizzy, Doug et Rob étaient convenus de créer chacun leur robot en s'appuyant sur le fameux Matnet, un logiciel de simulation qui utilisait le principe des réseaux neuronaux. Disposant des mêmes éléments fournis par Ferdinand, ils agiraient indépendamment les uns des autres, tout en mettant en commun leur savoir. Ils étudieraient la programmation affective, la motivation, l'attention, les réactions. Ils créeraient la mémoire autobiographique, associative, les processus de décision, les réponses. Dès lors qu'ils n'avaient pas pour ambition de construire un robot qui ressemble à un homme, la tâche ne semblait pas si compliquée. Le plus difficile était de trouver comment pallier l'absence de vision et de sensation. Le robot pouvait comprendre et analyser toutes sortes de données, mais comment répondrait-il à des questions telles que : cet objet ou cette femme sont-ils beaux ? aimez-vous cette musique ?

Il faudrait mettre au point des logiques de substitution. Inventer des algorithmes qui permettent à Gillespie de déclarer cette femme belle et cette autre sans intérêt.

Lorsque les trois chercheurs auraient réalisé leurs robots, ils les fusionneraient en en conservant les meilleures qualités. Puis ils travailleraient à nouveau de manière dissociée sur l'amélioration du clone, jusqu'à rapprocher encore leurs résultats, et ainsi de suite jusqu'à la création de Gillespie.

Ferdinand avait mis à profit les quatre mois qu'avait duré le combat autour de Cosmetic

Garden pour lister avec Mélissa toutes les informations le concernant : sa vie, ses références, ses connaissances, son expérience, ses attitudes, ses goûts, ses préférences. Ils se retrouvaient chaque matin à son appartement, s'enfermaient dans son bureau et n'en sortaient que pour avaler un sandwich. Ce rituel n'avait pas amélioré les relations avec Joséphine. Déjà excédée par la démission de son mari qu'elle jugeait irresponsable, la jeune femme sentait qu'il cachait quelque chose. Peu à peu, elle s'était persuadée qu'une idylle se nouait avec Mélissa. Sinon, comment expliquer ces conciliabules ? Ces silences brusques lorsqu'elle apparaissait, ces joues rouges, ces départs en week-end ! Ferdinand prétendait qu'il travaillait sur un projet confidentiel à Boston, mais la croyait-il assez stupide pour avaler d'aussi grossiers mensonges ! Pire, il ne s'intéressait plus au sexe : depuis sa fausse couche, ils n'avaient couché ensemble que trois ou quatre fois, et encore avait-elle dû y mettre beaucoup d'énergie et de ténacité.

Lorsqu'elle croisait Mélissa, elle observait sa démarche, la jolie courbe de ses fesses, sa nuque, le grain de sa peau. Ses regards. Ferdinand avait-il succombé ?

Tous les plans de Joséphine reposaient sur ses prouesses sexuelles, l'unique ciment de son couple, puisque d'amour, il n'était pas question. Or l'édifice vacillait ! Jusqu'à sa carrière qui semblait menacée. Des jaloux murmuraient qu'après le départ de Ferdinand, elle ne conserverait pas longtemps son poste. On lui tournait le dos, on persiflait sur ses talons, alors même que Sweet Baby se portait à merveille. Se laisserait-elle ainsi évincer, éliminer, écraser sans réagir ?

Un matin qu'elle avait trouvé Mélissa très en beauté, elle décida de prendre plus fermement sa vie et sa sécurité en main et pria Egon Van Greben, tout juste nommé au poste de Ferdinand, de lui accorder une entrevue. Bien qu'ils ne collaborent pas directement ensemble, les deux jeunes gens s'étaient souvent rencontrés à l'occasion de mondanités ou de séminaires d'entreprise. Joséphine l'avait trouvé brillant et plutôt sexy. De son côté, Egon Van Greben avait une excellente opinion de la jeune femme – un type comme Ferdinand avait forcément choisi une compagne à sa dimension.

Ce jour-là, elle apparut vêtue d'un petit pull moulant et d'une affolante jupe fendue sur l'avant. Certes, songea Egon Van Greben, l'entrejambe aussitôt embrasé, cette femme a les fesses un peu larges et le nez un peu long, mais Dieu, quel incroyable objet de tentation !

Joséphine exposa ses soucis, tortillant d'un doigt enfantin une mèche de ses cheveux. Ferdinand, soupira-t-elle, n'était plus le même homme. Il avait quitté sans remords une entreprise qui lui avait tout apporté. Bientôt – pardon, mon cher Egon, de vous mêler à des sujets aussi personnels – ne serait-ce pas son tour d'être abandonnée ? Qui saurait la conseiller, la soutenir ? Devait-elle sacrifier sa jeunesse, supporter la folie d'un autre et demeurer dans l'ombre ?

— Je suis tellement désorientée, Egon.

Egon Van Greben était divorcé de fraîche date et n'avait pas fait l'amour depuis plusieurs semaines. Il commença par résister – tout de même, c'était l'épouse du patron. Puis il se souvint que Ferdinand n'était plus le patron, bien au contraire : il était devenu une sorte de renégat, un concurrent à abattre. Prendre sa femme, c'était presque rendre justice à HBMB. Il invita alors Joséphine à dîner et l'assura que son poste serait maintenu. Au dessert, alors qu'il attrapait sa main, elle la lui laissa avec un sourire candide de jeune fille. Il proposa un dernier verre chez lui, elle accepta. À peine la porte refermée, il se jeta sur elle comme un fauve affamé, arracha sa culotte, lui mordit les seins et la roula par terre. Elle ne résista pas, oh non, elle participa plutôt avec enthousiasme. Que Ferdinand s'amuse avec Mélissa et Cosmetic Garden, songeait-elle tandis qu'Egon se noyait dans ses reins : ce pauvre garçon ne voit même pas qu'il glisse sur la pente descendante. Il quitte la tête du numéro deux pour celle du numéro trois, et tout cela, dans quel but ? Obtenir des parts supplémentaires, avoir son nom sur la porte !

Le temps était venu pour elle de se protéger et de saisir sa chance. Elle était courtisée par Egon, prochaine étoile du firmament économique, garçon équilibré et propriétaire d'un magnifique triplex à trois rues de Central Park ; un homme de goût qui savait porter le smoking et conduisait une voiture de luxe. L'affaire était scellée. Joséphine déploya dès ce moment l'intégralité de sa science des corps, à laquelle elle additionna quelques idées insolites. Elle retrouva désormais Egon chez lui un jour sur deux à l'heure du déjeuner, parfois le soir au souper. Elle aurait pu multiplier les rendez-vous : Ferdinand ne s'apercevait même pas de son absence. Mais le manque faisait partie de sa stratégie. Egon n'était pas un passe-temps, il était une cible de premier ordre destinée à remplacer tôt ou tard Ferdinand. Pour l'atteindre et le posséder, il fallait parvenir à une emprise totale, s'assurer qu'il ne reculerait pas au moment de franchir avec elle le pas décisif. Devenir une drogue dure.

Elle n'était pas inquiète. Sur le sujet, elle en connaissait un rayon.

NOUS TRAVAILLONS CÔTE à côte. Souvent, nous nous touchons. Je le contemple, il se concentre. Cette ivresse lorsque sa tête se penche, lorsque son front me frôle. Mon ventre me jure que je suis faite pour lui et lui pour moi. Mon sexe absout ces dix années de perdition, oh Ferdinand, quand le moment sera-t-il enfin venu ?

— Mélissa, petite sœur chérie, dix années d'égarement ne t'auront pas suffi. Ne vois-tu pas qu'il est ailleurs ? Dans ses méandres numériques, ton Ferdinand ne parle que de machines et oublie qu'une femme au cœur chaud attend près de lui.

Son odeur, ma Faustine, je la reconnaîtrai jusqu'à la fin des temps. Ses rayons gamma m'irradient tandis que je le bois. Dans ses bras je supplie de me désintégrer, il se bat pour le monde et je me bats pour lui, qu'importent les nuits qui tournent puisque je sais.

Il lèvera les yeux et me reconnaîtra. Il passera ses doigts sur ma peau électrique. Je le sens qui s'approche, peu à peu, pas à pas. Bientôt il sera là, il sera en moi.

Joséphine aurait sans doute dû consulter sa tireuse de cartes, ou bien un spécialiste de l'analyse financière : ils l'auraient mise en garde.

Pendant qu'elle s'entraînait à prononcer « Joséphine Van Greben » et dépensait des fortunes en lingerie fine chez Victoria's Secret, pendant qu'elle inventait pour Egon des positions inconnues du *Kama-Soutra* et rêvait des palaces européens en vue d'une prochaine lune de miel, Wes Bronson enfilait son stetson brodé, redistribuait les cartes et bouleversait le jeu.

Quelque temps après le succès de l'opération Cosmetic Garden, et compte tenu de la chute brutale de la valeur d'HBMB qui mettait l'entreprise à un prix plus que raisonnable, le financier annonça qu'il lançait une deuxième offre publique d'achat sur cette dernière. Sa proposition était claire : il allait reconstituer le projet d'origine, fusionner HBMB et Cosmetic Garden et nommer Ferdinand à la tête de l'ensemble. Les actionnaires et le conseil d'administration d'HBMB, qui venaient d'accuser des pertes record, virent là une occasion inespérée de se refaire une santé boursière. Non seulement la nouvelle entité prendrait la première place du secteur, mais le retour de Ferdinand en tant que président associé au capital regonflerait instantanément sa valeur.

Le marché applaudit la manœuvre, qui devint sur-le-champ un cas d'école. L'intérêt des actionnaires, petits et grands, avait été respecté : tous sortiraient enrichis de l'opération. Le vrai gagnant demeurait toutefois Wes Bronson, qui réalisait là un de ses coups les plus lucratifs de la décennie. Sur la façade d'HBMB, deux ailes magnifiques furent peintes en moins d'une nuit.

Ferdinand cependant demeurait partagé. Il n'avait pu contester le plan habile de son associé. Toutefois, prendre la direction de B&B Cosmetics – pour Bronson and Bataille Cosmetics – signifiait un surcroît de travail au moment où il avait le plus besoin de sa liberté. Dès que l'opération fut bouclée, il s'attacha donc à structurer l'entreprise en installant des hommes qu'il estimait aux postes clés. Pour leur plus grande surprise il choisit un tandem composé de Tim Goodge, l'ex-président de Cosmetic Garden, et d'Egon Van Greben. Les deux hommes, qui s'étaient tous les deux crus en grand danger, prirent leur nomination comme une marque d'estime profonde et jurèrent que Ferdinand ne le regretterait pas.

Ce retournement de situation paralysa Joséphine, qui hésita longuement sur la conduite à suivre. Devait-elle revenir à Ferdinand, à qui elle trouvait soudain un charme neuf mais qui ne s'était jamais montré si distant ? Ou bien fallait-il plutôt miser sur Egon, plus motivé quoique très discret depuis le rachat d'HBMB ? Un mauvais pressentiment la saisit, qui s'amplifia lorsque Egon l'invita à déjeuner dans un petit restaurant du nord de Manhattan. Comme elle insistait pour le retrouver chez lui, il bafouilla qu'une inondation avait ravagé son appartement. Elle était lucide et ne crut pas un instant à cette rocambolesque explication. Puisque la partie promettait d'être difficile, elle opta pour un décolleté et des bas de fine résille noire censés attendrir les volontés les plus tenaces. En vain : à son arrivée, Egon l'embrassa sur la joue et l'avertit sans plus de précautions qu'il rompait.

— Nous avons passé de bons moments ensemble, mais à l'idée que j'ai trahi Ferdinand avec sa femme, je me dégoûte, exposa-t-il, lèvres pincées. Un type si bien, qui a mis tant de confiance en moi !

— Tu avais d'autres termes pour le qualifier, il n'y a pas si longtemps, riposta Joséphine. De toute façon, il n'y avait plus grand-chose entre nous hormis la cohabitation. Je n'appelle pas cela de l'adultère.

— Tu n'as aucune espèce de morale. Tu ne respectes ni ton mari, ni l'institution du mariage.

— Nous étions deux dans ton lit, me semble-t-il. Tu ne m'as pas aidée à trouver le droit chemin...

— Tu m'as manipulé. Je n'ai rien à me reprocher : je suis divorcé, donc libre. Quant à Ferdinand, je n'y voyais plus clair. J'ai été faible, mais tout cela est bien fini. Que Dieu me garde de vivre avec une femme capable de cocufier son mari au premier passage à vide... Tu connais l'adage : qui a trompé une fois, trompera à nouveau.

Joséphine soupira en levant les yeux au ciel. Elle trouvait soudain Egon si minable. Qu'il rompe, bon débarras ! Et dire qu'une heure plus tôt, elle hésitait encore ! Elle, l'épouse de Ferdinand, celle que tant d'autres enviaient ! Elle ramassa son sac et se leva.

— Tu as raison sur un point, lança-t-elle à Egon. Ferdinand est un type formidable et moi aussi, je n'y voyais plus clair. Comment ai-je pu me trouver dans tes bras : mystère et confusion. Quoi que tu fasses, Egon, tu seras toujours un satellite, un laquais, un outil. Très peu pour moi, merci. Sur ces bonnes paroles, je te laisse, je suis impatiente de retrouver mon mari.

— Ne te presse pas trop, murmura Egon. Tu pourrais être déçue...

Mais Joséphine ne l'entendait plus. Elle avait claqué la porte et hélait un taxi. Elle possédait ce talent rare de reconstruire indéfiniment l'histoire : elle oublierait qu'elle avait trompé Ferdinand. Puisque personne n'était au courant, il suffirait de décider que cela ne s'était jamais produit. Elle endosserait son costume d'épouse modèle : avec ses nouvelles fonctions, son mari aurait besoin de son soutien. Quant à Mélissa, elle cesserait tout simplement d'y penser. « Ne te monte pas la tête, ne songe pas aux mauvaises choses, répétait toujours sa mère, et elles n'arriveront pas. Le malheur survient chez ceux qui en ont peur. »

Tout l'après-midi, elle eût la tête ailleurs. Cent fois elle s'enferma dans les toilettes pour s'examiner, rattacher ses bas, ajuster son chemisier, comme si elle s'apprêtait à dîner avec Ferdinand pour la première fois. Elle partait habituellement vers dix-neuf heures, mais ce jour-là, elle quitta HBMB une demi-heure plus tôt. Depuis la création de B&B Cosmetics, Ferdinand avait découpé ses journées en deux parties : jusqu'à dix-sept heures, il travaillait dans les locaux de l'entreprise, puis de dix-sept à vingt et une heures, il s'installait chez lui avec Mélissa, soi-disant pour favoriser leur concentration. Joséphine avait son plan : elle frapperait, pénétrerait dans le bureau, prierait Mélissa de s'éclipser et la raccompagnerait jusqu'à la porte. Puis elle rejoindrait Ferdinand, lui préparerait un verre, s'assiérait sur ses genoux, ôterait son chemisier, sa jupe, promènerait les doigts de son mari sur ses dentelles rouges, le renverserait et mettrait à profit les progrès réalisés avec Egon. Le moment était venu pour eux de recommencer à zéro et de retrouver leurs places naturelles, lui occupé à poursuivre sa réussite sociale, elle à offrir son corps et son statut de conjointe.

Cependant, lorsqu'elle rentra chez elle, Ferdinand n'était pas dans le bureau.

Joséphine le trouva assis dans le fauteuil club, seul au milieu du salon, le regard fixe et un dossier sur les genoux : il l'attendait.

— Eh bien, tu n'es pas avec Mélissa ? interrogea-t-elle un peu inquiète.

Il restait silencieux. Elle s'approcha, Que se passe-t-il, Chéri, quelque chose d'anormal ? Que fais-tu immobile dans ce fauteuil ?

Il tendit le dossier.

— C'est une demande de divorce, énonça-t-il avec froideur. Je souhaite que l'on règle ça à l'amiable. Comme tu le sais, j'ai peu de temps libre et je préfère éviter les conversations inutiles.

Joséphine demeura bouche bée, les doigts serrés autour du dossier tandis qu'il se levait et s'éloignait vers la cuisine.

— Je ne veux pas divorcer, dit-elle en le rattrapant.

Ferdinand s'arrêta, se tourna vers sa femme, croisa ses bras.

— Nous n'avons aucune raison de continuer ensemble.

— C'est Mélissa ? demanda Joséphine.

Ferdinand rougit subitement.

— C'est cela, reprit Joséphine. C'est inscrit sur tes traits.

— Ne dis pas n'importe quoi. Ne parle pas de ce que tu ignores. Mélissa est ma collaboratrice, rien d'autre. En revanche, Egon est ton amant. Je te suggère un divorce amiable, un avocat de chaque côté.

Joséphine ferma les yeux. La première image qui lui vint en tête fut celle d'un magazine people t de son nom dans une brève, sous la rubrique « ils s'aiment, ils se séparent ». « Ferdinand Bataille se sépare de sa femme. » Une brève, et ce n'était même pas sûr. Le dossier lui tomba des mains.

— Je ne divorcerai pas.

— Alors Egon témoignera. Je ne le souhaite pas, mais si cela s'avère nécessaire...

Il n'y avait toujours aucune émotion dans sa voix – pourquoi y en aurait-il eu ? Il traitait cette affaire comme les autres. Joséphine comprit cela, et sut que tout était fichu. Les dix dernières années se précipitèrent en désordre dans son crâne. Comment avait-elle perdu aussi bêtement le contrôle ? Comment pouvait-elle dévisser aussi près du sommet ? Elle pleura : Ferdinand, accordons-nous une seconde chance. C'était ridicule et voué à l'échec puisqu'il n'y avait aucun amour entre eux, ni d'un côté, ni de l'autre, seulement cette amertume, ce satané orgueil, se faire abandonner du mari et de l'amant, tuer de ses mains la poule aux œufs d'or, quel malheur et quelle stupidité.

Elle ne ferma pas l'œil de la nuit. Elle songea que sa vie allait changer, et réalisa pour la première fois à quel point elle était facile jusque-là. Trop tard. Elle téléphona à sa mère qui écrivit une longue lettre à Ferdinand, l'implorant de ne pas quitter sa fille – il n'y répondit pas. Elle appela ses beaux-parents qui se déclarèrent effondrés, tentèrent d'intervenir puis renoncèrent lorsqu'ils apprirent que leur bru n'était pas tout à fait celle qu'ils imaginaient. Ils en souffrirent : eux avaient sincèrement aimé Joséphine. Ils s'interrogèrent aussi au sujet d'Egon : comment Ferdinand pouvait-il s'appuyer sur un homme qui l'avait trompé avec sa propre femme ?

Il leur manquait des pièces essentielles du puzzle. Ferdinand aurait aimé leur expliquer qu'Egon, à sa façon, venait de lui rendre un fier service. Il le débarrassait de Joséphine au moment où elle devenait encombrante, où elle risquait de découvrir l'existence de Gillespie, d'intercepter une conversation, de poser des questions inopportunes. Joséphine écartée, il avancerait plus vite. Il n'aurait plus de comptes à rendre sur ses déplacements à Boston ni sur ses heures passées en compagnie de Mélissa. Il n'aurait plus à s'expliquer sur des vacances, des dîners, à gâcher son temps en bavardages inutiles à propos de voitures, de vêtements ou d'enfants non désirés. Il n'aurait plus à vivre dans l'hypocrisie, cette épouvantable prison dans laquelle il s'était jeté dix ans auparavant. Egon l'avait délivré de tout cela : il l'avait délivré de Joséphine et délivré de lui-même.

FERDINAND PRÉCISA À Joséphine qu'elle conserverait son emploi dans la société mais insista pour qu'elle trouve un logement au plus vite. A sa meilleure amie, chez qui elle se réfugia le soir même, la jeune femme jura qu'elle « tondrait la laine » sur le dos de son futur ex-mari. Elle déménagea trois semaines plus tard, un samedi. Lorsque Ferdinand rentra de Boston, l'appartement était vide. Elle avait emporté presque tous les meubles, les tableaux, les tapis, la chaîne hi-fi, la télévision, et même certains cadeaux personnels offerts à Ferdinand, des objets qui lui venaient de sa famille. Elle imaginait sans doute le blesser mais ce fut le contraire. En pénétrant chez lui ce matin-là, Ferdinand sentit sa respiration affranchie, clarifiée. Les pièces lui semblèrent plus vastes et lumineuses, et rien de ce qui avait disparu ne lui manqua. Il consulta son répondeur et trouva un message de son avocat, qui l'avertissait que le divorce serait long.

A présent qu'il était seul, cela n'avait plus aucune importance. Il ouvrit une à une les fenêtres, ramassa les fax qui s'étaient accumulés durant le week-end, s'allongea sur son lit et lut tranquillement le programme de sa semaine.

J'AI TANT VOULU QU'ELLE meure. J'ai si souvent souhaité un accident terrible, une maladie, qu'elle disparaisse, qu'on l'enterre, qu'on la pleure.

J'aurais pleuré avec les autres.

Je finissais par me haïr. Je croisais mon regard dans une glace et je me vomissais.

Lorsque Mark Schenk est mort, j'ai pensé : « C'est injuste, c'est elle qui aurait dû partir. »

J'ignorais que la détestation pouvait me posséder.

J'ai rêvé des dix plaies d'Egypte, je l'ai vue inondée de sang, dévorée par d'ignobles insectes, trouée d'ulcères. Puis l'enfant qu'elle portait n'est pas venu au monde – c'est alors que je me suis fait peur...

Sais-tu, Faustine ?

A présent qu'elle me laisse le champ libre je devrais exulter, mais me voici seule face à dix ans d'obscurité. Les corps étrangers qui m'ont écrasée surgissent en bataillons serrés.

D'abord les enterrer, puis m'autoriser à aimer.

A BOSTON, LES CHOSES avançaient vite. Rob et Doug affinaient sans cesse leurs calculs, Dizzy se concentrait sur l'élaboration d'une voix artificielle. Les premiers essais étaient programmés à la fin du mois d'août. D'ici là, il fallait encore entrer des milliers d'informations, en particulier les données comportementales. Définir les réactions de Gillespie face à l'expression de sentiments au cours de conversations téléphoniques. Lui apprendre la politesse, le fair-play. L'amener à identifier les cas dans lesquels il devrait proposer une réponse de bon sens, et ceux dans lesquels il devrait préférer une réponse analytique.

Ferdinand et Mélissa listèrent ensemble plus de trente mille situations différentes, relevant aussi bien de la sphère professionnelle que de la sphère privée. Ils compilèrent les attitudes de Ferdinand face à la politique, l'économie, les sciences humaines, les faits divers, les questions éthiques. Ils classèrent ses positions (c'est bien, très bien, c'est mal, très mal, ça peut aller, je refuse, j'accepte, j'envisage, je veux aider, je ne le veux pas, on doit trouver une solution qui convienne à tous, etc.), et les répartirent en fonction du type de questions, d'assertions ou de problèmes auxquels Gillespie risquait d'être confronté. La tâche était fastidieuse ; mais à mesure que le temps passait, les algorithmes multipliaient les merveilles. L'équipe passait des nuits à imaginer les applications qu'ils pourraient en tirer au-delà de Gillespie. La fin du travail, on ne parlait plus que de cela. Parfois, Mélissa taquinait les chercheurs.

— Allons, lequel d'entre vous a réellement envie de s'arrêter ?

Ils protestaient, Dizzy jurait qu'il aimerait passer le reste de ses jours à jouer de la trompette au bord d'une plage, Rob assurait qu'il se verrait bien parcourir le monde, Doug qu'il pourrait consacrer sa vie aux échecs. Puis tous riaient et finissaient par avouer qu'ils aimaient passionnément leur métier et qu'ils n'abandonneraient leurs écrans, leurs *bots* et leurs logiciels pour rien au monde.

— Allons : il faudra bien quelques bonnes âmes pour concevoir, entretenir, améliorer la partie technique ! lançait Dizzy. Nous ferons partie des volontaires, voilà tout. En revanche, je suis certain que toi, ma chère Mélissa, ajouta-t-il dans un large sourire, tu accepteras de réduire ton temps de travail à quelques heures par mois.

— Humm, c'est possible. J'ai quelques milliers de livres à lire, autant de films à voir. Et jusqu'ici, environ dix minutes de libre par semaine...

— A chacun selon ses besoins, de chacun selon ses capacités, murmura Ferdinand.

— Ai-je bien entendu ? se moqua Dizzy. Le patron d'une des toutes premières multinationales pris en flagrant délit de propagande marxiste : voilà qui devrait faire couler de l'encre !

— Une société idéale grâce à la technologie. L'homme maîtrisant les ressources et les flux, redécouvrant le temps, la culture et le goût du bonheur ! A condition de réveiller les esprits, de replacer le sens du travail à sa juste place, nous pouvons y parvenir. Que Huxley me pardonne : le meilleur des mondes n'est ni un leurre ni une dangereuse utopie, c'est peut-être notre avenir proche.

— Eh bien, conclut sobrement Doug : nous n'en sommes pas là. Achevons d'abord Gillespie, et nous verrons ensuite ce que nous pouvons faire pour le monde.

FERDINAND VOLE. IL VOLE ! Et renoue avec l'extase.

Il a décrété chez B&B Cosmetics : ne comptez pas sur moi le jeudi matin jusqu'à dix heures trente. Chaque jeudi, il se lève à six heures et se rend à l'aérodrome. Il décolle à sept heures, parfois sept heures et demie. Il vole durant deux heures. Le plus étonnant est que cela n'a rien changé au bureau. Les problèmes se règlent de la même façon. Il n'y a ni plus, ni moins de dossiers posés sur son bureau. Il s'aperçoit qu'il aurait pu s'extraire ainsi depuis toujours, constate que l'entreprise est un organisme vivant qui s'adapte parfaitement au rythme de celui qui la dirige et aux contraintes qu'on lui fournit. Il calcule le nombre d'heures de vol qu'il a ainsi manquées, puis s'interrompt : l'époque n'est plus aux regrets.

Son regard se perd dans le ciel pour s'enfuir

vers Boston. A la Maison Blanche, les logiciels poursuivent sans relâche leurs infinies mutations. Dans le cocon protecteur des machines, ils ont organisé leur sélection naturelle. Ils se promènent sur Internet, se mélangent, se reproduisent dans une gigantesque et silencieuse débauche.

Une lame de joie le soulève, ses mains se crispent sur le manche, ce qu'il aimerait maintenant, c'est serrer Mélissa dans ses bras pour lui dire son bonheur et sa foi.

B&B COSMETICS AVAIT connu d'heureux débuts. Les médias, qui adoraient Wes et Ferdinand, parlaient d'union parfaite entre un financier visionnaire et un manager génial. Les investisseurs se pressaient pour offrir leur participation. L'effectif, convaincu de compter parmi les privilégiés, faisait preuve d'une motivation hors du commun. Dans les grandes écoles, les universités, B&B arrivait en tête des vœux professionnels. Les demandes de stage affluaient, de telle sorte que la société captait les meilleurs candidats du marché, relevant sans cesse le niveau général de son personnel.

Dans les jours qui suivirent la création de l'entreprise, Ferdinand fit un discours public annonçant son intention d'éliminer les politiques, de cultiver la qualité de la vie et de favoriser les talents. Il était rare d'entendre ce type de déclaration de la part d'un grand patron. Cependant, alors que d'autres se seraient vus qualifiés de naïfs et auraient déchaîné les moqueries, Ferdinand suscita un regain d'admiration. La presse évoqua un management du quatrième type et le flux des candidatures redoubla d'intensité.

Wes Bronson ne cachait pas sa joie. Une fois de plus, il avait investi au bon moment, au bon endroit et dans la bonne personne. Tous les indicateurs de résultats étaient au beau fixe : la culbute promettait d'être impressionnante...

Wes était né dans une famille de petits employés. Il n'avait pas étudié, et si son autodidaxie faisait aujourd'hui figure de valeur enviable, il s'était bien souvent senti déconsidéré par ses pairs issus du sérail. Sa réussite ultérieure n'avait jamais guéri ses plaies et son parcours demeurait lié à un constant besoin de revanche. Il avançait sur deux routes parallèles, l'une le conduisant à accroître sans cesse une fortune et un pouvoir déjà considérables, l'autre à épauler et financer des projets et des hommes, parfois sans réelle espérance de gain. Avec B&B, il s'apprêtait à réaliser la synthèse des deux. Ferdinand avait eu une de ses idées géniales pour attaquer le marché des eaux de toilette : utilisant le savoir-faire de Cosmetic Garden sur le parfum et les compétences d'Essential Gum sur les éléments nutritifs, il avait fait plancher ses équipes sur un concept d'eau de toilette aux éléments essentiels. Essential Fragrance, présentée dans un ravissant vaporisateur, promettait aux femmes de nourrir leur peau tout en les parfumant avec délicatesse. Le premier marché-test, réalisé en un temps record, révélait déjà un potentiel énorme. B&B démarrait en fanfare, et promettait d'être la réussite économique de l'année, sinon de la décennie.

Dans le courant du mois de septembre, avec quelques semaines de retard sur le planning fixé, Dizzy avertit Ferdinand que Gillespie était prêt à affronter les premières épreuves. Il lui suggéra de préparer une série de questions et prit date pour le week-end suivant. Ce jour-là, on vit Ferdinand et Mélissa annuler tous leurs rendez-vous de la semaine et quitter précipitamment leur bureau dans un état d'émotion intense. Ils s'enfermèrent chez Ferdinand et composèrent trois listes : l'une comportait des interrogations simples et purement professionnelles (doit-on augmenter le prix de vente d'Essential Gum ? Doit-on racheter tel fournisseur ?), la deuxième faisait appel à des notions subjectives (quel nom choisir parmi trois candidats pour une crème ultra-hydratante ? Quel mannequin pour illustrer la campagne de publicité ?) et la dernière renvoyait à la mémoire de Ferdinand (en quelle année avait-il obtenu son brevet de pilotage ? Comment s'appelait la secrétaire de Mark Schenk ? Où ses parents s'étaient-ils rencontrés ?).

Ils s'envolèrent pour Boston le vendredi suivant à l'aube, à travers un ciel dégagé. Le trajet fut chargé de rêves muets, d'espoirs et de ventres noués. Parfois, leurs regards s'enfichaient l'un dans l'autre, puis se perdaient au-delà des hublots dans le bruit régulier des moteurs. C'était ainsi, c'était la fin – ou le début, c'est selon –, une journée capitale, un tournant dans leur vie. Déjà, les bâtiments trapus de l'aéroport se dessinaient au sol : l'avion atterrissait.

En posant le pied sur le macadam, Ferdinand prit la main de Mélissa. Il n'y avait ni réflexion, ni calcul, il prit seulement sa main dans la sienne et aussitôt sut clairement ce qu'il pressentait depuis si longtemps : cet être-là était sa moitié, son alliée, sa seule épouse.

Le temps se déchira, les secondes s'étirèrent,

– Mélissa, commença-t-il...

Puis il se souvint de leur première rencontre. De ce bras rond, de son trouble, de la douceur de Mélissa.

De la senteur de Mélissa. De son sourire, de ses taches de rousseur, de ses boucles élastiques.

Un goût de pêche, une lèvre pleine, c'est Mélissa, dix ans après.

Un ultrason que son oreille seule perçoit : Mélissa.

Dix ans après la brume s'efface, fait place à Mélissa.

— Mélissa ! hurla subitement une voix couverte par le bruit environnant des moteurs.

Au loin, Dizzy courait vers eux avec des gestes sémaphoriques, comme s'il devinait ce qui allait arriver. Mélissa scrutait Ferdinand avec ses yeux de petite fille sérieuse.

— Mélissa ! Ferdinand ! criait Dizzy, je suis là !

Ferdinand lâcha la main de Mélissa, qui ne broncha pas. Le chercheur était déjà près d'eux et tous trois s'embrassaient avec force.

Mon Dieu, pensa Mélissa.

Mon Dieu, pensa Ferdinand.

Mon Dieu, pensa Dizzy.

L'air était électrique lorsqu'ils arrivèrent à la Maison Blanche, un quart d'heure plus tard. Rob et Doug étaient encore occupés à peaufiner des détails, penchés sur les écrans. En arrière-fond, on entendait un disque de jazz.

— Tu reconnais ? interrogea Dizzy avec une drôle d'expression.

Il prit Mélissa dans ses bras, et fit mine de danser.

— *A Night in Tunisia :* voyons, tu le chantes si bien !

Mais Mélissa ne réagissait pas, encore trop bouleversée par l'instant précédent.

Ferdinand s'approcha des ordinateurs, parfaitement reconcentré.

— Duquel s'agit-il ?

— Gillespie est sur serveur, répondit Doug. Tu peux t'adresser à lui via n'importe quel terminal ici.

Tous s'installèrent face aux machines.

— Eh bien, nous y sommes, énonça Dizzy avec solennité. Première question ?

Mélissa sortit une feuille d'un épais dossier rouge. Dizzy tapa sur son clavier : B&B devait-elle racheter Glikson & Son, le fournisseur des extraits nutritifs utilisés pour Essential Gum et bientôt Essential Fragrance ?

Quatre minutes plus tard, l'imprimante cracha une dizaine de feuillets. Sur le premier, on pouvait lire la recommandation de Gillespie, qui était favorable au rachat. Sur les suivants, on découvrait son analyse et ses préconisations quant aux conditions de l'affaire.

— C'est stupéfiant, dit Ferdinand. Je ne m'attendais pas à un tel degré de concision ni à cette densité dans la réflexion.

— Qu'aurais-tu répondu ? interrogea Dizzy.

— Je serais parvenu à la même conclusion. Mais j'aurais mis beaucoup plus de temps à l'écrire !

— Et encore, intervint Rob, le délai est améliorable. Quatre minutes, c'est beaucoup trop long, le problème était assez simple à résoudre.

Ils entrèrent les questions suivantes. Gillespie répondait avec logique et précision. Son argumentation était limpide, ses choix parfois subjectifs, mais toujours cohérents. À mesure que les sujets défilaient, un sentiment mélangé de joie et d'inquiétude envahissait la pièce.

— Gillespie est plus fort que moi, lâcha Ferdinand. Il intègre des paramètres auxquels je n'aurais pas pensé.

— Ce sont des éléments qui sont en toi, expliqua Dizzy. Mais tu n'as pas la capacité d'un robot à réunir l'ensemble des informations existantes. Tu laisses passer des choses, quand lui est programmé pour tout prendre en compte. Il va chercher dans ta mémoire des faits que tu as momentanément mis de côté. Ce qu'il a de plus, c'est son objectivité, sa vitesse, son absence de ressenti, sa constance, et bien sûr, son énergie jamais défaillante. Gillespie ignore la fatigue et la lassitude.

— C'est cela : il est plus fort que moi, répéta Ferdinand.

— Il ne l'est pas, car il n'est pas autonome, voilà sa limite. Certes, il a la capacité théorique de prendre seul des décisions et de les transmettre, ainsi que de se perfectionner sans cesse – ce qu'il fait déjà aujourd'hui. Mais en pratique, nous le contrôlons. Il nécessite d'être nourri à intervalles réguliers, non seulement de données, mais d'analyses fines que seul un être humain peut fournir.

— Malgré tout, avec la puissance à venir de GRID et les connexions d'Internet... c'est presque effrayant...

— Soyons clairs : le temps viendra où des robots tels que Gillespie sauront aussi s'alimenter seuls. Il faudra alors un sacré bataillon de « gendarmes » pour que le développement de la technologie ne connaisse aucun dérapage. Il faudra des moyens pour que la machine ne s'emballe jamais aux dépens de l'homme. Nous trouverons les moyens lorsque nous aurons mis en lumière les applications possibles à grande échelle. Ceux qui étudient l'intelligence artificielle connaissent et mesurent l'existence de ce risque – très raisonnable à l'heure actuelle.

— Et maintenant, coupa Rob en tendant un téléphone portable à Ferdinand, passons à la voix. Appelle-toi !

Ferdinand saisit l'appareil et composa le numéro donné par le chercheur. « Oui ? » fit sa propre voix. Ferdinand entama alors une conversation surréaliste avec son clone. Après quelques phrases d'usage (comment vas-tu ? Quel temps fait-il chez toi ?), il demanda à Gillespie son avis sur la dernière déclaration de Greenspan, le patron de la Réserve fédérale.

— Je ne l'ai pas entendue, répondit Gillespie, déjouant le piège.

— Comment, tu n'es pas au courant ?

— J'ai été absent ces derniers jours, répliqua Gillespie. Pour convenances personnelles...

— Nous avons composé des stratégies d'évitement, commenta Dizzy. Lorsque Gillespie ne comprend pas la question, il trouve une façon de la contourner. Cela dit, la situation ne devrait pas se présenter souvent. Car Gillespie est aussi programmé pour analyser en continu les informations diffusées par CNN, Bloomberg, AP et Reuters. Si Greenspan avait effectivement fait une déclaration, il l'aurait déjà intégrée.

— C'est absolument fascinant, murmura Mélissa. Nous savions tous que c'était possible, mais c'est une autre chose que de voir Gillespie fonctionner... et parler !

— Les contacts par la voix restent les plus délicats. Une discussion longue est difficile à gérer. Il y a le problème des accents, des intonations, et surtout celui des subtilités de langage. Les sous-entendus, par exemple. Même si Gillespie peut s'exprimer en lieu et place de Ferdinand, il faudra limiter ses interventions. Cela demeurera longtemps une zone dangereuse.

Les essais se poursuivirent toute la nuit. Ferdinand et Mélissa interrogeaient le clone sans relâche, cherchant en vain à le prendre en défaut. A chaque bonne réponse, le visage de Dizzy s'éclairait comme celui d'une jeune accouchée que l'on complimente.

Au petit matin, la conversation prit un autre tour.

— Quand pourrons-nous passer aux choses sérieuses ? interrogea Ferdinand. Si Gillespie est au point, nous devons le mettre dès que possible en situation réelle.

— Halte-là, fit Dizzy. J'espère que tu n'as pas oublié notre accord. Nous n'utiliserons pas ce robot sans précaution.

Ferdinand sourit.

— Que vas-tu imaginer ? Je ne te demande pas d'installer Gillespie à ma place pour prendre un congé sabbatique. Quoique, ajouta-t-il, à la réflexion, ce ne serait pas une mauvaise idée...

Mais Dizzy avait perdu tout sens de l'humour. Il attendait des explications et des engagements.

— Eh bien, mes amis, reprit Ferdinand en savourant par avance l'effet de sa petite bombe, sachez que je vais informer Wes Bronson de l'existence de Gillespie, et que je compte également le convaincre de lui confier temporairement les commandes de B&B.

Wes Bronson ? B&B ? Tous avaient juré de ne jamais laisser filtrer le moindre propos concernant Gillespie, et à présent, il faudrait associer Wes Bronson ? Une paire d'ailes ivres se mit à voleter dans les yeux des chercheurs.

— C'est de la pure folie, s'exclamèrent-ils en chœur.

— Ça ne marchera pas, ajouta Dizzy. Il faut emprunter les canaux habituels : pousser au bout les expériences, rédiger des articles et les publier sur des sites spécialisés. Convoquer des intellectuels pour réfléchir ensemble à la fin du travail et au progrès technologique. Créer le consensus, pour ensuite répandre l'idée et s'atteler enfin à la mise en pratique au sein de l'entreprise.

— Je ne suis pas de cet avis, répliqua Ferdinand. Nous devons imposer les machines pour démontrer leur efficacité. Provoquer une révolution des consciences, or pour y parvenir il nous faut créer un choc et apporter des preuves. Suivre les processus classiques, c'est condamner le projet. Il y aura des craintes, des résistances. On nous prendra pour des fous. Les lobbies des puissants n'auront de cesse que de nous éliminer. Croyez-moi, le chemin le plus efficace consiste à implanter Gillespie au plus vite au sein de l'entreprise, avec l'accord de Wes. Laissez-moi lui parler, faites-moi confiance.

Ferdinand savait être persuasif. Après plusieurs heures de débat passionné, tous finirent par accepter son plan. Il fixa donc rendez-vous à Wes Bronson le mercredi suivant, à neuf heures précises dans un café de Manhattan. Ce matin-là Dizzy relia Gillespie au numéro de mobile de Ferdinand. Mélissa était restée avec lui à Boston, prête à intervenir si le robot montrait quelques lacunes. Toujours ponctuel, Wes se présenta dès huit heures cinquante-cinq. Il s'assit, commanda un café et une eau pétillante, puis ouvrit son journal. Il jeta un coup d'œil à sa montre vers neuf heures dix, puis neuf heures quinze. A neuf heure vingt, il sortit son téléphone de sa poche et appela Ferdinand.

— Oui ? répondit Gillespie.

— Ferdinand, enfin, où es-tu, je t'attends depuis vingt minutes, fit Wes. Que se passe-t-il ?

— J'ai un problème, répondit Gillespie. J'ai été retenu.

— A neuf heures du matin ! J'aimerais savoir par qui !

Au moment où il terminait sa phrase, Wes sentit qu'on lui tapait sur l'épaule. Il détestait ce genre de familiarité, et encore plus qu'on l'interrompe en pleine conversation. Il se retourna vivement et découvrit Ferdinand, assis à la table voisine. Ce qui était très surprenant, c'est qu'il n'avait pas de téléphone à la main.

— Qu'est-ce que c'est que cette blague ? interrogea-t-il.

— Je suis très sérieux, répondit Gillespie à l'autre bout du fil.

— Tu es ventriloque, à présent ? reprit Wes en s'adressant cette fois à Ferdinand.

— Absolument pas, termine ton entretien et parlons-en tous les deux.

Wes éteignit son téléphone, interloqué et un peu agacé.

— Je n'ai pas de temps à perdre en tours de magie. Voyons, quelle mouche t'a piqué ? Serais-tu retombé en enfance ?

— Tout cela n'a rien à voir avec la magie, répondit Ferdinand. Je te dois des explications, mais autant te prévenir, cela va être long : le mieux serait d'annuler tes prochaines réunions. Nous allons d'abord passer une heure dans ce café, puis je t'emmènerai à Boston ; mon Cessna est prêt et j'ai déposé un plan de vol.

Il s'assit face à Wes et commença à raconter Gillespie, l'avance technologique, l'intelligence artificielle, la délégation des tâches, la fin du travail, Dizzy, Rob, Doug et Mélissa. Wes Bronson avait entendu parler de Doug, qui avait fait un an plus tôt la une des journaux en résolvant une célèbre énigme mathématique. Mais il connaissait surtout le nom de Dizzy pour son travail sur les algorithmes génétiques appliqués aux investissements en Bourse.

— Dizzy Djoashvili... J'étais furieux de n'avoir pas été le premier sur les rangs pour acheter son logiciel. Quand je pense que c'est un de tes amis...

— Eh bien mon cher, oublie tes regrets : tu vas pouvoir soutenir une idée bien plus puissante et révolutionnaire...

Wes réfléchit un moment, puis sourit en se caressant le menton. Ce garçon était fou à lier, ou peut-être le plus grand esprit du siècle.

— Ce que tu viens de me relater est à la fois surréaliste et tout à fait plausible, conclut-il. Comme tu peux l'imaginer, je vais avoir besoin de temps et de démonstrations, mais tu as pour le moins aiguisé ma curiosité : partons pour Boston !

Wes n'avait pas exactement les mêmes intentions que Ferdinand. La fin du travail était sans aucun doute une jolie idée... dès lors qu'elle n'entraînait pas la fin du profit. L'ère des loisirs, voilà qui séduirait les masses ; pour lui, c'était autre chose. Il s'ennuyait en vacances et ne se détendait jamais autant que lorsqu'il rachetait, fusionnait, développait les entreprises. Cependant, son esprit agile voyait déjà une autre utilité au déploiement des machines. Là où Ferdinand et ses amis rêvaient d'une liberté gagnée pour tous, là où ils imaginaient un monde plus juste, lui calculait les économies à réaliser sur la masse salariale et les gains en productivité. Moins de travail, c'était surtout moins de feuilles de paie et beaucoup moins d'emmerdements. Les robots n'étaient jamais fatigués, jamais en grève. Ils n'avaient ni syndicats, ni conventions collectives, ni salaires minimums, ni arrêts maladie, ni congés maternité, ni horaires aménagés. Ils ne réclamaient ni sourire de convenance, ni remerciements, ni augmentation. En cas de défaillance d'une machine, on la remplaçait tout simplement, sans état d'âme.

Oui, ce projet l'intéressait. Il allait discuter avec Ferdinand et son groupe de chercheurs. Il évaluerait le nombre de postes à supprimer, mesurerait le coût des machines et de leur maintenance, chiffrerait leur amortissement. Ce serait peut-être, à terme, le plus gros coup financier jamais réalisé.

Sa visite à Boston et les nombreuses démonstrations réalisées par Gillespie achevèrent de le décider : Ferdinand et Dizzy venaient de franchir un cap extraordinaire dans la mise au point des robots intelligents.

— Tu es dans le vrai, lui dit-il, alors qu'ils repartaient pour l'aéroport en compagnie de Mélissa. Lorsque je vois ce que fait Gillespie, je pense que l'on pourrait remplacer les deux tiers de nos employés par ce genre de robots. Je suis également d'accord avec toi sur le procédé. Nous n'arriverons à rien avec un simple débat sur les terrains intellectuels et scientifiques. Les peurs gravitent autour de la notion d'intelligence artificielle. Nous assumerons mieux les levées de boucliers si nous avons des preuves concrètes. Utilisons Gillespie, il nous servira de démonstration. En parallèle, il vous faudra concevoir d'autres clones, destinés à des fonctions moins importantes. Une seule machine ne suffira pas à convaincre, il en faut au moins deux, peut-être trois.

— Je peux annoncer que l'on externalise les études de marché, proposa Ferdinand. Il y a six personnes dans ce service, dont l'une doit prendre très bientôt sa retraite. On reclassera les cinq autres, puis Dizzy, Rob et Doug concevront un robot qui les remplacera.

— Parfait. La fonction études est la plus simple à maîtriser et le prétexte de l'externalisation est idéal : ainsi, nous n'aurons pas à coller à des personnalités précises, comme c'était le cas pour Gillespie. Nous aurons seulement à conférer au robot une histoire et un tempérament cohérent avec son environnement. Mais comment feras-tu pour justifier que personne ne le voit ?

— Je dirai qu'il s'agit d'un spécialiste qui vient d'Europe et que j'ai déjà pratiqué. On lui trouvera une adresse à une centaine de kilomètres de New York, d'où il sera censé travailler à distance. Je suis prêt à parier que personne ne posera la moindre question.

— Bien, reprit Wes. Ensuite, lorsque Gillespie et son collègue – appelons-le Parker –, auront fait leurs preuves, nous révélerons la vérité : le monde comprendra où se trouve son intérêt. Nous construirons alors des robots qui n'auront même plus besoin d'avoir un nom ou une histoire. Ils exécuteront leurs tâches, tout bonnement.

— A notre place, murmura Ferdinand, les yeux dans le vague. Maintenant, parlons un peu de la façon dont Gillespie va me remplacer.

La même nuit, Wes Bronson fit un cauchemar bizarre : il était à l'entrée d'une gigantesque usine, la sienne. Assis derrière une table, il vendait des robots à une file de chefs d'entreprise, posant dans des caisses en bois des liasses de dollars.

Puis subitement, deux ailes immenses descendaient d'on ne sait où, brassant l'air avec une telle force que les billets s'envolaient, bientôt suivis de l'usine, de la table, de la chaise et des personnages, le laissant désespérément seul.

Wes Bronson n'était pas un grand émotif. Pourtant, cette image le poursuivit des jours durant.

Le 10 novembre, après d'ultimes essais à Boston et New York, Ferdinand fit savoir publiquement qu'il était atteint d'une grave allergie à la lumière et qu'il vivrait désormais reclus dans son appartement de Tribeca. Wes donna une conférence de presse au cours de laquelle il déclara qu'il conservait toute sa confiance au président de B&B Cosmetics et précisa que celui-ci, conformément à son souhait, continuerait d'exercer ses fonctions. Il ajouta que Mélissa, bras droit de Ferdinand, servirait d'interface, et assura la communauté financière et le personnel que Tim Goodge et Egon Van Greben seraient en liaison téléphonique régulière avec lui.

A la suite de cette révélation, l'image publique de Ferdinand s'améliora encore pour atteindre un point culminant. On s'attendrissait devant sa souffrance, on admirait son courage. L'icône, l'incarnation du succès était victime d'un sort odieux mais l'affrontait sans faiblesse. Un célèbre magazine titra « LE CAPITAINE SOUFFRE MAIS NE QUITTE PAS LE NAVIRE ». Chez leur coiffeur, les femmes parlaient de cet homme charismatique à la beauté étrange, frappé d'un mal mystérieux. Elles dissertaient sur le rapport avec les cosmétiques, certaines cherchaient un sens caché, un message divin. Dans les trois mois qui suivirent, B&B Cosmetics reçut plus de vingt mille lettres de soutien, dont plusieurs suggéraient des remèdes miraculeux ou des adresses de guérisseurs.

Aucun des membres de l'équipe n'avait anticipé un tel déferlement médiatique. Ferdinand, qui espérait librement profiter de ses mouvements tandis que Gillespie travaillerait à sa place, dut revoir ses plans. Il quitta Manhattan en pleine nuit et rallia Boston le cœur fébrile, pour s'enfermer à la Maison Blanche. Ce qui lui fit le plus de mal, c'est de devoir renoncer à ses tête-à-tête avec Mélissa. Depuis la scène de l'aéroport, ils avaient été constamment séparés. Il faut dire que Dizzy s'employait à compliquer les choses. Egaré entre les sentiments tendres qu'il éprouvait pour Mélissa mais aussi pour Ferdinand, le chercheur avait trouvé en permanence d'excellents prétextes pour les éloigner l'un de l'autre. Si sa disgrâce physique lui laissait peu d'espoir de nouer une relation autre qu'amicale, il tenait au moins à consolider leur trio. N'était-il pas, au fond, celui par qui tout était arrivé ? Sans sa science de l'intelligence artificielle, Ferdinand aurait-il emprunté le même chemin ? Parfois, il se surprenait à penser qu'à eux deux, ils formaient un homme idéal. Beauté, tempérament, savoir, histoire. D'autres fois, il songeait aux regards tristes de Mélissa et se sentait brusquement sans intérêt, transparent. Car la jeune femme ne profitait guère de l'excitation ambiante. Contrainte de demeurer à New York pour assurer le relais auprès de Gillespie, elle flétrissait à vue d'œil. Jamais elle n'avait été si proche de Ferdinand et cependant, jamais elle n'en avait été si loin. La nuit, elle rêvait qu'elle marchait dans le vide. Elle rêvait de scènes érotiques inachevées. Son corps manquait d'amour mais elle ne voulait plus d'hommes de passage. Elle ne désirait qu'une seule peau, un seul sexe, une seule bouche, avec avidité. Une nouvelle ère pouvait bien arriver, elle avait ses propres priorités.

A l'autre bout de Manhattan, c'est par la presse que Joséphine apprit la maladie de Ferdinand. Ulcérée de ne pas en avoir été informée directement par l'intéressé, elle envoya à son avocate une télécopie stipulant qu'elle souhaitait accélérer la procédure de divorce et augmenter de quinze pour cent le montant de la prestation compensatoire demandée. Depuis son départ de l'appartement, elle n'avait croisé Ferdinand qu'une seule fois, au moment de la signature des premiers papiers. Elle avait insisté pour qu'ils se voient chez elle et lui avait tendu un piège à sa façon : lumières tamisées, décolleté généreux, nombril à l'air, jasmin envoûtant, sourire mielleux et promesses surréalistes. En pure perte : Ferdinand s'était contenté de boire un grand verre d'eau et de signer au plus vite avant de disparaître. Ce fut le dernier acte civilisé entre eux. Dès qu'elle eut la certitude que tout était perdu, Joséphine ne songea plus qu'à tirer un profit maximum de son mariage. Elle constitua un dossier listant tous les dîners organisés par ses soins ainsi que les sorties mondaines du couple. Elle accumula des lettres de témoignages en sa faveur – une tactique curieuse pour un divorce à l'amiable. Son avocat, une féministe enragée qui ne possédait qu'une version de l'histoire, lui avait promis monts et merveilles. C'était gagné d'avance, assurait-elle : d'un côté, un homme brillant, séduisant et riche qui abandonne sa femme au faîte de la gloire, de l'autre une épouse dévouée aux revenus personnels modestes, qui a participé depuis l'origine à la réussite de son mari au prix de sacrifices professionnels importants – l'épisode de la Fondation avait été abondamment commenté. Le tribunal, avait prédit l'avocate, ne perdrait pas son temps dans une affaire aussi limpide ; il ne s'agissait plus que de s'accorder sur un montant.

Seulement voilà qu'au moment où les choses semblaient parfaitement engagées, on apprenait cette fameuse maladie. Quelle tuile ! De mari indigne et égoïste, Ferdinand devenait une victime saluée par tout un pays. Quel juge infligerait une punition supplémentaire à un homme populaire et brisé ?

L'avocate mit la jeune femme en garde. Plutôt que d'accélérer la procédure, elle conseilla d'attendre que l'agitation diminue autour de Ferdinand. Il ne restait plus qu'à espérer un miracle, souligna-t-elle, un élément nouveau, mais enfin, lequel pouvait-on espérer ?

Le 15 novembre, Gillespie entra en fonction et aussitôt, il se comporta à merveille. Mélissa recevait les messages, les transmettait au serveur, récupérait les réponses et les traitait. Une fois par semaine, elle organisait des rendez-vous téléphoniques avec des interlocuteurs triés sur le volet qui entretenaient ainsi la légende sans le vouloir. Un week-end sur deux, elle retrouvait à Boston Dizzy et Ferdinand pour étudier les réactions de Gillespie et anticiper les situations futures. Invariablement, Ferdinand approuvait les décisions du robot. Les chercheurs exultaient. Tout se déroulait comme prévu, et même mieux. Ils se sentaient bénis des dieux et confortés dans leur mission. La petite communauté vivait dans la fébrilité. Seule Mélissa échappait toujours à la joie ambiante. Par moments, elle regrettait presque la réussite de Gillespie. Le clone lui avait enlevé Ferdinand à un moment crucial : désormais cloîtré vingt-quatre heures sur vingt-quatre entre les hauts murs de la Maison Blanche, celui-ci semblait avoir fait le deuil de leur relation. Il parlait, pensait, rêvait Gillespie. La nuit, lorsque Rob et Doug se couchaient épuisés, il dissertait encore des heures avec Dizzy sur la forme que pourrait prendre un nouveau monde. L'éveil des consciences serait-il assez puissant pour renverser les schémas de pouvoir ? A quel prix pouvait-on envisager une coopération des médias ? Les médias, c'était la grande angoisse de Ferdinand. Les maîtres illégitimes du monde, qui manipulaient et cultivaient les croyances en fonction de leurs intérêts propres, et à la perfection. Saurait-on les circonvenir ? Comment faire circuler l'information sans utiliser leurs canaux ? Comment faire savoir la vérité aux quatre coins de la planète ? Comment apprendre aux gens combien ils sont asservis et instrumentalisés, endormis dans l'illusion d'un libre arbitre ? Comment leur annoncer Gillespie, comment leur dire les implications positives de la technologie ? Comment leur prouver qu'ils peuvent vivre autrement ?

— Allons, tentait Mélissa, il est trois heures du matin, vous devriez dormir tous les deux.

— Sûrement pas, coupait Dizzy. Nous avons peu de temps devant nous, et pas le droit à l'erreur. Le sommeil attendra.

Mélissa soupirait. Elle se sentait si seule, et à présent que son enthousiasme s'était évaporé, elle commençait à douter, elle avait peur. Cinq personnes et quelques machines pourraient-elles lutter contre le poids de l'inertie, de l'histoire et des peurs séculaires ? Qu'adviendrait-il d'eux ?

Dans ce tourbillon de sentiments contradictoires, d'efforts et de fatigues, la construction du deuxième robot avançait à grands pas : Parker promettait d'être opérationnel le mois suivant, et il était temps de préparer le terrain. On programma donc Gillespie, qui contacta Egon et lui communiqua son intention d'externaliser le service des études. Il expliqua sa démarche, insista sur le reclassement des personnes touchées et dit le plus grand bien d'un certain Charles Parker, un spécialiste anglais installé depuis peu aux Etats-Unis. Pas une seconde Egon ne songea à discuter les recommandations de Ferdinand-

Gillespie. Il avisa les personnes concernées et nota les coordonnées de Charles Parker – une simple boîte postale et une adresse e-mail. Six semaines plus tard, ce dernier entrait en scène avec un franc succès. Parker était sans conteste le meilleur chargé d'études qu'on ait jamais connu chez B&B. Ses analyses étaient claires, pointues, étayées. Il confrontait ses résultats avec des banques de données que personne n'avait jamais pris le temps de consulter. Et surtout, il était tellement sympathique ! Dizzy s'était amusé à lui conférer la voix de Doug et y avait ajouté astuces et tics de langage pour construire une personnalité joviale. Parker était vraiment un collaborateur idéal, toujours à l'écoute, patient, prêt à vous demander des nouvelles du petit dernier et à s'intéresser à votre maison de campagne. Il avait une manière bien à lui de pousser des « Ooohh, magnifique ! » d'admiration qui vous réconfortaient les esprits les plus chagrins. Le seul reproche que lui faisaient les cadres de B&B, c'était d'habiter loin et de ne pas leur donner le plaisir de prendre un bon déjeuner ensemble.

A Boston, la Maison Blanche était en effervescence. Dizzy, Rob et Doug commençaient à rédiger les articles qu'ils comptaient publier à l'issue de l'expérience. Sans oser le nommer, chacun rêvait au prix Nobel. De son côté, Ferdinand réfléchissait à la meilleure manière de révéler au monde son projet. Cependant, Wes exigeait qu'on soit prudent. Il souhaitait prolonger l'expérience jusqu'au début de l'année suivante avant de la rendre publique : si l'on voulait prouver l'efficacité des robots, il fallait tenir dans la durée. Le moment venu, on mettrait Tim et Egon dans la confidence, puis on convoquerait les médias. On réitérerait la petite mise en scène dont avait bénéficié Wes : une conférence de presse téléphonique avec Gillespie, suivie de l'apparition de Ferdinand dans la salle. Il faudrait anticiper les réactions, les questions, les craintes. Avancer des réponses techniques mais aussi un projet social, élaborer une dialectique verrouillée, contrer les lobbies, car forcément, le feu menacerait de toute part. Il y avait fort à faire, mais tous étaient déterminés. On travailla ensemble un discours irréprochable. Les trois chercheurs se concentrèrent sur le raisonnement scientifique, tandis que Ferdinand et Wes calculaient les incidences économiques et financières au niveau d'une entreprise, d'un secteur, d'un pays, poussant même l'extrapolation à l'échelle du monde. Mélissa compila les textes écrits par les intellectuels, les politiques et les philosophes de tous bords sur le travail, sa valeur, son rôle social et sa répartition, et étudia le fonctionnement des sociétés traditionnelles aussi bien que contemporaines.

A intervalles réguliers, tous se rassemblaient à la Maison Blanche, s'installaient en cercle dans le salon et échangeaient leurs réflexions dans des discussions animées. On argumentait, contre-argumentait, on se faisait l'avocat du diable, on traquait les failles. Peu à peu, la théorie prenait forme. La fin de l'année approchait dans l'ivresse. Ferdinand songea qu'il vivrait bientôt son plus bel anniversaire. Il n'aurait plus à mentir, à se cacher. Il terrasserait ses démons et donnerait un sens à sa vie. Il participerait à une révolution historique, une révolution propre, heureuse, déterminante pour l'équilibre de la planète et l'avenir de l'homme. Il pensa à ses parents, à leur souffrance lors de l'annonce de son allergie. Il avait dû se montrer désagréable, cassant avec sa mère qui le suppliait de la laisser lui rendre visite. Cependant, le cadeau qu'il s'apprêtait à leur faire valait bien quelques inquiétudes : lorsqu'ils comprendraient l'ampleur de son projet, leur fierté serait totale. L'honneur paternel serait lavé. Son existence douloureuse, récompensée. Il pourrait redresser la tête, raconter son histoire. Les amis, les voisins, les anciens collègues viendraient les féliciter d'avoir donné naissance à un pionnier de la modernité et se désoleraient de n'avoir pas mieux compris la solitude d'une famille. Il poserait entre père et mère, inscrivant l'image de sa famille unie dans la confiance et l'éternité.

A quelque trois cents kilomètres de là, alors que Ferdinand se perdait en rêveries, Joséphine chercha à le joindre par téléphone. Mélissa gagna du temps, prétendit qu'il était occupé, la pria d'envoyer un e-mail ou un fax, promit qu'elle transmettrait le message. Mais Joséphine n'apprécia guère son intervention. Depuis quand l'hypocrite péronnelle se mêlait-elle de ses affaires privées ? Elle tenait à entendre celui qui était encore son mari devant la loi, et n'avait aucun besoin d'un intermédiaire du genre aventurière à taches de rousseur. Ce qu'elle voulait, c'était vider son sac et rediscuter avec lui en dehors de leurs avocats ou de qui que ce soit d'autre. Et comme Ferdinand ne la rappelait pas, elle téléphona à nouveau en fin de semaine. Cette fois, Mélissa était en route pour Boston et Joséphine tomba sur la secrétaire de Tim Goodge. Celle-ci avait pour consigne de noter les messages et de ne rien transmettre, mais n'osa pas s'opposer à la détermination et l'aplomb rageur de Joséphine. Sans s'en douter, elle la mit ainsi en contact avec Gillespie : ce fut le premier faux pas. Les chercheurs avaient sous-estimé un sujet bien particulier dans la programmation du robot. Et lorsque Joséphine, croyant amadouer son mari, évoqua leurs souvenirs au lit en utilisant un lexique très personnel, Gillespie se trouva perturbé, s'emballa et répondit avec un ton hésitant par des formules polies telles que « je ne comprends pas de quoi tu veux me parler », « peux-tu préciser ta pensée » ou pire encore, « pourrais-tu reformuler s'il te plaît ».

Joséphine raccrocha troublée. Ce comportement était tout à fait anormal. La nuit suivante, elle dormit très mal et retourna mille fois la situation dans sa tête. Puis à l'aube, l'explication surgit, lumineuse : Ferdinand avait bel et bien une liaison avec Mélissa ! Elle n'avait jamais pu le prouver. Mais cette fois, tout concordait : la façon dont Mélissa faisait barrage, cette voix gênée et ces commentaires artificiels de Ferdinand : nul doute qu'elle les avait interrompus à un moment crucial. Et cette fameuse allergie qui tombait à pic pour dissimuler une double vie en pleine procédure de divorce ! A présent, le puzzle se reconstituait : les silences, les réponses évasives à propos d'un mystérieux projet, les départs en week-end de travail. Elle se souvenait aussi de l'habileté avec laquelle Ferdinand avait éludé ses questions à propos de Mélissa, lorsqu'il lui avait demandé le divorce. Il n'avait parlé que d'Egon et bêtement, elle s'était laissé prendre au piège. Oui, tout était clair : son cher futur ex comptait lui laisser assumer seule le rôle du conjoint adultère tout en s'envoyant au septième ciel dans les bras de sa secrétaire.

La perspective de voir le rapport de forces s'échanger et de reprendre la main dans leurs négociations apporta à la jeune femme un regain d'énergie. Encore fallait-il s'armer. Elle contacta un cabinet d'enquêteurs privés renommé à qui elle fournit une photo de Mélissa, l'adresse de Ferdinand et différents éléments sur leurs habitudes et leurs relations, ainsi qu'un gros chèque d'acompte. Les enquêteurs se mirent en chasse aussitôt, se relayant à Tribeca. En vain : personne n'entra ni ne sortit de l'appartement de toute la semaine. Le vendredi, Mélissa fut photographiée quittant B&B, puis empruntant le chemin de l'aéroport et s'engouffrant dans un terminal à destination de Boston.

Joséphine ne releva pas immédiatement ce détail, supposant que Mélissa rendait visite à Dizzy. Toutefois, lorsque pour la deuxième semaine consécutive, le détective rapporta que l'appartement de Ferdinand semblait toujours aussi désert et que Mélissa s'envolait à nouveau pour Boston, Joséphine lui demanda de sauter dans le premier avion et de poursuivre son investigation sur place.

Ce que rapporta l'enquêteur à la fin du week-end fut édifiant. Il avait suivi Mélissa jusqu'à la Maison Blanche. Après avoir observé les allées et venues, il avait payé grassement un voisin pour grimper dans son arbre. Posté entre deux branches, en contre-haut des murs, il avait surpris Ferdinand vaquant derrière les fenêtres de la maison et même, à deux reprises, se promenant dans le jardin. Le grand allergique à la lumière, le héros malheureux sur le sort de qui l'Amérique avait sangloté, profitait sereinement du soleil sur une pelouse de Boston. D'autres photos, prises au téléobjectif, montraient à travers les baies vitrées une accumulation de matériel informatique sophistiqué, des cartons de pizzas ouverts, des cendriers pleins, des verres traînant un peu partout et des piles de documents. L'enquêteur ajouta que cette maison ressemblait plus à un laboratoire qu'à un endroit de villégiature, que trois autres hommes y vivaient penchés quinze heures par jour sur des écrans et n'en sortaient que pour faire des courses alimentaires. Quant à la supposée liaison entre Mélissa et Ferdinand, elle semblait inexistante. Il n'avait pas surpris le moindre geste équivoque. Des têtes penchées, des regards tendres tout au plus, mais ni baiser, ni mains serrées, ni corps enlacés. Sur ce plan, la filature avait échoué.

Joséphine s'empressa de le rassurer. Elle se moquait bien, à présent, de savoir si ces deux-là couchaient ensemble. Elle avait désormais bien mieux, l'arme atomique : Ferdinand mentait ! Lui qui vantait son intégrité avait trompé l'Amérique ! Elle allait jeter à la face du monde

– et du tribunal – quelle sorte de manipulateur, quelle sorte d'illusionniste il était. Elle avait gagné.

Elle félicita l'enquêteur, lui rappela qu'il était tenu au secret professionnel, signa un nouveau chèque pour s'assurer de sa coopération : il lui fallait réfléchir tranquillement, surtout ne pas se précipiter et profiter de la jouissance.

La bombe éclata peu avant Noël. Joséphine avait vendu l'exclusivité de l'information à une importante chaîne de télévision et à un quotidien influent. Les Américains sous le choc découvrirent en première page des photos de Ferdinand assis sur le banc de teck au fond du jardin, prenant un café avec Mélissa. Ferdinand en pleine forme, plaisantant et tapant sur l'épaule de Dizzy, Ferdinand ouvrant la fenêtre de la cui sine. Il n'y avait pas d'allergie.

Ce matin-là, l'air était froid et le ciel bleu acier. A la Maison Blanche, tous dormaient encore, ignorant que déjà la rumeur courait de ville en ville. Le cri brutal de la sonnette les tira de leur sommeil. Rob descendit le premier, sortit de la maison en peignoir et s'avança jusqu'à la grille. Devant lui, une camionnette de la télévision et une demi-douzaine de voitures de journalistes formaient un arc de cercle menaçant.

— Où est Bataille ? Où se cache-t-il ? scandaient des dizaines de voix. Ferdinand, dehors !

Rob écarquilla les yeux : le ciel était-il en train de lui tomber sur la tête ?

— Qu'il s'explique, hurlait la meute. Qu'il sorte, nous voulons lui parler !

Le chercheur rebroussa chemin, rentra dans la maison et referma la porte derrière lui. Toute l'équipe, descendue quatre à quatre des chambres, s'était massée dans l'entrée.

— Ils me veulent, n'est-ce pas ? dit Ferdinand, dont les mains se mirent à trembler légèrement.

— C'est trop tôt, intervint Doug. Que savent-ils exactement ? Que doit-on leur répondre ?

Chacun tentait de rassembler ses esprits et de calmer son angoisse.

— Ça ne devait pas se passer ainsi, fit Dizzy avec gravité. Ce n'est pas bon. Merde, qu'est-ce qui a bien pu arriver ?

— Peu importe, nous n'avons plus le choix, dit Ferdinand. Je dois assumer, je vais leur expliquer. Les choses surviennent plus vite que prévu, voilà tout. Nous nous adapterons.

Déjà, il s'habillait. Mélissa et Dizzy demeuraient silencieux, tandis que Doug et Rob se lamentaient, oh non, ce n'était pas bon du tout, quelle catastrophe.

— Je suis prêt, annonça Ferdinand. Je vais les rencontrer. Vous tous, quittez la maison, trouvez un endroit tranquille. Je dois gérer cela seul. Sortez par la porte de derrière, nous aviserons ensuite.

— Je ne partirai pas, fit Mélissa si pâle que sa peau en devenait transparente. Je resterai avec toi, tu auras besoin d'aide.

Mais Ferdinand rétorqua sèchement qu'il ne lui laissait pas le choix. Ils convinrent tous ensemble qu'ils se retrouveraient au plus tôt chez Dizzy, dans sa maison de Floride.

— Wes doit déjà être au courant, ajouta encore Ferdinand. Appelle-le tout de même, Mélissa : on ne sait jamais. Et ne vous inquiétez pas, ils comprendront, puisque nous sommes dans le vrai. Allons, soyons gais, la fin du travail est pour demain !

Tous s'embrassèrent. Ils avaient le même sourire forcé, le même œil inquiet, les mêmes tempes moites, le même cœur écrasé. Dizzy attrapa Mélissa par le coude et la poussa vers l'arrière.

— Je me sens si dévastée, murmura-t-elle.

La porte s'ouvrit sur la clameur glaçante des journalistes et les insultes des badauds.

Ferdinand fit de son mieux. Il parvint à garder son calme et avertit qu'il ne répondrait à aucune question avant d'avoir fait sa propre déclaration. Puis il invita les représentants des médias à pénétrer dans la maison. Devant les murs d'ordinateurs, il exposa son projet le plus synthétiquement possible, puis il téléphona à Gillespie. Les journalistes sidérés assistèrent à une conversation surréaliste entre Ferdinand et son double, au cours de laquelle le robot défendit sa cause avec ardeur. Mais pouvait-on résumer en quelques minutes une réflexion de plusieurs mois – voire d'une vie ? Ceci face à une assemblée hostile qui cherchait ouvertement à vous déstabiliser, vous interrompait, vous agressait même ? Lorsque Ferdinand évoqua, après l'épisode Gillespie, l'existence de Parker, ce fut un tollé général.

— Alors, il y en a un autre ! s'écria une femme. Combien sont-ils précisément ? Combien autour de nous sans que nous le sachions ? Doit-on s'interroger à chaque fois que l'on passe un coup de fil ? Sommes-nous dans un cauchemar tiré d'une œuvre de science-fiction ? J'aimerais savoir si je m'adresse à un être humain ou à une machine lorsque je décroche mon téléphone !

— Chère madame, répondit Ferdinand, ils ne sont que deux. Cependant, vous devriez souhaiter en avoir un troisième face à vous lorsque vous réserverez vos prochaines vacances. Un robot vous garantira une qualité de service bien supérieure à celle que vous offre votre agent de voyages habituel. Il sélectionnera l'ensemble des propositions qui correspondent à vos besoins, partout dans le monde, au meilleur prix. Il inclura des critères auxquels vous n'auriez pas pensé, par exemple la sécurité de la compagnie d'aviation qui vous transportera ou le confort des sièges si la durée du transport est élevée. Il vous alertera lorsque vous approcherez des délais d'annulation. Et pendant qu'il traitera votre demande, des hommes et des femmes se consacreront à leurs passions.

— Vous êtes ignoble, répondit la femme. Vous avez trompé vos employés, vos concitoyens, votre propre famille, et vous voulez continuer en tentant de nous faire croire à une utopie. C'est un peu gros. Cessez de prendre les autres pour des imbéciles ou des naïfs. Vous êtes le mélange d'un savant fou et d'un dangereux mégalomane. Ce que vous proposez, c'est un futur déshumanisé, rien d'autre.

Sa tirade fut ponctuée des applaudissements de ses confrères. De son projet social, de sa vision du monde, personne ne semblait rien entendre. Ce qu'ils voulaient tous, c'était de l'émotion forte, du danger, de l'insécurité.

Les médias avaient fait de Ferdinand une star ; il leur fallut moins de vingt-quatre heures pour le mettre à terre. On lui reprocha d'abord d'avoir abusé de la confiance des autres. On le qualifia de traître, de fourbe, d'égoïste. On cracha sur son passage, on imprima des t-shirts barrés de la phrase : *Allergic to darkness.*

Puis on souleva la question des robots. Toutes les craintes endormies ressurgirent en masse, brassées en boue incohérente. Prise de pouvoir des machines, négation des libertés individuelles, manipulation des masses, grand ordonnateur, on agita des thèmes sortis tout droit des vieux films de science-fiction. On parlait de Big Brother, de la fin des libertés individuelles, d'éthique bafouée.

Dans cette cacophonie, quelques voix s'élevèrent pour débattre de la fin du travail. La théorie de Ferdinand, bien qu'étouffée, avait touché les gens les mieux informés sur les découvertes scientifiques, des intellectuels déjà sensibilisés au sujet, certains esprits progressistes qui réfléchissaient de leur côté à l'avenir de l'homme. Dans les tribunes libres de la presse du monde entier, des articles vinrent soutenir sa thèse. Oui, la planète et la société humaine pouvaient trouver un autre équilibre, la notion de travail pouvait être reconsidérée et les machines mises à contribution. Oui, techniquement, moralement, socialement, la chose était possible à condition que des peuples entiers acceptent de revoir leurs structures et leurs valeurs. A condition de volonté et d'espoir.

Hélas, ces voix-là n'étaient pas assez nombreuses et pas assez puissantes. Elles n'intéressaient ni les journaux à scandales, ni les télévisions à audience : le discours qu'elles tenaient était moins croustillant que la perspective d'un monde à la George Orwell ou la chute d'une icône. Mais surtout, elles n'étaient pas les bienvenues parmi les groupes de pouvoir qui dominaient l'économie planétaire. Les propos de Ferdinand furent détournés, interprétés et amplifiés, puis ridiculisés. On le traitait de néo-marxiste dépassé, on parlait de dépression nerveuse.

A l'épicentre de ce déchaînement médiatique, Joséphine connaissait une glorification proportionnelle à la descente aux enfers de son époux. Elle était la nouvelle héroïne, celle à qui l'Amérique pouvait dire merci, car elle avait démasqué l'imposture. Dans les interviews qu'elle accordait par wagons, elle dépeignait Ferdinand comme un homme pervers et égocentrique. Elle raconta en détail la solitude de sa grossesse, sa fausse couche, l'indifférence du père. Saisie d'inspiration, elle confessa même avoir eu une liaison après cet épisode – mais quelle femme, plongée dans un tel désarroi, ne chercherait-elle pas à s'appuyer sur une épaule réconfortante ?

Cet aveu – qu'elle fit en écrasant une larme devant les caméras – lui valut la sympathie générale : elle avait osé dire la vérité, alors même que son divorce n'était pas prononcé. On la jugea honnête et courageuse quand elle était rusée et cynique. Ce fut à son tour de poser pour les photographes, dans une tenue soigneusement calculée, sage et sexy à la fois. A son tour également de recevoir un épais courrier du cœur. Elle jubilait : cette fois, c'était elle qu'on célébrait en pleine page. Elle avait finalement atteint son objectif : être célèbre, reconnue et riche. Riche, car dans ces conditions, la décision du tribunal serait forcément à son avantage. Elle allait toucher le jackpot. Son seul souci, désormais, serait de savoir comment dépenser son argent. Achèterait-elle cet appartement à Central Park, comme elle en avait si souvent rêvé ? S'offrirait-elle une tournée chez les grands couturiers ? Une chose était sûre : elle organiserait une fête à tout casser en compagnie de ses nouveaux amis – journalistes mondains, actrices de soap opera, épouses divorcées de riches hommes d'affaires, starlettes du club de yoga.

Joséphine, cependant, avait oublié un point capital. En détruisant Ferdinand, elle détruisait B&B Cosmetics, ruinait son mari et anéantissait ses propres espérances de gain. Dès l'annonce du mensonge de Ferdinand et de l'existence des robots, le cours de la Bourse s'écroula, chutant de soixante-quinze pour cent en moins de quatre heures. Deux jours plus tard, une majorité du personnel de l'entreprise se rassemblait en association pour porter plainte contre Wes et Ferdinand, et exigeait des compensations qui se chiffraient en centaines de millions de dollars.

Parmi eux, l'équipe des études se montra la plus belliqueuse et indiqua qu'elle chercherait à obtenir en plus une peine de prison. Dans la foulée, différents partenaires économiques de B&B, des sous-traitants aux gros investisseurs, se joignirent aux plaignants, ainsi qu'une foule de petits actionnaires. Chacun se sentait floué, atteint dans son orgueil : nombreux étaient ceux qui souffraient avant tout des remarques de leur conjoint ou des moqueries de leurs amis. Le sentiment d'avoir été utilisé, d'avoir collaboré à son insu avec des machines, de leur avoir obéi en toute innocence, occultait toute possibilité de réflexion quant à l'importance de l'expérience. Tim et Egon, notamment, étaient mortifiés de n'avoir pas été jugés assez intelligents pour être mis dans la confidence. Ceux-là étaient les plus hargneux – Egon s'était même retourné un moment vers Joséphine, allant jusqu'à lui proposer de témoigner avec elle sur la fraction commune de leur histoire.

La jeune femme comprit qu'elle allait tout perdre par sa propre faute, et qu'elle aurait mieux fait de se contenter d'une bonne pension alimentaire. Mais c'était trop tard. La mécanique s'était emballée.

En Floride, Doug, Rob et Dizzy assistèrent impuissants au naufrage. Mélissa avait fini par rentrer à New York pour prêter main-forte à Ferdinand contre son gré. Elle avait été rejointe par Faustine, qui avait volé à son secours en apprenant l'affaire.

— Tu comprends, je ne pouvais rien te dire des détails, cela faisait partie du pacte. Nous avions tous juré le silence.

— Je comprends. Mais comme tu peux le constater, le silence n'était pas la meilleure tactique.

— Comment aurions-nous dû procéder ?

— Il fallait s'appuyer sur le MIT, ou un autre organisme équivalent. Concevoir une expérimentation à échelle réelle, certes, mais en créant une entreprise de toutes pièces, d'une taille raisonnable... Et bien entendu, informer les employés et toutes les personnes concernées en avant-première pour s'assurer de leur appui !

— Ce que nous avions en tête, répondit Mélissa, c'était de tout révéler simultanément aux employés et aux médias. Mais voilà, le destin en a décidé autrement. A présent, il me semble que notre petit groupe s'enfonce dans des sables mortels.

Elle avait quitté B&B Cosmetics. Elle possédait une petite épargne qui lui permettait de patienter et observer l'évolution de la situation. Dizzy aussi avait démissionné. Il ignorait encore s'il serait poursuivi avec Ferdinand au titre d'une quelconque complicité mais préférait éviter de mêler le MIT à ses propres engagements. Par la force des choses, Doug et Rob n'avaient plus d'emploi, mais n'étaient pas inquiets : les scientifiques de leur niveau étaient rares. Ils avaient travaillé sous contrat avec Ferdinand, et il était peu probable qu'on les inquiète. En attendant, Wes subvenait à leurs besoins. Celui-ci, à sa grande surprise, était relativement épargné par la polémique. La personnalité de Ferdinand, sa trajectoire, sa position centrale dans les médias avaient concentré sur lui la plupart des attaques. Le financier en profita pour édifier son plan. Il savait qu'il allait payer un lourd tribut : il y avait l'effondrement de B&B et ce maudit procès, dont il flairait l'issue désastreuse. Mais il était assez fortuné pour supporter ce genre de revers et songeait déjà à l'étape suivante. Depuis quelques semaines, il multipliait les rencontres discrètes avec des personnalités du plus haut niveau. A ses interlocuteurs, il ne parlait guère de réformer le monde, mais plutôt d'intérêts économiques, de gains de productivité et de profits. Déjà, un bon nombre d'entre eux s'intéressaient à Gillespie et Parker, et s'étaient déclarés prêts à soutenir une prochaine initiative – lorsque la tempête se serait calmée. Il restait donc à sortir de ce mauvais pas de la meilleure façon possible. Wes réunit les meilleurs avocats de la place et les motiva avec un contrat exceptionnel. Ces derniers conseillèrent d'isoler le plus possible les responsabilités et de minimiser le rôle de l'homme d'affaires. On rappellerait qu'à peine un an plus tôt, Ferdinand était encore présenté dans tous les milieux économiques comme un homme providentiel, un génie visionnaire : qui ne se serait pas laissé convaincre par ses projets ? On plaiderait l'aveuglement, l'ignorance... Une seule victime expiatoire suffisait : si Ferdinand acceptait de rester au centre du débat, Wes pourrait tirer son épingle du jeu et préparer l'avenir.

A la suite de cette recommandation, Wes et Ferdinand s'enfermèrent une journée entière dans un bureau. Rien ne filtra de leur conversation, si ce n'est leur décision : Ferdinand acceptait de revendiquer l'essentiel de la responsabilité.

Le procès eut lieu quelques semaines plus tard : le public réclamait la tête de Ferdinand et en haut lieu, on avait décidé d'accélérer les procédures. Toute l'équipe se retrouva sur le banc des accusés. Tous défendirent à leur façon la théorie de la fin du travail ou au minimum, d'une science utile. Dans l'enceinte du prétoire, enfin ils étaient libres d'exposer en détail leur projet et ne s'en privaient pas. Au fond de nous tous, interrogeait Ferdinand, ne sommeille-t-il pas un être bon, doué de générosité, prêt à sauver le monde ? Pouvons-nous au XXIe siècle nier que les schémas socio-économiques dans lesquels nous vivons cultivent l'injustice et accélèrent notre malheur ? Pouvons-nous nier que nos freins s'appellent le confort, l'argent, la peur ? Nous agissons individuellement pour sauver notre peau, car aucun d'entre nous n'a plus confiance en ce monde. Nous nous mentons, car nous connaissons tous la vérité. Nous nous savons gouvernés et pressés par l'économie libérale et la mondialisation. Nous voyons des millions de nos semblables broyés par le système, nous voyons des peuples entiers mourir à petit feu mais nous fermons les yeux, nous cautérisons de petites blessures en laissant le cancer se développer. Pourtant, vous et moi serons peut-être les prochains condamnés. Nous n'aurons pas été assez performants, ou nous ne serons plus utiles, ou nous pèserons sur la rentabilité. Nous serons mal notés, sanctionnés, éliminés. Nous pouvons pourtant inverser la vapeur. Nous pouvons confier le travail à la science et aux machines et vivre dans une société différente, où la solidarité, la culture, l'épanouissement personnel et les loisirs seront des priorités. Le chantier est lourd, mais pas impossible.

Plus d'une fois, son discours ébranla les jurés. On les vit hocher la tête – combien d'entre eux savaient leur existence dépendante de leur emploi. Cependant, les médias avaient décidé de l'issue des débats avant même qu'ils débutent. Les comptes rendus d'audience ne parlaient que de duplicité et de tromperie. Les avancées scientifiques réalisées par les chercheurs, pourtant considérables et étayées, ne trouvèrent qu'un maigre écho, et encore, dans des publications spécialisées à tirage minimum. Tandis que le témoignage de Joséphine s'étalait dans tous les journaux, ceux de douze physiciens du CERN et du MIT, dont Faustine, passèrent inaperçus. Un journal populaire publia des photos de l'appartement de Tribeca et du Cessna, assorties de commentaires caustiques sur la prétendue vision du monde d'un multimillionnaire. Quant aux plaidoiries des plaignants, elles furent interminables et parfois grotesques : des syndicats, des partis politiques, des associations farfelues défilaient au nom du droit à l'information, espérant tirer bénéfice du procès. Au total, trois cent trente-sept millions de dollars furent réclamés, dont les deux tiers à Ferdinand en personne. Il était riche, mais pas à ce point : la totalité de ses biens furent saisis et ses comptes en banque liquidés sous le regard tétanisé de Joséphine. Le calcul était simple : elle ne toucherait pas un cent de son divorce. Sa récente notoriété et les trente mille dollars qu'elle avait encaissés pour ses révélations et autres interviews ne suffirent pas à la consoler : elle entra dans une grave dépression doublée d'une paranoïa aiguë. Son médecin lui conseilla de retourner dans sa famille et d'y faire au plus vite une cure de sommeil. Elle quitta les Etats-Unis pour le sud de la France, où ses parents coulaient une retraite tranquille, et employa désormais son temps à ressasser son histoire, dévorée par l'aigreur et les mauvais ulcères.

PUISQU'IL ÉTAIT partiellement insolvable, Ferdinand fut condamné à des travaux d'intérêt public. On aurait pu lui confier une place dans une université ou n'importe quelle autre fonction qui exploite ses connaissances et ses talents de dirigeant, mais l'administration préféra le punir jusqu'au bout et lui attribuer un emploi de bureau à la mairie, un poste assez flou où il classait des documents inutiles. Par le jeu du hasard, l'annexe dans laquelle il travaillait était située en plein couloir aérien. Ses collègues se plaignaient constamment du bruit ; lui entra dans une phase d'apparente sérénité, observant les avions décoller sans même songer au sien, vendu depuis longtemps aux enchères. Il avait calculé qu'il lui faudrait plus de huit mille années de travail pour rembourser sa dette, et cela l'avait plongé dans une sorte d'état de paix.

Mélissa prit l'habitude de venir le chercher le soir. En général, il refusait le dîner qu'elle lui proposait mais acceptait de marcher à ses côtés. Il parlait peu. Elle s'inquiétait du vide de ses journées, du mépris de ses collègues, il ne répondait pas. Parfois, il lâchait une phrase ou un chiffre à propos de la mairie, du nombre d'emplois superflus ou de celui des heures gâchées. Mélissa tentait de prendre sa main dans la sienne, mais il l'ôtait toujours. Elle lui envoya des dizaines de signaux, de mots, de gestes, sans qu'il y réponde jamais ; elle ne se découragea pas, car elle avait traversé trop d'épreuves pour abandonner. Désormais, elle n'était plus capable de désespoir, elle était au-delà.

— Peu importe l'avenir, disait-elle, peu importent les échecs, peu importe l'injustice. Nous sommes vivants ! Nous pouvons encore être heureux.

Mais il relevait la tête et la fixait d'un œil épouvantable.

Un soir d'été, alors qu'ils allaient le long du boulevard, elle demanda à Ferdinand des nouvelles de ses parents. Il fut pris d'une violente quinte de toux et vomit du sang sur le trottoir. L'air était chargé de poussières, la pollution empoisonnait les corps, son visage pâlissait. Elle le vit qui vacillait et tendit ses bras pour l'aider mais déjà, il s'effondrait à terre. Sa chemise s'était entrouverte et on apercevait son extrême maigreur, un tas d'os sur le bitume. Une ombre.

Ferdinand s'éteignait lentement et elle n'avait rien vu. Elle s'était laissé prendre à son supposé détachement. Tandis que la mort approchait, elle avait voulu croire qu'il s'en sortirait. Telle une patiente Pénélope, elle attendait son Ulysse sans entendre qu'il se noyait.

Si Mélissa avait été un peu plus objective – ou moins amoureuse –, elle aurait compris que Ferdinand n'avait plus d'autre choix que de se laisser glisser. L'obscurité de son existence dépassait ses pires cauchemars. Il avait tout perdu, rejoint l'armée de ses fantômes et détruit ceux qu'il aimait. Ses plus proches amis avaient été jugés et dépeints comme des fous, des illuminés, des naïfs. Ses parents avaient vu leur vie piétinée. L'opprobre qu'ils avaient fui durant tant d'années en payant le prix fort les avait rattrapés, et c'était par sa faute. Il avait fait l'erreur d'épouser Joséphine par facilité – et Joséphine avait précipité sa perte. Il avait fait l'erreur de croire que la conscience des hommes était prête à bouger le monde, et la conscience des hommes s'était repliée frileusement.

Ce soir, il était allongé sur le dos, les bras en croix, la bouche puante, les yeux fixés vers le néant.

— Mes parents, murmura-t-il sans achever sa phrase.

Ses parents, Ferdinand n'en savait plus rien : il n'ouvrait plus son courrier personnel depuis longtemps. Il avait coupé entièrement les ponts, bien incapable de les revoir.

Mélissa avait une bouteille d'eau dans son sac. Elle humecta le visage de Ferdinand et l'éventa du mieux qu'elle put.

— Ça va, ça va, dit-il en se relevant avec difficulté. Laisse-moi, je peux me débrouiller seul.

Il avait soudain l'air mauvais. Mélissa sentit les larmes lui monter à la gorge.

— Allez, reprit-il, va-t'en ! Fiche le camp !

Ce qu'il voulait, c'était qu'elle l'oublie, qu'elle disparaisse et reconstruise sa vie, car pour elle, c'était encore possible. Aujourd'hui, il se reprochait d'avoir accepté sa présence. Il aurait dû faire comme avec tous les autres. Il aurait dû assumer une entière solitude pour lui laisser sa chance. Au lieu de ça, il s'était montré faible une fois de plus.

Mélissa repartit chez elle avec lenteur. Peut-être espérait-elle qu'il changerait d'avis, qu'il la rattraperait. Ou bien qu'elle aussi s'écroulerait sur la chaussée, mais cela n'arriva pas. Elle rentra, s'assit sur une chaise devant un miroir, trouva quelques rides nouvelles et pleura tout son saoul.

Puis quand elle fut bien vidée, bien séchée de toutes les larmes de son corps, elle respira à fond et téléphona à Dizzy.

A L'ISSUE DU PROCÈS, Mélissa et Dizzy avaient mis leurs sentiments entre parenthèses. Ils avaient fini par s'habituer à cette ronde stérile : Dizzy aimait Mélissa qui aimait Ferdinand, mais Ferdinand ne faisait plus tout à fait partie des vivants et leurs amours demeuraient suspendues.

Pendant quelque temps, le scientifique avait malgré tout espéré : pouvait-on raisonnablement aimer un homme condamné à huit mille ans de travaux d'intérêt général ? Mais Mélissa se moquait bien que Ferdinand soit ruiné ou milliardaire, président du monde ou rien du tout au fond de l'organigramme d'une mairie : il était sa moitié à jamais. Lorsque Dizzy comprit cela, il s'accommoda de la situation. Enfant, il avait vécu dans la misère, connu les tirs des snipers russes, mangé des racines, crevé de froid dans des caves effrayantes. Il avait étudié pour sauver sa vie, obtenu un passeport puis un poste envié, rencontré des amis brillants, fait une découverte qui l'avait enrichi, et échappé aux conséquences d'un procès compliqué. Il s'estimait assez heureux pour accepter une défaite sentimentale. En compagnie de Mélissa, il s'était donc employé à redessiner l'avenir en répartissant les tâches : elle veillerait sur Ferdinand et lui reprendrait les travaux avec Doug et Rob.

Car aucun de ceux-là n'avait renoncé. L'« affaire » avait eu au moins cet intérêt : elle avait permis de mesurer l'importance des facteurs comportementaux dans le fonctionnement des robots. Pour qu'un jour des machines puissent remplacer à cent pour cent l'être humain sur des tâches complexes, il fallait leur donner les moyens d'évaluer un environnement socioculturel et de reproduire des comportements humains tels par exemple que la peur, le plaisir, l'humour, l'attirance ou le dégoût. Il fallait affiner considérablement les programmes et entrer à nouveau des millions de données. On était donc convenus que Rob et Doug travailleraient sur Parker tandis que Dizzy cuisinerait Gillespie. Ils savaient exactement comment s'y prendre, et une poignée de mois plus tard, les robots montraient déjà à-propos et esprit.

Mélissa se tenait informée. Elle servait de test, conversait avec Gillespie par téléphone, multipliait les pièges, parlant sexe, culture ou météo aussi bien qu'économie et politique. Gillespie avait fait d'énormes progrès. Sa voix était devenue parfaite, naturelle jusque dans ses hésitations.

Ce soir-là, donc, alors que Ferdinand gisait sur le trottoir, elle songea que le moment était arrivé, et elle téléphona à Dizzy.

— Tu ignores à quel point tu as bien fait d'appeler, ma chère. A ce sujet, j'aurai de la visite ce week-end et nous comptons sur toi. J'allais justement te faire signe.

— Une visite ?

— Tu verras bien, prends un billet, donne-moi ton numéro de vol, je viendrai te prendre à l'aéroport.

— Dizzy, ce week-end, c'est trop long. Je crois qu'il va se produire quelque chose de terrible.

Dizzy réfléchit.

— Ecoute Mélissa, j'ai une petite idée pour te faire patienter. Débrouille-toi pour amener Ferdinand devant un ordinateur, je vais t'envoyer un message à son intention. Un message à réveiller un mort, je te le promets. Mais n'oublie pas, ce week-end !

La nuit entière, Mélissa rêva de corps décharnés, de squelettes abandonnés, de peaux froissées, de sentiments d'arrachement. Elle se leva tôt, s'habilla et sortit sans prendre de petit déjeuner. Elle voulait attraper Ferdinand avant qu'il ne s'enferme à la mairie. Elle courut sur la route, l'aperçut qui marchait comme un automate, le rejoignit, Ferdinand, comment vas-tu ?

On eût dit qu'il avait effacé la scène de la veille. Il souriait poliment, Bien, merci, et continuait à marcher.

— Ecoute Ferdinand, dit-elle, je vais partir deux ou trois jours, mais avant j'aimerais te montrer quelque chose.

— Si tu veux, répondit Ferdinand d'une voix résignée qui serra le cœur de Mélissa.

C'était ça le plus impressionnant, cette incapacité à réagir, à questionner. Cette manière de laisser les courants le porter, où qu'ils aillent.

Il y avait un bistrot au coin de la rue, où l'on pouvait accéder à l'Internet.

— Il y a du courrier pour toi, fit Mélissa.

Un fichier sonore sobrement intitulé Gillespie. La voix de Ferdinand, qui chantait ce bon vieux standard, *Shine*, à la place de Louis Armstrong, un mélange de rage, de joie, de fierté et de profond désespoir, oui, ce même Ferdinand que Mélissa voyait atteint d'aboulie, un impossible miracle !

Sur son visage, elle vit une étincelle.

— Eh bien, dit-elle bouleversée, qu'en dis-tu ?

— Voilà l'indiscutable supériorité de la machine sur l'homme. Le robot ne connaît pas l'échec. Pour lui, l'erreur n'est qu'une donnée parmi d'autres.

— Ce que nous devons retenir. Gillespie ne s'attarde pas sur ses revers. Il retient les leçons de ses expériences et les intègre dans ses décisions. Il est fondamentalement positif. Là où il échoue, il réfléchit et crée de nouvelles stratégies qui le rendent plus fort. Il n'abandonne jamais. Il voit toujours plus loin.

— Voilà où nous différons lui et moi. Ma stratégie, c'est l'effacement, non l'entêtement. Que Dieu me pardonne d'avoir manqué d'humilité...

— Laisse donc Dieu où il est, rétorqua Mélissa, par pitié cesse de te juger avec tant de cruauté. Tu n'as voulu que le bien commun.

— Et j'ai produit l'inverse. J'ai tout détruit.

— Qu'as-tu détruit en dehors de toi ? B&B est sur le point d'être rachetée par ses principaux actionnaires. La plupart de ceux qui ont porté plainte se sont enrichis à bon compte. La vie continue pour nous tous. Bien mieux que ce que tu imagines.

— Je ne veux plus parler, coupa Ferdinand d'un ton sec.

Mélissa se tut. C'était déjà une telle victoire ! Ils marchèrent en direction de la mairie. Lorsqu'ils furent arrivés, Mélissa prit Ferdinand par le cou et l'embrassa sur la joue.

— Bonne journée, dit-elle en forçant son entrain.

Il la considéra un long moment, le visage tendu. Puis il poussa la porte et disparut de son champ de vision.

Cette nuit-là, Ferdinand ne dormit pas. L'air d'Armstrong flottait dans son cerveau comme une radio lointaine qu'un distrait aurait oublié d'éteindre. Il respira à fond, et crut sentir le parfum de Mélissa. Il avait le ventre tordu et les poumons collés, et entre ses cuisses, une raideur bizarre. Il se leva, mit sa tête dans l'évier sous le robinet d'eau froide, secoua ses cheveux comme un chien qui s'ébroue et ouvrit les volets. Dehors un soleil exultant lui bombarda un rayon dans l'œil, suivi d'un feu d'artifice de sensations incroyables – il dut se concentrer pour l'évacuer.

Enfin il se sentit vide, prêt à entamer une nouvelle journée de non-existence.

La semaine suivante, Mélissa sonna à la porte du meublé dès l'aube.

— Je t'emmène en voiture, annonça-t-elle avec gaieté. Allons, dépêche-toi, je t'attends !

La jeune femme semblait excitée et cela agaçait Ferdinand, mais il ne voulait pas la contrarier, et il faisait encore bien frais à cette heure-là. Tandis qu'elle conduisait, il observa son profil.

Malgré les années, elle avait toujours ses joues rondes, ses taches de rousseur enfantines et ses boucles souples. Il se souvint soudain de la douceur de ses mains, de la couleur de sa peau. Durant quelques secondes, il se souvint qu'il l'avait aimée, lorsqu'il était encore un homme.

A l'embranchement qui menait vers l'annexe de la mairie, Mélissa emprunta la direction opposée. Ferdinand consulta sa montre.

— Je ne veux pas être en retard, ton itinéraire n'est pas le bon.

— Ferdinand, répliqua Mélissa, nous n'irons pas à ton bureau. Désormais, tu ne classeras plus de documents dont tout le monde se fiche, à commencer par toi.

— J'ignore ce que tu as en tête, répondit-il de sa voix mécanique, mais je dois être à mon poste à huit heures quarante-cinq. Il nous reste moins de vingt minutes.

Ils roulaient vers l'aéroport. La circulation était dense, c'était une heure de pointe, un grouillement. Ferdinand baissa sa vitre et respira l'odeur oubliée du fuel mêlé aux gaz d'échappements. Il trouva ça agréable et en fut surpris. Ils arrivaient dans la zone des parkings. Elle se gara, descendit, fit le tour de la voiture, ouvrit la portière de son passager, puis le coffre dont elle tira une immense valise.

— Tu t'en vas ? questionna Ferdinand avec un pincement au cœur.

La jeune femme verrouilla les portes et poussa la valise sans un mot.

— Bien, reprit-il. Alors je vais devoir te laisser. Il me reste juste assez de temps pour attraper un bus.

Ce qu'il pensait au fond, c'est que Mélissa voulait lui faire une surprise, l'emmener en Floride ou à Mexico. C'était dans la nature des femmes de vouloir absolument sauver les hommes malgré eux. Il l'imaginait très bien contactant la mairie, négociant avec son chef de service pour obtenir un petit congé, achetant les billets d'avion. La grosse valise contenait certainement un caleçon de bain, une paire de chaussures d'été et des chemises à sa taille. Peine perdue, bien entendu. Mais alors, pourquoi diable demeurait-il devant elle comme un idiot ? Pourquoi n'avait-il pas déjà tourné les talons ? Pourquoi sentait-il la tête lui tourner et sa respiration s'emballer ?

— Adieu, Mélissa. Quoi qu'il arrive, je ne t'accompagnerai pas. J'ai encore beaucoup de travail.

— Parlons-en d'abord, Ferdinand, fit dans son dos la voix de Wes.

Wes !

Un chapeau brodé de deux petites ailes.

Le financier lui tendait la main, une apparition.

— Nous sommes attendus au salon de Bronson Airlines, reprit Wes en indiquant le chemin.

Je ne te demande qu'un peu d'attention. Tu décideras ensuite.

Ils poussèrent ensemble une porte grise. Dizzy se tenait à l'entrée du salon, un café à la main. Au fond, il y avait un mur couvert d'ordinateurs ronronnants. Le scientifique s'approcha et serra Ferdinand contre lui. C'était bon.

— Où sont les autres ? interrogea Wes.

— Ils arriveront d'une minute à l'autre, répondit Dizzy. Ils ont été pris dans les embouteillages.

Comme il terminait sa phrase, Rob et Doug pénétrèrent dans le salon. Ils étaient tous là, la fine équipe, réunis pour la première fois depuis la fin du procès. Silencieux, car chacun avait à surmonter le même excès d'émotion.

Le regard de Ferdinand se promena de l'un à l'autre. Eux n'avaient pas maigri. Eux n'étaient pas morts. Ils avaient des couleurs, de l'énergie, ils avaient l'air heureux. C'en était douloureux.

— Nous sommes venus te chercher, fit Wes en souriant. De Miami où, soit dit en passant, il fait nettement plus chaud.

— Je grelotte, ajouta Doug. Je n'ai pas pris de pull. J'espère que nous repartons bientôt, je déteste l'hiver à New York.

— J'ai prévu que nous décollions à seize heures, répondit Wes se tournant vers Ferdinand. Maintenant écoute : nous n'avons rien laissé tomber. Il me fallait seulement le temps de m'organiser. C'est chose faite : nous tenons la solution.

— De quoi parles-tu ? articula Ferdinand avec difficulté.

— Je parle de Bluekit.

Partout en Europe et aux Etats-Unis, on connaissait la petite mallette bleue et ses outils à manche de bois, sur laquelle Wes avait autrefois bâti sa fortune. Au moment où la reconstruction battait son plein, il avait eu l'idée de proposer à prix réduit un kit d'outils de qualité, en s'appuyant sur l'image des pionniers américains. La réussite avait été fulgurante ; Wes avait ensuite investi ses bénéfices avec le flair et le bonheur que l'on connaissait. Puis l'époque avait changé, les mallettes s'étaient moins vendues, les conseillers avaient suggéré de se débarrasser de cette petite entreprise sans avenir, en vain : Wes voyait en Bluekit une sorte de fétiche. Il était allé jusqu'à inclure une clause dans son testament, interdisant sa vente à ses héritiers.

— Une fois de plus, poursuivit Wes, Bluekit sera déterminante dans mon histoire, dans notre histoire. Nous allons ouvrir une nouvelle filiale assortie d'une unité de production. Ce ne sera pas une filiale ordinaire, tu l'as déjà compris. Rob, Doug et Dizzy travaillent sur les machines depuis plus de trois mois. Ils ne sont plus seuls, nous avons recruté une vingtaine de chercheurs.

— Dont Faustine et son mari, intervint Mélissa.

— Nous les avons trouvés sans peine, ajouta Dizzy : sache que nous avons le soutien de la communauté scientifique. Et pas seulement. Ton projet a fait son chemin. L'information a circulé sur le réseau. Partout dans le monde, des hommes de bonne volonté se groupent pour réfléchir et poser les premières pierres d'une autre ère. La troupe des iconoclastes grossit de jour en jour.

Ferdinand chancelait. De l'autre côté de la pièce, Mélissa se précipita pour le soutenir.

— La conception de l'ensemble devrait prendre un peu moins d'un an. D'ici là, nous choisirons l'implantation. Notre propre gouvernement a repris contact discrètement. Ce n'est pas le seul. A l'heure qu'il est, plus de quinze pays souhaitent investir dans l'expérience.

— Mais, murmura Ferdinand, le procès, l'infamie...

— Il fallait purger les peurs collectives. Les grandes révolutions se font toujours sur des têtes coupées. A présent qu'ils ont fait tomber la tienne, nous allons pouvoir reparler de la fin du travail. Ce ne sera pas simple, bien sûr. Les lobbies, les puissants protégeront leurs intérêts. Cependant, cette fois nous irons au bout de la démonstration. Je suis avec toi. Nous sommes tous avec toi.

Cinq paires d'yeux se tournèrent vers Ferdinand. Il se redressa et enfila sa veste.

— Merci de m'avoir prévenu, fit-il d'une voix étouffée. Mais je dois reprendre mon poste. J'ai déjà deux heures de retard. Bonne chance, les gars.

— Tu n'es plus en retard, coupa Wes. Ta dette est payée. Le solde a été viré hier. Tu peux t'en aller si tu le souhaites, mais alors prends de longues vacances : la mairie n'a plus besoin de toi.

Dans sa main, Ferdinand sentit celle de Mélissa.

Boucles souples, yeux clairs, bras ronds.

Lèvres pâles et chaudes.

Tant d'années, et enfin.

— Je suis un investisseur, conclut Wes. Or je considère que tu es un excellent placement.

FERDINAND VOLE. Il a d'abord refusé de prendre le manche, il craignait de ne plus savoir. Wes l'a rassuré : Gillespie a repris du service et sera son copilote. A chaque décision de Ferdinand, son double donne son avis.

Mais Ferdinand n'a rien oublié. Derrière lui, Doug plaisante avec Rob, c'est à se demander s'ils pourront se séparer un jour. Mélissa établit un planning.

Maintenant, il sait le goût de Mélissa.

Il sait sa patience, il sait son destin.

Il sait que son corps écrasé sur le sien ne se compare à rien.

Il sait que son sexe peut aimer et jouir en même temps.

Ce matin, elle a sorti de la valise un sac d'enveloppes. Il a reconnu l'écriture de son père, qui lui dit sa fierté.

« C'est à toi que nous faisons confiance, écrit-il, et non à la rumeur. »

Dizzy observe Mélissa, qui observe Ferdinand, qui lui sourit. Wes fait des calculs.

Ferdinand respire et mord dans un sandwich, tandis que l'appareil amorce sa descente.

« Sans accès à la technologie, le révolutionnaire n'est qu'un farceur. »

Années 70. Takis, dans *Radical Software*, le journal des vidéos guérilla.

(Underground, l'histoire)

REMERCIEMENTS

A Jade, Justine et Solal pour leur énergie, à mes parents pour leur amour, à Mamée pour ce qu'elle sait

A Nana Djaoshvili pour ses conseils scientifiques et son amitié

A Manuel Carcassonne pour le brillant de ses uppercuts

A Olivier Nora pour ses paroles et son soutien

A Jean-François Bizot, parce que

Et à Côme Aguiar, William et Stéphanie Aimard-Camus, Sylvie Aouston, Virginia Baunay, LN « Crazy Bagnole », Maya Dagnino, Isabelle et Stéphane Dottelonde, Nickie et Jean-Claude Fasquelle, Paco Florès, Sophie Labbé-Gratacos, Brigitte Lannaud, François Lardeau, Stéphane Million, Raimunda Monchau, Jacqueline Rodulfo, Béatrice Ruty soandsau, Stig et Phari Vieyra, mes Iconoclastes.

Cet ouvrage a été composé et imprimé par

FIRMIN DIDOT
GROUPE CPI

Mesnil-sur-l'Estrée

pour le compte des Éditions Grasset
en janvier 2003

Imprimé en France
Dépôt légal : février 2003
N° d'édition : 12720 – N° d'impression : 62145
ISBN : 2-246-62651-X